读唐诗学说话

姜正成 编著

引经据典练口才

出口成章上档次

煤炭工业出版社

·北京·

图书在版编目（CIP）数据

读唐诗 学说话／姜正成著．－－北京：煤炭工业
出版社，2019

ISBN 978－7－5020－7116－5

Ⅰ.①读… Ⅱ.①姜… Ⅲ.①唐诗—通俗读物 Ⅳ.
①I222.742

中国版本图书馆 CIP 数据核字（2018）第 287113 号

读唐诗 学说话

著　者	姜正成
责任编辑	王　坤
封面设计	张　雪

出版发行　煤炭工业出版社（北京市朝阳区芍药居 35 号　100029）
电　　话　010－84657898（总编室）　010－84657880（读者服务部）
网　　址　www. cciph. com. cn
印　　刷　北京市通州大中印刷厂
经　　销　全国新华书店

开　　本　710mm×1000mm$^1/_{16}$　印张　16$^1/_4$　字数　242 千字
版　　次　2019 年 2 月第 1 版　2020 年 5 月第 2 次印刷
社内编号　20181679　　　　　定价　49.80 元

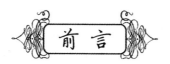

"欲穷千里目，更上一层楼。"这是国家主席习近平2014年7月4日在韩国首尔大学发表演讲时引用的古诗词，比喻中韩关系发展会有新机遇、新境界。这句诗出自唐代诗人王之涣《登鹳雀楼》："白日依山尽，黄河入海流。欲穷千里目，更上一层楼"。此前，2011年12月8日，在人民大会堂中美"乒乓外交"四十周年纪念活动上，习近平同志在致辞时也用了这首诗。

党的十八大以来，习近平总书记独具个性的语言风格，引起了广泛关注。对古今中外优秀文化资源的兼收并蓄，是"习语"的魅力之源。从李杜到苏辛，从孔夫子到毛主席，对经典诗词的精妙运用，堪称其中的"神来之笔"。

一句精彩的诗词，是口才的添加剂，是口才的点睛之笔。在说话时，你如果能旁征博引，加上一点唐诗宋词，不仅体现了你的才华，更能通过这些经典名句加强自己的论证，活跃交流气氛，令人刮目相看。

近三百年大唐王朝，你可能记不住高祖李渊，末帝李晔，但你总能吟上几首诗仙李白、诗圣杜甫的佳句，唐诗之多，如碧空星斗，唐诗之美，如朝阳盈月。

唐朝是一个盛产诗人的时代。仅清人《全唐诗》及今人陈尚君《全唐诗补编》，就收录诗人3600余人，诗作5.5万余首。其数量之多，内容之丰富，风格流派之多样，可谓空前绝后。正如高棅《唐诗品汇》中所概括的，李白的飘逸，杜甫的沉郁，孟浩然的清雅，王维的精致，储光羲的直率，王昌龄的声俊，高适、岑参的悲壮，李颀、常建的超凡，各擅胜场。

诗是一代文学的标志。几乎从识字开始，我们就在学习唐诗，唐诗滋养了我们，也塑造了我们的遣词造句、审美乃至价值观。

古人云：厚积而薄发。要提高说话水平就应该从基础做起，我们首先应该熟读这些诗歌名句，在深入理解其意境的同时为自己的口才多准备些闪光点。这本《读唐诗 学说话》以唐诗中脍炙人口的名句为中心，详细解析了其在日常沟通交流中的应用方法和技巧，并配有口才实例，使内容更加通俗易懂，简单易学。

如果你想拥有引经据典、出口成章的好口才，那么本书将是你的不二选择！熟读本书，你将成为引用唐诗名句信手拈来的人，成为一名令人敬佩的说话高手！

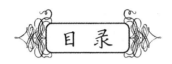

目 录

第一章 读唐诗，学交际口才

中华民族五千年的历史积淀，让我们的先辈们读懂了人际交往的真谛。人情世故、生活冷暖，都能在他们的感悟里找到答案。当你为人处世的时候，当你交友待人的时候，这些富含智慧的诗句能够让你的语言韵味无穷。

第二章　读唐诗，学演讲口才

中华民族是一个积极向上的民族，中国的诗人们都有着"语不惊人死不休"的豪迈，他们的心中始终燃烧着自信的火焰。当你发表演讲的时候，这些催人奋进的千古名句，将为你的口才增添无穷力量！

第三章　读唐诗，学职场口才

唐诗的政治内涵非常丰富，大多数诗人都有从政的经历，所以他们的诗歌创作有一定的政治色彩。政坛如职场，如果我们能深刻体会他们诗句的意境，并在言谈中加以巧妙引用，相信你一定可以在工作中处理好人际关系，把事情办好。

第四章　读唐诗，学沟通口才

中华民族是一个热情好客的民族，唐朝的诗人们更是以真挚的情感，为友情写下了一首首脍炙人口的诗篇。当你们初次见面的时候，当你们言谈正欢的时候，当你们依依惜别的时候，这些感人至深的诗句，能为你的友情增加一份美好的回忆。

第五章　读唐诗，学说服口才

几乎从识字开始，我们就在学习唐诗，唐诗滋养了我们，也塑造了我们遣词造句的方式，提高了我们的说话能力。一个人的说话能力，可以显示他的力量。口才好的人，说出话来准确得体、巧妙恰当，让人听后如沐春风，而他们往往可以很顺利地让对方接受自己的观点。

目录

第六章　读唐诗，学婚恋口才

　　爱情永远是文学的主题，也是人生的主题。"窈窕淑女，君子好逑。"千百年来，描写歌颂爱情的诗篇数不胜数。当你遇到让你动心的人时，当女朋友跟你闹别扭时，当你想表达对妻子的思念时，这些温情脉脉的诗篇或许可以帮到你。

第七章　读唐诗，学谈判口才

　　唐朝文人绝不是弱不禁风、手无缚鸡之力的形象。他们热衷于投笔从戎，建功立业，也因此写下了气盖山河的边塞诗。谈判桌是一个没有硝烟的战场，当你坐在谈判桌前，谈判陷入僵局无法进行时，一句恰到好处的诗词，能让你的谈判进程柳暗花明。

第八章　读唐诗，学推销口才

　　唐朝才子最会自我宣传。朱庆馀那句"妆罢低声问夫婿，画眉深浅入时无？"貌似描述闺情，其实是干谒——也就是向高位者自荐。如果我们也能练就这样的推销口才，定会给顾客留下深刻的印象，那么业绩肯定也差不了。

目录

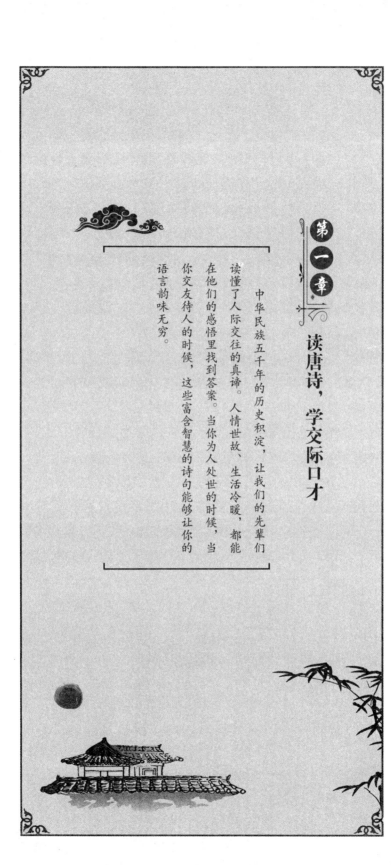

第一章

读唐诗，学交际口才

中华民族五千年的历史积淀，让我们的先辈们读懂了人际交往的真谛。人情世故、生活冷暖，都能在他们的感悟里找到答案。当你为人处世的时候，当你交友待人的时候，这些富含智慧的诗句能够让你的语言韵味无穷。

为人性僻耽佳句，语不惊人死不休——话不在多而在精

【出处】杜甫《江上值水如海势聊短述》

【原诗】

为人性僻耽佳句，语不惊人死不休。

老去诗篇浑漫与，春来花鸟莫深愁。

新添水槛供垂钓，故著浮槎替入舟。

焉得思如陶谢手，令渠述作与同游。

【注释】

值：正逢。

水如海势：江水如同海水的气势。

聊：姑且。

浑：完全，简直。

漫与：随意书写。

故著：又设置。

替：代替。

陶谢：指陶渊明、谢灵运。

令：让。

渠：他们。

述作：作诗述怀。

【译文】

我为人性情乖僻，沉溺于（最能表情达意的）好诗句，如果出语不能惊人，死也不肯罢休。到了年老时写出的文章完全是随手而成的，对着春天的花鸟，不需要再苦吟愁思。江边新装了木栏杆可供我垂钓，又备了一只小木筏可代替出入江河的小船。哪里找得到陶渊明和谢灵运那样的诗才高手，让他们和我泛舟漫游、作诗述怀呢？

【解析】

话不在多而在精

我们常听见有人在评价某人时说，他说话就像刀子一样。也有的人

所说的话被成百上千次的引用，这是因为他们的话语具有一定的力度。俗话说，语不惊人死不休，如果掌握了说话的技巧，要达到言简意赅的效果并非难事。

清代画家郑板桥有诗云："削繁去冗留清瘦，画到生时是熟时。"当今语言大师们认为：言不在多，达意则灵。可见，用最少的字句包含尽量多的内容，是讲话水平的最基本要求。

侃侃而谈不见得给自己增添光彩，更不能说明自己有学问，相反，会给人带来言而不实的感觉。一个人的话说得越多，别人听得越多，一个人的性格特征就不知不觉地显现出来了，用心的人稍微留意一下便一清二楚。在社交场合中，少说多听是一条永恒的守则。

1991年11月，李雪健因为主演《焦裕禄》而同时获得了"金鸡奖"和"百花奖"两个大奖。在答谢致辞的时候，李雪健没有用别人常说的毫无新意的套话。只是诚挚地说："苦和累都让一个大好人焦裕禄受了，名和利都让一个傻小子李雪健得了。"他的这一句话刚说完，全场观众掌声雷动。他的演讲不仅让人"开胃"开心，而且让人了解了他的人格，对他又多生出了几分敬佩。他的演讲同他的形象和李雪健这三个字一起被深深地印在了所有观众的心中。

汤唯可以说是国内蹿红得相当快的明星，2011年在韩国夺百想影后，更是人气暴涨，换做是其他人，估计尾巴早就翘起来了。然而，汤唯却一贯地低调，话不多，彬彬有礼的样子。在陈可辛导演的《武侠》"告白会"上，剧组人员全体亮相舞台，几次站位合影，汤唯都很自然地走到最边上，推让不过才会站到中间位子。最后合影时大家都站好位子了，就她发现了导演陈可辛被挤到边上了，她很自然地把陈可辛拉到中间，又让甄子丹挨着导演，自己则坚持站在最左边。无论是回答主持人还是记者提问，汤唯都用最简单的话语回答，一有机会就把话筒让给其他演员，"这个问题得让子丹或英红姐回答。"然而，这样温婉的汤唯给记者和同行留下了深刻的印象，也让无数观众由衷地赞叹这个女人的不一般。

在初次交往中，如果你一味地啰嗦，就会使人反感，这样就削弱了你在他人心中的地位。英国人波普说："话犹如树叶，在树叶太茂盛的地方，很难见到智慧的果实。""言不在多，达意则灵。"讲话简练有力，能使人兴味不减。冗词赘语，唠叨啰嗦不得要领，必令人生厌。

对于说话啰嗦的人，心理学专家为他们罗列出七个典型的特征：

（1）打断他人的谈话或抢接别人的话头，希望整个谈话以"我"为重点；

（2）由于自己注意力分散，一再要求别人重复说过的话。或自己不记得已经说过的，一再重复；

（3）像倾泻炮弹一样连续表达自己的意见，使人觉得过分热心，以致难以应付；

（4）随便解释某种现象，轻率地下断语，借以表现自己是内行，然后滔滔不绝；

（5）说话不合逻辑，令人难以领会意图，并轻易地从一个话题跳到另一个话题，有时自己也莫名其妙；

（6）不适当地强调某些与主题风马牛不相及的东西，东拉西扯；

（7）觉得自己说的话比别人说的话更有趣。

滔滔不绝，出口成章，是一种"水平"，而善于概括，词约旨丰，一语中的，同样是一种"水平"，而且更为难得。有句俗语说得好，"蛤蟆从晚叫到天亮，不会引人注意；公鸡只啼一声，人们就起身干活"。的确，会说话的人，不一定是说话最多的人，话贵在精，多说无益。

【口才举例】

徐江在《会诊贾平凹》一文中，是这样评价贾平凹的：

贾平凹是新时期崛起的文学锋锐。他虽然是"文革"大学生，但他并没有热衷于政治，而执迷知识积累，将以有为焉。这也反映了贾平凹的一种人生态度。所以贾平凹对文艺倾其所有，加之三秦壮士的那种拼劲，使其创作一直呈现出兴盛不衰的势头。我们要求于作家的太多，贾平凹的病体是否经得起我们的手指和掌声？一般的作家正如当红的娱乐歌手或主持人，写上几年很快就对自己的做作感到厌倦。因为他们并非如杜甫般"为人性僻耽佳句，语不惊人死不休"，只是玩一把，用肉体和灵魂去哄一些年轻的鲜花或崭新的美元，委之于地，然后全神贯注去听那响声而已。

野火烧不尽，春风吹又生——做一个善于自嘲的人

【出处】白居易《赋得古原草送别》

【原诗】

离离原上草，一岁一枯荣。

野火烧不尽，春风吹又生。

远芳侵古道，晴翠接荒城。

又送王孙去，萋萋满别情。

【注释】

赋得：借古人诗句或成语命题作诗。诗题前一般都冠以"赋得"二字。这是古人学习作诗或文人聚会分题作诗或科举考试时命题作诗的一种方式，称为"赋得体"。

离离：青草茂盛的样子。

一岁一枯荣：枯，枯萎。荣，茂盛。野草每年都会茂盛一次，枯萎一次。

远芳侵古道：芳，指野草那浓郁的香气。远芳：草香远播。侵，侵占，长满。远处芬芳的野草一直长到古老的驿道上。

晴翠：草原明丽翠绿。

王孙：本指贵族后代，此指远方的友人。

萋萋：形容草木长得茂盛的样子。

【译文】

古原上的野草长得十分茂密，年年岁岁枯萎了又繁茂。野火不能把它烧尽，春风一吹又生长出来。远方的芳草蔓延到古老的驿道上，阳光照耀下翠绿的野草连接着荒废的老城。又送游子去远行，茂密的野草也满怀惜别的深情。

【解析】

做一个善于自嘲的人

这两句诗本来是描写小草坚韧刚强的生命力，现在常用来比喻新生事物怎么也扑灭不了，即使暂时受到压抑，到一定时机，他们又会兴旺起来，表现出宽广的胸襟和顽强的生命力。这与口才中的自嘲有异曲同

工之妙。可以说，一个能够自嘲的人必须具有非常广阔的胸怀，一种高度的自信心，一种不甘平庸的境界。

自嘲这种手法是缺乏自信者所不敢使用的，因为你需要拿自身的失误、不足甚至生理缺陷来"开涮"，对丑处、羞处不予遮掩、躲避，反而把它放大、夸张、剖析，然后巧妙地引申发挥、自圆其说，从而化解尴尬或者博得大家的喜爱。

自嘲，不仅是一种博大的胸怀，更是一种悲悯的情怀，它是以一种优雅的方式展示自己的缺失和过错而求得和谐的高贵品质。

自嘲，随着它运用场合的不同、认知的不同，所起的作用也不尽相同。一个善于自嘲的人常常可以化尴尬为轻松，在欢笑中坦承自己的缺失而获取别人的谅解，拉近与别人的距离，体现自己的豁达，获得别人的尊重，取得意想不到的幽默效果。在工作和生活中，一个善于自嘲的人，往往可以自由进退，所向披靡。

众所周知，李咏的脸比较长且窄，在中央电视台主持人里是非常有特点的。他五官又生得十分夸张，眼小嘴巴大，鼻梁高高耸立。虽然李咏非常有爱美之心，对自己"百般修饰"，但是大家依然没法将他归为美男。无独有偶，著名相声演员冯巩也生了一张长脸。有一次，别人笑他的脸是"驴脸"时，他马上想到了李咏，于是毫不犹豫地拿李咏的长脸开涮："驴脸的称呼是随便能给的啊，那个称呼永远属于主持人李咏，那个长度，非'长'6+1啊！"

李咏当然也有自知之明，脸长对他来说真是个"麻烦"。

有一天，一位记者问李咏："您的脸到底多长，量过吗？"

李咏听了后，马上挤出一脸标志式的坏笑，幽默地回答道："今天早上的汗到现在刚流到下巴！"

记者顿时大笑，又问道："有没有想过换一个发型？"

李咏很怜惜地抚摸了一下自己的头发，拿自己开涮道："想过呀，但头发又少又太软，怎么盖得过这张长脸呢。"

两个问题问完，记者遂对李咏肃然起敬，认为这主持人已经有了大师风范。

不止于此，和长脸一样，李咏的麻秆身材也是经常被人拿来开涮的地方。有一次,他参加一个活动。活动中,在李咏之前亮相的是中国各类模特大赛的10位冠军得主,她们个个身姿婀娜,一场精彩表演令现场嘉宾大呼过瘾。这时,作为特约嘉宾的李咏要出场了。只见他身着黑色貂绒,在节奏感极强的爵士乐中携美女登场,行至舞台中央时,李咏摆了个特酷的姿势。表演告一段落后,李咏拿起话筒自嘲地说:"虽然我是表演中最矮的,不过我拥有超模的上半身,只是腿短了点。"

现场观众大笑,顿时掌声响了起来。

李咏是中央电视台的大牌主持人,面对这样的知名人士,人们总有一种仰望的距离感,同时还有希望可以打破这种距离感的调侃心态。于是,对于李咏标志性的"长脸"和"麻秆身材"就格外地上心。李咏也聪明地迎合大众,他并没有刻意端着一种高高在上的形象,在面对记者的调侃时,也能放下自己的身份,用自我解嘲的方式来化解自己的尴尬。大家并没有因此而看轻他,反而被他的语言所打动,让他的形象更加完美高大。

当我们遇到尴尬时,就要学会自嘲。有一位哲人说过:"自嘲使自嘲者居于自己之上,从而也居于自己的敌手之上,占据一个优势的地位。自嘲使敌手的一切可能的嘲笑丧失了杀伤力。"当别人要嘲笑自己之前,自嘲就像是一种空城计,将自己的弱点暴露无遗,反而让别人无法下手,以退为进,恰如其分地守住了自己的底线,也保持了自己的尊严。

当我们身处高处时,自嘲能让我们更加高贵。一个人敢于嘲讽自己已取得的成就,意味着自嘲者有着更为远大的目标,会更多地获得大家的尊敬。

俗话说"谋事在人,成事在天"。客观规律不以人的主观意志为转移。现实生活中的"不如意"之事,是一种无法改变的客观存在。说到底,自我解嘲其实也是一种无伤大雅的幽默。与其固执己见,钻牛角尖,不如放松一下绷得过紧的神经,来点自我解嘲。要做到这一点,重要的是要有一颗平常心,不为名利所累,不为世俗所扰,不以物喜,不以己悲。

【口才举例】

例1：

某镇的柑橘种植因市场波动而受到不小的冲击，但后来大家开拓新路，柑橘销售又红火起来。镇领导在上报的材料中写道：

三年前，我们这个柑橘产量大镇受到严重冲击，上好的品种都只能贱卖，更不用说那些品种不好的了，果农们所受的经济损失难以估计。特别是那些柑橘种植专业户，其景况完全是如披冰雪。但是我们没有屈服，而是开动脑筋，开办加工厂，引进优良品种，扩大宣传，加强包装，再加上市场秩序的恢复，我们终于走出了低谷。"野火烧不尽，春风吹又生。"人民的力量是伟大的，这句话永远是至理名言。

例2：

王丽在一次火灾中被烧伤，一头秀丽的乌发也没有了。但经过一系列手术，一年后她的头发又慢慢长了出来。朋友们都替她高兴，其中一个朋友说：看来古人说的"野火烧不尽，春风吹又生"是千真万确的。头发都可以再生，何况有根的野草啊。以前你的头发是我们中间最好的，又黑又亮又顺，可能老天爷有点妒忌，就要拿去看看，看够了，也就还给你了。所以，以后不要以泪洗面了，也不要胡思乱想，相信医生的医术，一定可以让你的头发恢复到像以前一样。过些日子还要做几个植皮手术，把身上的伤疤弄干净，再调养调养，又是美女一个哟！

乱花渐欲迷人眼，浅草才能没马蹄——到什么山头唱什么歌

【出处】白居易《钱塘湖春行》

【原诗】

孤山寺北贾亭西，水面初平云脚低。

几处早莺争暖树，谁家新燕啄春泥。

乱花渐欲迷人眼，浅草才能没马蹄。

最爱湖东行不足，绿杨阴里白沙堤。

【注释】

钱塘湖：杭州西湖的别称。

孤山寺：在西湖白堤孤山上。

贾亭：唐代杭州刺史贾全所建的贾公亭，今已不存在。

云脚：下垂的云彩。

暖树：向阳的树。

湖东：以孤山为参照物，白沙堤在孤山的东北面。

【译文】

钱塘湖在孤山寺的北面，贾公亭的西面。湖面仿佛刚和湖岸齐平，下垂的云彩飘的非常低。有几只早早飞来的黄莺争抢着向阳的树木，又是谁家新来的燕子在衔着春天的泥土呢？五彩缤纷的小花使人渐渐要眼花缭乱了，浅浅的嫩草刚刚能够没过马蹄。最喜欢湖东面的景致，一路走不够，（因为）那白沙堤上杨柳青青、绿荫满地。

【解析】

到什么山头唱什么歌

现在人们用"乱花渐欲迷人眼"来形容同类型的东西很多，难以取舍。既然无法取舍，那我们就到什么山头唱什么歌吧！

古人云："言为心声。"说话的好坏，主要取决于说话者的思想水平、文化修养、道德情操，但讲究语言艺术也同样十分重要。同样一种意思，从不同人嘴里说出来，效果可能就会不同。

里根在对农民发表演说时，说了这样一件轶事来讨好他的听众：

一位农民要下一块已干涸的小河谷。这片荒地覆盖着石块，杂草丛生，到处坑坑洼洼，他每天去那里辛勤耕耘，不断劳作，最后荒地变成了花园，为此他深感骄傲和幸福。

某个星期日的早晨，他操劳一番后，前去邀请部长先生，问他是否乐意看看他的花园。"好吧！"那位部长来了，并视察一番。他看到瓜果累累，就说："呀，上帝肯定为这片土地祝福了！"

他看到玉米丰收，又说："哎呀！上帝确实为这些玉米祝福过。"接着又说："天哪！上帝和你在这块土地上竟取得了这么大的成绩呀！"

这位农民禁不住说："尊敬的先生，我真希望你能看到上帝独自管理这片土地时，它是什么模样。"

为了迎合选民对政客的不信任思想，里根幽默地暗示了政府官员们天生愚蠢得难以估量。

对正在访问的特定地区加以奉承也是里根的一大特色。如总统的一位幽默顾问解释的那样："幽默的主要价值之一，是让听众明白你知道他们是谁，他们住在哪儿。"

里根在到达俄勒冈州波特兰时说："我的几位辛勤工作的助手们劝我不要离开国会而风尘仆仆地到这里来。为了让他们高兴，我说：'好吧！让我们来掷硬币，决定是去访问你们美丽的俄勒冈州，还是留在华盛顿。'你们知道吗？我不得不连续掷14次才得到使我满意的结果。"

良好的谈吐可以助人成功，蹩脚的谈吐则令人障阻重重。在日常生活中，我们身边的人总是多种多样，有口若悬河的，有期期艾艾、不知所云的，有谈吐隽永的，有语言干瘪、意兴阑珊的，有唇枪舌剑的……人们的口才能力有高低之分，说话的效果也是天差地别的。因此，要想在说话上成为高手，达到"到什么山上唱什么歌"的境界，就必须要把握其中的奥秘。

有一次，美国前国务卿基辛格对周恩来总理说："我发现你们中国人走路都喜欢弓着背，而我们美国人走路大都是挺着胸！这是为什么？"对基辛格这句话首先要做出准确的判断，是恶意，还是玩笑？不能说这话是十分友善之谈，但也没有明显的恶意，气氛和情绪并不是对立的，说的情况基本属实，话语本身带着调侃的色彩。所以，回答也要用调侃的口吻，恰如其分。周总理回答说："这个好理解，我们中国人走上坡路，当然是弓着背的；你们美国人在走下坡路，当然是挺着胸的。"说完，哈哈大笑。周总理的应变确实敏锐，分寸掌握得十分恰当，既有反唇相讥的意味，又带着半开玩笑的情趣；既不影响谈话的友好气氛，又符合当时说话的场景和说话者的身份，不卑不亢、恰如其分。

古语云："凡事预则立，不预则废。"所以说话前，有必要对下列问题仔细地考虑：你要对谁讲，将要讲什么，为什么要讲这些内容，怎么讲，有什么有利因素和不利因素，怎样处理等。刘墉，是乾隆时期有名的宰相。他的能力强、有原则，沟通起来机灵得很，让乾隆皇帝不宠爱他都不行。

有一回刘墉陪乾隆皇帝聊天，乾隆很感慨地说："唉！时光过得真快，就快成了老人家喽！"刘墉看看皇帝一脸的感伤，于是说："皇上您还年轻哩！"

"我今年45岁，属马的，不年轻啦！"乾隆摇摇头，接着看了一眼刘墉问："你今年多大岁数啦？"

刘墉毕恭毕敬地回答："回皇上，我今年45岁，是属驴的。"

乾隆听了觉得很奇怪，于是就问："我45岁属马，你45岁怎么会属驴呢？""回皇上，皇上属了马，为臣怎敢也属马呢？只好属驴喽！"刘墉似笑非笑地回答。

"好个伶牙俐齿的刘罗锅！"皇上拊掌大笑，一脸的阴霾尽消。

见什么人说什么话，就是在告诉我们，谈话时要尽量使用对方认同的语言，谈论对方熟悉和关心的话题，并且也要视当下的具体情况灵活应变，以便在迎合对方心理的同时，也赢得对方的好感；唯有赢得对方的好感，才有可能得到我们想获得的东西，而这也是成就大事的一种技巧。

【口才举例】

有篇名为《车市：乱花渐欲迷人眼，浅草才能没马蹄》的文章说：

正如我们不指望资本放弃它那投机钻营的本性一样，我们也不会为他们给我们的嗟来之食所打动。我们相信只要大家齐心协力，或支持民族品牌，或持币进行到底，这场价格联盟vs持币军团的持久战，最终的结果会告诉那些不诚信的商家：消费者当初很生气，现在后果很严重，"乱花渐欲迷人眼，浅草才能没马蹄。"还是让我们擦亮眼睛，耐心等候，看看这场老鼠和猫捉迷藏的游戏到底能玩多久。

汽车降价已经成为很多人关注的焦点，但是说法纷呈，商家也在真真假假地玩游戏，所引诗句在这里表达的是说法众多、真假难辨的意思。

正是江南好风景，落花时节又逢君——有了共同话题好沟通

【出处】杜甫《江南逢李龟年》

【原诗】

岐王宅里寻常见，崔九堂前几度闻。

正是江南好风景，落花时节又逢君。

【注释】

李龟年：唐代著名音乐家，曾受唐玄宗赏识，后来流落江南。

岐王：即唐玄宗的弟弟李范。

崔九：即崔涤，当时担任殿中监。

【译文】

在岐王府里经常和你见面，在崔九堂前多次听过你的歌声。如今江南风景正好，落花飘零的时节又与你相逢。

【解析】

有了共同话题好沟通

这首诗通过描写友人的生活巨变，抒发了昔盛今衰的无限感慨。最后两句表达了老友重逢时，既欣喜又伤感的复杂心理。故友重逢是人生一大快事，固然有说不完的话题。一般情况下，谈话要选择一些容易引起对方兴趣的话题，这样有利于创造一个轻松活跃的谈话氛围，使交谈得以深入，友谊得以发展。

在交际中，我们对每一次交谈的话题都应该精心选择，不应随心所欲地张口就来，否则，在还未进入交谈内容时，就已经引不起对方的兴趣了。

但在具体选择这些话题时，要顾及谈话对象。一个话题，只有让对方感兴趣，谈话才有维持和继续的可能。比如，自己是球迷，就切莫以为别人都是球迷。逢人就谈球赛，遇到对球不感兴趣的人也大谈特谈，就会让对方感到索然无味、失去兴趣。

现代年轻人的话题总是局限于时下流行的事和物，对其他的话题都不感兴趣，这种做法已限制了话题的范围。那么怎样才能让自己成为说

第一章 读唐诗，学交际口才

话的高手，并受人欢迎呢？

美国女记者芭芭拉·华特，初遇美国航空业界巨头亚里士多德·欧纳西斯时，见他正与同行们热烈讨论着货运价格、航线、新的空运构想等问题，芭芭拉没法插上一句话。在共进午餐时，芭芭拉灵机一动，趁大家谈论业务中的短暂间隙，赶紧提问："欧纳西斯先生，你在海运和空运方面都取得了伟大的成就，这是令人震惊的。你是怎样开始的？当初你的职业是什么？"这个话题一下叩动了欧纳西斯的心弦，他立即同芭芭拉侃侃而谈起来，动情地回顾了自己的奋斗史。

选择话题，除了注意对方的需求外，还要小心避开对方的禁忌，尽量选择"安全系数大"的话题。每个人除了有若干"禁区"外，还存在"敏感地带"，谈话中都应当小心避开。譬如，不幸者忌谈他遭受不幸的往事，失恋者忌谈爱情与婚姻问题，残疾人的家庭忌谈家中的那位残疾者等等。有时，与医生、律师等专业人士交谈，在他们工作以外的时间里，不宜谈过分具体的专业话题，如什么病该怎么医治，什么纠纷该怎么处理等。同要人交谈，往往忌谈政治、宗教和性的问题。对于一些很难处理的"敏感话题"，一般要尽量避而不谈。

某文艺编辑曾讲过一段故事。他邀一位名作家写稿，该作家非常难合作，各报社的编辑都对他大伤脑筋。因此，这个编辑在见面前也相当紧张。

一开始果不出所料，各说各的，怎样都谈不拢。编辑为此很是头痛，只好打定主意，改天再来。

这一次，编辑把几天前在一本杂志上看到有关作家近况的报道搬出来，并说："您的大作最近要翻译成英文，在美国出版了。"作家见对方如此关心自己，就很感兴趣地听下去。编辑又说："您的风格能否用英文表现出来？"作家说："就是这点令我担心……"于是他们就在这种融洽气氛中继续谈下去。

本来已不抱希望的编辑，此时又恢复了自信，并最终成功约稿。我们可以看出，在交谈中处于劣势的一方，常常是寻找话题的责任者。

【口才举例】

例1：

李达返回十年前工作过的地方，遇到了当年的好友。两人饮酒叙旧时，李达激动地说：

十年前，咱们朝夕相处。回想起那时，每逢暮春时节，我俩都会沿着田野间的小溪遛弯儿，看着满目青绿的禾苗和远处翠绿的山峦，心里着实惬意。乡间的空气实在是好，清新爽人。我还记得我们在细雨中散步，谈友谊、谈理想、谈共同感兴趣的问题时的情景。当初，我们也是书生意气，鸿鹄志远啊！后来分手了，我常常想起这一段有意思的生活。虽然当时吃的穿的并不是太好，但是那份纯洁、那份追求，令我永远难忘！

"正是江南好风景，落花时节又逢君。"我今天是又激动又高兴。来，为了重逢，让我们畅饮一宵！

时宜情宜，引诗巧妙自然，恰如其分地烘托出两人的情感与友谊。

例2：

刘兵出差来到江南某市，在大街上偶然遇见老友。他激动万分地说：从上次到现在，咱们分别有好几年了。时间过得可真快！那时我们还都刚刚走出校门，对未来充满特别美好的憧憬。怎么样，你当年的那些愿望是不是已经实现了？你行，聪明、伶俐、心灵手巧，再加上你人特别活泼，肯定没有问题。说实在的，咱们分手后，大家都不止一次地打听你的地址，可一直没有结果。大家伙碰到一起谈起你时，都说你在干大事业了。怎么样，是不是买卖做得很顺心顺意啊？"正是江南好风景，落花时节又逢君。"真没想到今天竟在这里碰见你！看来这既是人意，也是天意啊！走，咱们找个地方好好聊聊去！

老友异地重逢，眼前又是水乡美景，刘兵自然是兴奋异常。唐诗佳句在这里引用得恰到好处。

此时无声胜有声——沉默也是一种口才艺术

【出处】白居易《琵琶行》

【原诗】节选

转轴拨弦三两声，未成曲调先有情。

弦弦掩抑声声思，似诉平生不得志。

低眉信手续续弹，说尽心中无限事。

轻拢慢捻抹复挑，初为《霓裳》后《六幺》

大弦嘈嘈如急雨，小弦切切如私语。

嘈嘈切切错杂弹，大珠小珠落玉盘。

间关莺语花底滑，幽咽泉流冰下难。

冰泉冷涩弦凝绝，凝绝不通声暂歇。

别有幽愁暗恨生，此时无声胜有声。

银瓶乍破水浆迸，铁骑突出刀枪鸣。

曲终收拨当心画，四弦一声如裂帛。

东船西舫悄无言，唯见江心秋月白。

【注释】

转轴拨弦：将琵琶上缠绕丝弦的轴，以调音定调。

掩抑：掩蔽，遏抑。

思：悲伤。

信手：随手。

续续弹：连续弹奏。

拢：左手手指按弦向里（琵琶的中部）推。

捻：揉弦的动作。

抹：向左拨弦，也称为"弹"。

挑：反手回拨的动作。

《霓裳》：即《霓裳羽衣曲》，本为西域乐舞，唐开元年间西凉节度使杨敬述依曲创声后流入中原。

《六幺》：大曲名，又叫《乐世》《绿腰》《录要》，为歌舞曲。

大弦：指最粗的弦。

嘈嘈：声音沉重抑扬。

小弦：指最细的弦。

切切：细促轻幽，急切细碎。

【译文】

（琵琶女）转紧琴轴拨动琴弦弹了几声，曲调还没出来已充满感情。弦弦凄楚每一声都隐含沉思，似乎在倾诉一生的不得志。（她）低着头随手连续弹奏，说尽了心中的无限往事。轻轻抚拢慢慢捻弄，抹了又挑，先弹《霓裳羽衣曲》，然后再弹《六幺》。大弦厚重如疾风暴雨，小弦幽细如窃窃私语。嘈嘈声切切声交错而起，就像大珠小珠掉落到玉壶中。声音清脆时如黄莺在花丛下鸣唱，幽咽时像清泉在冰下艰难流淌一样。好像泉水冻结，琵琶弦凝结不通畅，声音渐渐歇止下来。另有一种愁思幽恨暗暗滋生，此时没有声音却胜过有声。（突然间）好像银瓶撞破，水浆四溅，又好像铁甲骑兵厮杀，刀枪齐鸣。一曲终了，（琵琶女）收拢拨子在琴板中心猛然一划，四根琴弦一声轰鸣，好像撕裂了布帛一样。东边和西边的船里都静悄悄地没人说话，只看见江心一轮秋月闪耀着银波。

【解析】

沉默也是一种口才艺术

"此时无声胜有声"的意思是说在这个时候，不说话比说话更有用。这在口才学中，是一种高级的沉默艺术。

数千年前的一位希腊诗人曾说过，"世界上没有比沉默更宝贵的东西了。"我们中国人也常说："沉默是金。"的确，这句话至今仍是为众人所信服的一个真理。

沉默，可以用冷静的头脑去思考对方，如果你能洞察他人的心思，你就能轻而易举地把对方吸引过来。

大家都认为既是说服，当然就得凭借好口才。其实，偶尔采取沉默战术同样可以达到说服的效果。沉默可以引起对方注意，使对方产生迫切想了解你的念头。以下我们就来看看一个利用沉默成功说服的例子。

日本一家著名的电机制造厂召开管理员会议，会议的主题是"关于人才培育的问题"。会议一开始，山崎董事就用他那特有的声音提出自己的意见。

"我们公司根本没有发挥人才培训的作用，整个培训体系形同虚设，虽然现在有新进职员的职前训练，但之后的在职进修却成效不彰。职员们只能靠自己的摸索来熟悉自己的工作，很难与当今经济发展的速度衔接在一起，因而造成公司职员素质水平普遍低落、效益不高。所以我建议应该成立一个让职员进修的训练机构，不知大家看法如何？"

"你所说的问题的确存在，但说到要成立一个专门负责培训职员的机构，我们不是已经有职员训练了吗？据我了解，它也发挥了一定的功用，我认为这一点可以不用担心……"

"诚如社长所说，我们公司已经有职员训练，但它是否发挥实际作用了呢？实际上，职员根本无法从中得到任何指导，只能跟着一些老职员学习那些已经过时的东西，这怎么能够将职员的业务水平迅速提升呢？而且我观察到许多职员往往越做越没有信心、越做越没干劲。所以，我认为它的功能不彰，所以还是坚持……"

"山崎，你一定要和我唱反调吗？好，我们暂时不谈这个话题，会议结束后，我们再做一番调查。"

就这样，一个月后公司主管们重新召开关于人才培训的会议。这次社长首先发言。

"首先我要向山崎道歉，上次我错怪他了。他的提案中所陈述的问题确实存在。这个月我对公司进行了抽样调查，结果发现它竟然未能发挥应有的功效。因此，今天召集大家开会是想讨论一下应该如何改变目前人才培育的方法，请大家尽量发表意见吧！"

社长的话一出口，大家就开始七嘴八舌地提出建议，但令人奇怪的是，这一次山崎董事却始终一语不发地坐在原位，安静地聆听着大家的意见，直到最后他都没说一句话。

会议结束以后，社长把山崎董事叫进社长办公室晤谈。"今天你怎么啦？为什么一句话也不说？这个建议不是你上次开会时提出来的吗？"

"没错，是我先提出来的。不过上次开会我把该说的都说了，其实那无非是想引起社长你对这问题的重视罢了。现在目的已经达到，我又何必再说一次呢？还不如多听听大家的建议。"

"是吗？不错，在此之前我反对过你的提议，你却连一句辩解也没有。今天大家提出的各种建议都显得很空洞，没有实际的意义，反倒是你的沉默让我感到这个问题带来的压力。这样吧，这件事就交给你去办好了！今天起由你全权负责公司的人才培训工作。请好好努力吧！"

"是，谢谢您对我的信任，我一定会努力把这件事做好！"

看了上面这个例子，你有何感想？这是个典型的沉默说服法成功的案例。如果你真能适时地利用沉默，有时发挥的作用可能反而要比说话大得多。

沉默，可以使态度不友善或蛮不讲理的人，落入你预先准备好的陷阱里。对付顽固的人，以沉默的态度让他尽量发挥，他自然会逐渐不再坚持己见，转而要求你提出自己的意见。沉默使你不会说错话，不会做出虚伪与无意义的事情。对于对方来说，"静静地听"便是令他产生感激之情的最有效的办法。也许当时因为他自己正是滔滔不绝、口若悬河，因此没有注意到你正以体谅的心情在听他诉说，但是当他说话告一段落时，当他把心里要说的话说完的时候，他会感觉特别轻松，自然他就会开始喜欢你，对你的沉默难以忘怀，并表示出感激之意。

话说完之后，便保持沉默，这就是最有效的说服力，你不妨试试看。

【口才举例】

上课的时候，老师在讲台上讲得津津有味，但是坐在后面两排的几个男同学也和老师一样，在津津有味地小声议论，并且声音越来越大。老师看到了这种情况，马上停止自己的讲课，使得教室里只有几个男生的议论声。几秒钟以后，他们察觉到事情的不对劲，都低下了头，因为教室里的其他同学都在厌恶地看着他们。

于是老师又继续上课，那几个同学也认真起来。

事后，班长不明白为什么老师不批评他们，便问老师是什么原因。

老师说："作为一名教师，必须耐心倾听大家的陈述，尊重大家对事理申述的权利，不能想当然地随意批评大家。对于大家的错误，也要允许有认识的过程，不可急于要求大家在未觉悟时硬性认错，在公开场合切忌随意揭短。而在批评过程中，要讲究方法和语言表达方式，坚决避免采用简单粗暴的方式来对待，切实保护大家在学校免受心理上的创伤。只有这样，才能做到'无声胜有声'，使大家心服口服，真正受到教育。"

溪云初起日沉阁，山雨欲来风满楼——察言观色，因人而异巧说话

【出处】许浑《咸阳城东楼》

【原诗】

一上高城万里愁，蒹葭杨柳似汀洲。

溪云初起日沉阁，山雨欲来风满楼。

鸟下绿芜秦苑夕，蝉鸣黄叶汉宫秋。

行人莫问当年事，故国东来渭水流。

【注释】

咸阳：秦都城，今属陕西。此题一作《咸阳城西楼晚眺》。

汀洲：水中小洲。

溪、阁：作者自注："南近磻溪，西对慈福寺阁。"

当年：一作"前朝"。

【译文】

一登上高高的城楼就生出无边的忧愁，蒹葭丛生、杨柳轻摆（的地方）就像（江南水乡的）沙洲。磻溪上空升起一片云彩，太阳也沉落到慈福寺后面去了。山雨就要来临，凉风吹满了城楼。归鸟飞到秦朝禁苑的绿草之上，秋蝉在汉朝深宫高树的黄叶上鸣叫。过往行人还是不要问当年的秦汉旧事吧，我来寻访这故都遗址，只看见渭河水在默默地流淌。

【解析】

察言观色，把握好说话分寸

在大雨来临之前，会有大风盈满楼的现象。现在引申为：在一些事情到来之前都会有一些这样或那样的征兆，所以我们要善于观察，做到未雨绸缪，在事情没有到来之前做好相应的准备。

我们在语言交流中也要善于"察言观色"，观察注意对方的姿势、态度、表情等，该讲则讲、该停当停。

会说话，不仅仅是提问和回答，还要依照不同场合、不同人群、不同风俗、不同背景自然表达，因人而异，只有这样你才能受人欢迎。

因人而异，主要从几个方面把握：

1. 看性别说话

性别不同，对言辞的接受也有差别。俄罗斯有一句谚语说："男人靠眼睛来爱，女人靠耳朵来爱。"这就指出性别对于接受信息会有差异。

在说话者言辞接受的程度上，一般说来，男士较能承受率直、干脆、粗放、量重的话语，而女士则喜欢委婉、轻柔、细腻、量轻的话语。说话者必须依据接受对象的不同选择自己的表达方式与程度。

在通常情况下，说话者如果是男士，而接受者又并非自己的妻子、恋人或关系很密切的姐妹，那么言辞就应当严格把握分寸，在内容上、方式上都要充分注意女性的接受特点。对一些可以向男士说的话，就不一定能向女士说；对一些可以向男士使用的表达方式，就不一定用于女士。

2. 看教养层次说话

教养是指一般文化和品德的修养，包括文化程度、知识积累、生活阅历、涵养气度等。教养层次不同，对说话者言辞的接受程度也不同。有些话说出来，甲听得懂，理解得了，乙就可能听不懂，理解不了，说话者在进行言辞表达时，要认清自己的接受对象教养层次如何，盲目表达不仅达不到说话的目的，甚至会弄巧成拙，贻笑大方。

3. 看性格说话

人各有其情，各有其性。言辞表达的内容与方式必须因人而异，符合接受对象的脾气、性格，才有可能产生"同声相应，同气相求"的效果。

性格外向的人易于"喜形于色"，性格内向的人多半"沉默寡言"。同性格外向的人谈话，你可以侃侃而谈，同性格内向的人谈话，则应注意循循善诱。两千多年前，孔子就注意针对学生的不同性格来回答他们的问题。

有一次，孔子的学生仲由问："听到了，就去干吗？"孔子回答说："不能。"另一个学生冉求也问："听到了，就去干吗？"孔子

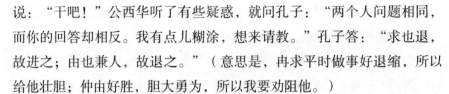

说："干吧！"公西华听了有些疑惑，就问孔子："两个人问题相同，而你的回答却相反。我有点儿糊涂，想来请教。"孔子答："求也退，故进之；由也兼人，故退之。"（意思是，冉求平时做事好退缩，所以给他壮胆；仲由好胜，胆大勇为，所以我要劝阻他。）

可见，孔子诲人不是千篇一律，而是因人而异，特别注意学生的性格特征的。日常生活、公关活动等各方面的交谈也要注意这一点。

4. 看对方心境说话

人际交流中经常会有"言者无意，听者有心"的情况，说话不注意洞察对方的心理状态，往往会出现意外的问题。

《红楼梦》第八十三回写到大观园中一个婆子教训自己的外孙女："你这不成人的小蹄子！你是个什么东西，来这园子里头混搅！"这话恰好被黛玉听到，她误认为婆子骂她，于是大叫一声道："这里住不得了！"直气得"两眼反翻上去"。

婆子的话本来是不让外孙女到大观园中来，但黛玉不这么想。她那种寄人篱下的特定处境和心态使她产生了误会。所以同样一句话，不同的人听来感受完全不同。

5. 看地域说话

地域指的是接受对象所处的地理位置，包括国别、省别、族别等。不同的地域有不同的地域文化，彼此在认识、观念、习惯、风俗上都有区别，对说话者言辞的接受就会有所不同。说话者在进行言辞表达时，应当认清接受对象的地域性，才会产生良好的交际效果。

《尹文子·大道》讲了这么一件事：郑国人把未经加工处理的玉叫作"璞"，东周人把还没有腌制成干的老鼠叫作"璞"。郑国的一个商人在东周做买卖，一个东周人问他："你要不要买璞？"郑国商人说："我正想买。"于是东周人从怀里掏出一只老鼠递上。郑国商人赶快辞谢不要。东周人在作言辞表达时，没有认清其交谈对象是郑国人，所以买卖必然不能成功。

地域不同对言辞接受也会不同，在世界上的表现大体有：欧洲人不喜欢听涉及自己的政治倾向、宗教信仰、年龄状况（女性更重）、家庭私事、行动去向等问题的话，忌讳"13"和"星期五"。

朝鲜、韩国、日本人忌讳别人说"4"。

阿拉伯人喜欢听"星期五"。

泰国人喜欢"9"。

菲律宾人不愿谈论政治、宗教及腐化问题。

赞比亚人爱听尊称，最好加上职务和头衔。

新加坡人不爱听"7"，反感别人对自己说"恭喜发财"，忌讳谈论关于猪的话题。

扎伊尔人喜欢听随和、爽快、恭维的话。

俄罗斯人喜欢听尊称、敬语、谦辞，倾心于"女士优先"的话题。

突尼斯人喜欢别人在各种场合同自己打招呼，而且问候得越长、越久、越具体越好。

在中国不同的地区、不同的民族表现大体有：香港人爱听吉祥话，涉及福、禄、寿的都很喜欢，乐于别人随时随地对他说"恭喜发财"。喜欢"3""6""8"等数字。忌讳别人打听自己的家庭住址、工资收入、年龄状况。忌讳语也较多，如"炒包饭""炒鱿鱼"，有解雇、开除之嫌，听之不吉利；"猪舌"有蚀本之嫌，改叫"猪利"；"丝瓜"有输光之嫌，改叫"胜瓜"。

澳门人喜欢听别人说话干脆，直截了当，不爱听转弯抹角、吞吞吐吐的话语。

蒙古族人喜爱白色，爱谈与白色有关的话题，高兴别人来祝福；最厌恶黑色，忌讳别人谈论黑的话题。

彝族人忌讳背后议论别人的短处，特别是别人的生理缺陷。

维吾尔族人谈话以长为先，亲友见面互道问候语。

因地域不同而产生的表达差别，甚至在同一个民族、同一个省区的不同地市，也有表现。比如，贵州省不同地方的人对西红柿的叫法不同，贵阳人叫毛辣角，遵义人叫番茄，兴义人叫酸角，独山人叫毛秀才。说话者如果不区分这些地域上的差别，说话目的就难以实现。有些严重的差异，如果不分清，甚至还会对说话者产生严重的后果。

所以，一个人要想使自己说出的话引起对方的重视或取得对方的认可，必须得把握好说话的分寸。

【口才举例】

例1：

《新民晚报》上曾有一篇谈论二手车市场的文章——《二手车市场：山雨欲来风满楼》，其中这样写道：

近一年来，"钱"景诱人的二手车市场可谓是风生水起：先是上海大众、上海通用、一汽大众等厂家高调宣布介入二手车领域；随后，国外二手车商来华考察市场的消息频见报端；很快，国内首家二手车合资企业——上海协通二手车经营公司挂牌运营；而在此期间，各类汽车交易市场的拍卖广告早已是屡见不鲜。而日本本田、法国标致等也开始在华涉足二手车，有消息称奇瑞汽车有限公司也将正式介入旧车品牌置换业务。种种迹象表明，二手车市场已是"山雨欲来风满楼"！

用此诗句意在表明，各大汽车公司挺进二手车市场，二手车市场上的商战即将打响。

此曲只应天上有，人间能得几回闻——多多赞美他人

【出处】杜甫《赠花卿》

【原诗】

锦城丝管日纷纷，半入江风半入云。

此曲只应天上有，人间能得几回闻？

【注释】

花卿：即花敬定，唐朝武将，曾平定段子璋之乱。杜甫《戏作花卿歌》"成都猛将有花卿，学语小儿知姓名"，即此花卿。卿：尊称。

锦城：四川省成都市。丝管：弦乐器，管乐器，此代音乐。纷纷：繁多而纷乱。此处应是"繁盛"意。

半入江风半入云：乐声随江风飘散，飘到江上，飘入云层。"半入"并非各半。

天上有：以仙乐比之。

几回闻：听到几回。意思是说人间很少听到。

【译文】

诗的大意是：锦官城里的乐曲每天缭绕不断，随江风飘到江上，飘入蓝天向云间。这样的曲子只应该天上才有，人间又能听得见几次呢?

【解析】

多多赞美他人

爱美之心人皆有之，每个人都具有不同的个性，也都具有不同的优缺点，每个人都在乎外界对自己的肯定和赞扬。抓住每个人的个性，赞美他们的优点，是协调人际关系的有效手段之一。真诚的赞美，会使你获得良好的人际关系，会让你感到其乐融融。

有一位工程师史先生，他想要降低房租，可他知道他的房东是相当顽固的，他说："我写信给房东，告称在租约期满后，准备迁出，实际上我并不想迁居，只希望能减低租金，但依情势来看，不会有太大希望，因为许多的房客都失败过，那房东是难以应付的，不过我还是打算尝试一下。房东收到我的信后，不出几天就来看我，我在门口很客气地迎接他，我充满了友善和热诚，我没有开口就提及房租太高，我开始谈论我是如何的喜欢他这房子，我做的是'诚于嘉许宽于称道'。我恭维他管理房舍的方法，并告诉他很愿意继续住下去，但是限于经济能力不能负担。"

"显然，他从未接受过房客如此的肯定和款待，他几乎不知如何是好。于是他开始向我吐露，有一位抱怨的房客，曾写过十多封信给他，简直是在侮辱他，更有人曾无理要求，假如房东不能增加设备，他就要取消租约。"

"临走时他告诉我：'你是一个爽快的人，我乐于有你这样一位房客。'没有经过我的请求，他便自动减低了一点租金，我希望再减一点，于是我提出了我的数目，他也毫无难色地答应了。当他离开时，还问我：'有什么需要增加的设备吗?'"

"假如我用别的房客的方法去减低租金，一定会遭遇他们同样的失败，可是我用了友善、同情、欣赏、赞美的方法，使我获得了胜利。"

当然，赞美别人要真心，要恰如其分，不要言过其实，说得天花乱坠，过了头的就不是赞美，而是"拍马屁"了。因人、因时、因地、因场合适当地赞美人，是对别人的鼓励和鞭策。年轻人爱听风华正茂、有风度的赞语；中年人爱听幽默风趣、成熟稳健的赞语；老年人爱听经验丰富、老当益壮、德高望重的赞语；女同志爱听年轻漂亮、衣服合体、身材好的赞语；孩子爱听活泼可爱、聪明伶俐的赞语；病人爱听病情见好、精神不错的赞语。

取人之长补己之短，抬着头看别人，你就会越走越高。反之总觉得别人不如自己，高高在上，低着头看别人你就会越走越低。善于发现别人的长处，还必须善于赞美，赞美别人的同时，你的心灵得到净化，你就会发现世界无限美好，人间无限温暖。

赞美有时也无需刻意修饰，只要源于生活，发自内心，真情流露，就会收到赞美之效。但要更好地发挥赞美的效果，也需要注意以下几个要点。

（1）实事求是，措辞恰当。当你准备赞美别人时，首先要掂量一下，这种赞美，对方听了是否相信，第三者听了是否不以为然，一旦出现异议，你有无足够的理由证明自己的赞美是有根据的。

一位老师赞美学生们："你们都是好孩子，活泼、可爱、学习认真，做你们的老师，我很高兴。"这话很有分寸，使学生们既努力学习，又不会骄傲。但如果这位老师说："你们都很聪明，将来会大有出息，比其他班的同学强多了。"效果就大不一样了。

（2）赞美要具体、深入、细致。抽象的东西往往不具体，难以给人留下深刻印象。如果称赞一个初次见面的人"你给我们的感觉真好"，那么这句话一点作用都没有，说完便过去了，不能给人留下任何印象。但是，倘若你称赞一个好推销员："小王这个人为人办事的原则和态度非常难得，无论给他多少货，只要他肯接，就绝对不用你费心。"那么由于你挖掘了对方不太明显的优点，给予赞扬，增加了对方的价值感，因此赞美起的作用会很大。

（3）热情洋溢。漫不经心地对对方说上一千句赞扬的话，也等于白说。缺乏热情的空洞的称赞，并不能使对方高兴，有时还可能由于你的敷衍而引起对方的反感和不满。

（4）赞美多用于鼓励。鼓励能让人树立起自信心。自信是成功的一半，用赞美来鼓励对方，能达到事半功倍的效果，尤其在"第一次"。无论任何人做任何事情，都有第一次的时候，如果对方第一次做得不好，你应该真诚地赞美一番："第一次有这样的表现已经很不容易了！"别人会因为你的赞美而树立信心，下次自然会做得更好。

对别人的赞美要客观、有尺度、出于真心，而不是阿谀奉承、刻意恭维讨好，这样做会适得其反，会引起别人反感。赞美之辞既是对别人成绩的肯定，使听者感受到自己存在的价值，激发他人努力去做出更大的成就，与此同时自己也能获得无限的快乐。而扼杀人与人之间最为宝贵的真诚乃是妒忌，见不得别人比自己有地位、有成就，见不得别人比自己有钱。这样的心态，是无法说出真诚的赞美之词的。说出真诚、由衷的赞美是需要雅量的。

【口才举例】

例1：

静静是个喜欢音乐的姑娘，尤其喜欢巴赫的大提琴无伴奏组曲。她曾写信给朋友这样描绘听这支曲子时的感受：

三年前的夏天生病在家，从那时候起，我开始听这支曲子，最初强忍着听，可是到后来完全被吸引了，也终于明白了为什么会有那么多人喜欢这支曲子。后来我每天都要把这支曲子听好几遍，在曲子里面我能忘记很多事情，又能忆起很多事情。我是学理工的，每天都在实验室和一些瓶瓶罐罐打交道，也总是以为世界可以像做实验一样得出精准的结果。而我听了巴赫这支无伴奏组曲后，这个信念被彻底摧毁了。"此曲只应天上有，人间能得几回闻。"这句古诗或许能将我心里的感觉表达一二，其他有逻辑、很精确的话已经说不出来了。

例2：

白菲菲《我是青城旧时客》中谈青城山上道姑所吹奏的音乐时说：

记得法会的前一天，她们聚在西客房后的天井里和音。天井不常有人，地上长满了青苔，天井中央的花台上种满了各种散发着芳香的奇花异草。她们围坐在屏风后的大圆桌边，吹起了笛子。那笛声之清丽哀怨、婉转动人，我闻所未闻。加之她们齐齐的一袭白衣素裹，疑为仙女下凡。真乃"此曲只应天上有，人间能得几回闻"以至一阵无名的忧伤涌起，令人心动神摇，无限伤感，几至落泪。

白菲菲听了道姑们清丽动人的曲子，看了道姑们飘如仙子的服饰，恍如进入神仙境界：此诗句在这里恰到好处地表现了她当时的感觉。

同是天涯沦落人，相逢何必曾相识——给陌生人留下良好的第一印象

【出处】白居易《琵琶行》

【原诗】节选

我闻琵琶已叹息，又闻此语重唧唧。

同是天涯沦落人，相逢何必曾相识！

【注释】

重：重新，重又之意。

唧唧：叹声。

【译文】

我听了琵琶声已经叹息，又听到这番诉说更是悲叹。（我们俩）同是沉沦流落到偏远地区的人，相逢时何必一定要是曾经相识的人呢！

【解析】

给陌生人留下良好的第一印象

两个漂泊异乡、沦落天涯的陌生人，第一次见面就觉得非常有缘分，互相倾诉。所以，给人留下良好的第一印象是非常重要的。

在人与人的交往中，我们常常会说或者会听到这样的话：

"我从第一次见到他，就喜欢上了他。"

"我永远忘不了他留给我的第一印象。"

"我不喜欢他，也许是他留给我的第一印象太糟了。"

"从对方敲门进入，到坐在我面前的椅子上，就在这短短的时间内，我就大致知道他是否合格。"

这些话说明了什么？说明大多数的人都是以第一印象来判断、评价一个人的。

对方喜欢你，可能是因为你留给他的第一印象很好；对方讨厌你，可能是你留给他的第一印象太糟。

这就是所谓的首因效应。首因效应，也叫作"第一印象效应"，是指最初接触到的信息所形成的印象对我们以后的行为活动和评价的影响。通常，人在初次交往中给对方留下的印象很深刻，人们会自觉地依据第一印象去评价某人或某物，今后与人、物打交道的过程中的印象都被用来验证第一印象。

一生中，我们会遇到很多重要的第一次，也就会有很多需要重视的第一印象。比如，求职，第一次去见面试官；求人办事，第一次登门拜访；参加工作，第一次见单位同事；找对象，第一次与对方约会……这些第一次都很重要。从小的方面来看，关系到求职能否成功、事情能否办成；从大的方面来看，关系到事业能否成功，婚姻能否美满。

一位先生登报招聘一名办公室勤杂工。约有50人前来应聘，最后这位先生挑中了其中一个男孩。

"我想知道，你为何喜欢那个男孩？"他的一位朋友说，"他既没带一封介绍信，也没有任何人推荐。"

"你错了，"这位先生说，"他带来许多介绍信。他在门口蹭掉了脚下带来的土，进门后随手关上了门，说明他做事小心仔细；当他看到那位残疾老人时，就立即起身让座，表明他心地善良，体贴别人；进了办公室他先摘下帽子，回答我的提问时干脆果断，证明他既懂礼貌又有教养；其他人都从我故意放在地板上的那本书上迈过去，而这个男孩却俯身拾起它放回桌子上；他衣着整洁，头发梳得整整齐齐，指甲修得干干净净。难道你不认为这些就是最好的介绍信吗？"

那个男孩通过自己的一言一行，打动了面试官，成功地用"第一印象"推销了自己。幸运其实并不神秘，也并不是"可遇不可求"的，打造完美的第一印象，也许你就是下一个幸运的人。

因此，在现实交往中，我们务必在"慎初"上下功夫，力争给对方留下良好的第一印象。

那么应该如何展示自己的第一印象呢？对此美国专家曾提出过如下建议：

1. 发挥自己的长处

如果你发挥自己的长处，别人就会喜欢和你在一起，并容易与你合作。一个人要首先了解自己，把握自己的特点，如动作、手势、神情以及其他吸引人注意的能力等等。要知道，别人正是根据这些特点来形成对你的印象的。所以，与人交往，要充满自信，并尽可能展现自己的长处。

2. 保持自我本色

懂得为人处世的人，永不会因场合不同而改变自己的性格。保持最佳状态的真我是给人留下美好印象的秘诀。无论你是在与人亲密地倾谈，还是在发表演说，都要保持自己的本色不变，不要给人造成言行不一的不诚实感觉。

3. 善于使用眼神及目光

不管是跟一个人还是一百人说话，一定要记住用眼睛望着对方。有些人在开始时望着你，但才说了几个字，目光就移到了别处。进入坐满人的房间时，应自然地举目四顾，微笑着用目光照顾到所有的人，不要避开众人的目光，用自然的目光，获得他人的尊重和认可。

4. 先听而后行

待人处世时，切勿急于发表意见。要稍微等一会儿，先了解一下当时的情形。看看社交场合的气氛如何？别人的情绪怎样，是高涨还是低落？他们渴望聆听你的意见，还是露出厌烦的神色？只有你觉察到别人的情绪，才能比较容易地接触他们。

5. 集中精力。

怎样才能集中精力？这是很多人都关心的问题。有一位专家是这样告诉我们的："我在跟别人见面之前，通常会静静地坐下来集中思想，然后深呼吸一下。我会思考这次见面的目的——自己的目的和他人的目的。有时候我步行几分钟，使心跳加速。这样踏进门时，就不会再想着自己。我把注意力全集中到那人身上，尝试找出他值得我喜欢的地方。"

6. 态度一定要肯定

肯定的态度很重要。我们常常看到有些人说起话来声音越来越小，甚至用手捂住自己的嘴巴。没有人愿意跟一个态度迟疑的人打交道。冷静是必要的，小心谨慎也没错，但切勿迟疑不决。

7. 放松自己的心情

要使别人感到轻松、自在，你自己就必须表现得轻松、自在。不管遇到任何严重的大事情，心理上都尽量要放松。学点幽默，不要总是神色严峻，或做出一副永远苦闷的样子。你应该把心情放松一下，否则家人、朋友和同事会对你感到十分厌倦。时间久了，关系能好吗？

这七点，可以帮助我们给他人留下美好的第一印象，为今后个人的发展铺路搭桥。

【口才举例】

例1：

张蕾离婚快十年了，今天决定年底结婚。大家纷纷祝贺，并询问她意中人的情况。张蕾也不遮掩，坦言道：

上半年我出差参加了一次产品交流会，我和他是在会上认识的，当时也是因为业务需要才彼此留下联系方式的。后来慢慢交往，谈话范围就越出了工作范围，因为发现和他很谈得来，和他有说话的欲望。也可能因为都是离过婚的人，彼此都有一种"同是天涯沦落人，相逢何必曾相识"的感觉。和他在一起我可以很安心地睡个觉，疲倦的心可以得到一种放松，就好像有个什么依靠似的，而这种感觉已经离开我很久了……

例2：

去年李东到美国淘金，但去了后才知道连语言都不过关的他想找一份像样的工作实在很难。后来他遇到张强，在张强的帮助下顺利回国。面对李东一遍又一遍的感激，张强说：

不要这样客气，我们都是同胞骨肉，都是在异国他乡，"同是天涯沦落人，相逢何必曾相识"？我当初刚来美国的时候也是什么都不懂，吃了不少苦头，最后靠另外一个同胞的帮助才站稳脚跟，所以遇到你以后我才丝毫没有犹豫。你如果还想来美国的话，就好好学英语吧！我能在这里找到工作，并把我的产品卖出去，也就是因为我能和美国人交流。过了语言关，很多事情就都迎刃而解了。

都是中国人，都在异国打拼，张强用诗句解释了他帮助李东的原因，也表达了两人因处境相同而产生的亲近之感。

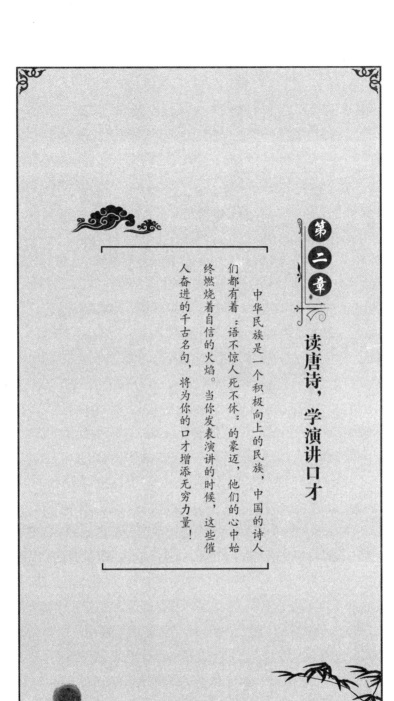

第二章

读唐诗，学演讲口才

中华民族是一个积极向上的民族，中国的诗人们都有着"语不惊人死不休"的豪迈，他们的心中始终燃烧着自信的火焰。当你发表演讲的时候，这些催人奋进的千古名句，将为你的口才增添无穷力量！

宣父尤能畏后生，丈夫未可轻年少——说话时要充满自信

【出处】李白《上李邕》

【原诗】

大鹏一日同风起，扶摇直上九万里。

假令风歇时下来，犹能簸却沧溟水。

世人见我恒殊调，闻余大言皆冷笑。

宣父犹能畏后生，丈夫未可轻年少。

【注释】

上：呈上。李邕（678—747）：字泰和，广陵江都（今江苏江都县）人，唐代书法家、文学家。

摇：由下而上的大旋风。

假令：假使，即使。

簸却：激起。

沧溟：大海。恒：常常。殊调：不同流俗的言行。

余：我。大言：言谈自命不凡。

宣父：即孔子，唐太宗贞观十一年（637年）诏尊孔子为宣父。见《新唐书·礼乐志》。宋本"宣父"作"宣公"。

丈夫：古代男子的通称，此指李邕。

【译文】

大鹏总有一天会和风飞起，凭借大风直上九天云外。如果在风歇时停下来，其力量之大犹能将沧海之水簸干。时人见我好发奇谈怪论，听了我的大言皆冷笑不已。孔圣人还说后生可畏，大丈夫可不能轻视年轻人啊！

【解析】

说话时要充满自信

李白年轻的时候饮酒作乐、豪情万丈、意气风发，对别人的很多做法都不满意，于是就写下"丈夫未可轻年少"来抒发自己内心的不平。圣人孔子说过"后生可畏"的话，作者的意思就是：你们这些老夫子实

在不应该任意轻视少年人，今天我失意沉默，怎知我日后就不飞黄腾达，大显身手呢？表现出作者的高度自信。

人生需要自信心，说话同样需要自信心。人们都渴望自己能拥有良好的口才，而在实际演讲当中又不能很好地发挥自己的口才。很多人埋怨自己的谈吐能力太差；而有一部分人认为自己的谈吐能力并不差，可就是发挥不好自己的口才，说话无吸引力，很难打动对方。这些情况很常见，他们并不是谈吐能力差，而是缺乏相应的自信心。那么，如何才能在说话时充满自信呢？

第一，练习正视别人。

一个人的眼神可以透露出许多信息，当一个人对你说话而不正视你的时候，你会不自觉地问自己："他想要隐藏什么呢？他怕什么呢？他会对我不利？""不正视别人"通常意味着——在你旁边我感到很自卑；我感到不如你；我怕你；我有罪恶感；我做了或想到了什么我不希望你知道的事；我怕一接触你的眼神，你就会看穿我等，而这些都是一些负面的影响。要正视他人，正视别人等于告诉他：我很自信；我很诚实；我相信我告诉你的话是真的；毫不心虚。要让你的眼睛为你工作，就是要让你的眼神专注别人，这不但能给你信心，也能为你赢得别人的信任。

第二，说话时要抬头。

说话时要给人朝气蓬勃的姿态，就要昂首、挺胸、谈吐自若；千万不要低头、垂目、耷拉着脑袋，一副信心不足、没出息的惨相。

第三，大庭广众之下发言。

有很多思维敏锐、天资聪颖的人，却无法发挥他们的长处，这并不是他们不想参与，而只是他们缺少信心。在会议中沉默寡言的人都认为："我的意见可能没有价值，如果说出来，别人可能会觉得我很愚蠢，我最好什么也不说。而且，其他人可能都比我懂得多，我并不想让他们知道我是这么无知。"这些人常常会对自己许下很渺茫的诺言："等下一次再发言。"可是他们很清楚自己是无法实现这个诺言的。长久下去，这些人就会愈来愈没自信。

不论是参加什么性质的会议，每次都要主动发言，要做"破冰船"，第一个打破沉默，也不要担心你会显得很愚蠢，因为总会有人同意你的见解。

第四，必要时刻笑一笑。

笑能给人增添信心，表明了"我有信心，我是一定能行的"。但要记住，培养起自己对事业的必胜信念，并非意味着成功便唾手可得。自信不是空洞的信念，它是以学识、修养、勤奋为基础的，缺乏自信则是以无知为前提的。前者令人尊敬，后者受人嘲讽。真正的笑不但能治愈自己的不良情绪，还能马上化解别人的敌对情绪。如果你真诚地向一个人展颜微笑，他实在无法再对你生气。

"信心"是一种心理状态，可以用"心理暗示法"去诱导出来。对你的潜意识重复地灌输正面和肯定的语气，是提高自信心最快的方式。如果我们用一些正面的、肯定的、自信的语言反复暗示和灌输给我们的潜意识，那么，这些东西就会在我们的潜意识中牢牢扎根，发展为我们的自信心。

【口才举例】

例1：

杨进铨在《侗族作家文学大有希望》一文中说：

说到侗族作家文学，有两个人是不能忽视的。一是上海侗族作家粟刚宾——伟大的、天才的军事家和战略家粟裕的亲属。他20世纪60年代即崭露头角，近年来他的《粟裕大将军》、《虎啸血野》等长篇历史纪实文学在全国广有影响，他在人物形象的塑造上有独到的功夫。如果评选近十年全国优秀军事题材的长篇之作，我看粟刚宾的作品应当获奖。第二个是莫俊荣。记得2001年11月在广西龙胜举行的侗族地区经济文化协作研讨会上，很多人还不认识这位侗族文学新秀，我对大家说：这是莫俊荣，他今天给大家奉送他的新作《神奇鼓楼》，这是写侗族鼓楼的第一个长篇，是写侗族南部方言区生活的第一个长篇，是写侗族反封建斗争历史的第一个长篇。请大家品头论足。"宣父犹能畏后生，丈夫未可轻年少。"对我们的年轻作家，让我们既关爱又鞭策，且扶且看！回到北京后，我认真拜读，感到这部小说尝试运用一些新的艺术手法，很有独创性，民族特点突出，是近年来侗族长篇小说的佳作之一。

杨进铨通过引用唐诗佳句，强调侗族作家文学大有希望、后继有人，并展现了前辈对后来者的关心和鼓励。

例2：

阿丽是张强律师事务所新来的实习生，刚来不久张强就派给她一个很重大的案子，大家都捏了一把汗。几个月后，这个案子被阿丽出色地完成了。

后来有人问张强，他怎么敢把这个案子交给一位年轻的实习生。张强回答说：那确实是一桩复杂难办的经济纠纷案，共有几十件案件纠缠在一起，官司打了许多年，还剩下3／4的案子尚未解决。阿丽是个很认真的姑娘，调查取证一丝不苟，还反复做被执行人的思想工作。在处理案子的过程中，阿丽在某些问题上取得了很大的突破。这对于一个从未办过案子的实习生而言，非常难得。"宣父犹能畏后生，丈夫未可轻年少。"其实，年轻人比我们想象的要成熟许多，只要你给他们机会，他们一定会充分展示出自己的才华。

张强对阿丽的出色表现非常满意，借用诗句表达了对这个年轻人的欣赏和信赖。

桃花潭水深千尺，不及汪伦送我情——真情实感是演讲的灵魂

【出处】李白《赠汪伦》

【原诗】

李白乘舟将欲行，忽闻岸上踏歌声。

桃花潭水深千尺，不及汪伦送我情。

【注释】

踏歌：民间的一种唱歌形式，一边唱歌，一边用脚踏地打拍子，可以边走边唱。

桃花潭：在今安徽泾县西南一百里。《一统志》谓其深不可测。

深千尺：诗人用潭水深千尺比喻汪伦与他的友情，运用了夸张的手

法（潭深千尺不是实有其事）写深情厚谊，十分动人。

不及：不如。

汪伦：李白的朋友。

【译文】

李白乘船正要出发，忽然听到岸上传来踏歌的声音。桃花潭的水纵有一千尺深，也比不上汪伦为我送别的情意深厚。

【解析】

真情实感是演讲的灵魂

这首诗写的是汪伦来为李白送行的情景。诗人很感动，所以用"桃花潭水深千尺，不及汪伦送我情"两行诗来极力赞美汪伦对诗人的敬佩和不舍，也表达了李白对汪伦的深厚情谊。情感是艺术的灵魂，也是演讲生命力的源泉。"功成理定何神速，速在推心置人腹。"这里的推心置腹就是指话语真诚。所谓"真"，是指不矫揉造作，不言辞虚浮，能够保持说话人的自我本色。所谓"诚"，就是真心真意、不掩盖、真情流露。

一次，余秋雨先生在四川大学作演讲，述及他的一位上海音乐学院的朋友去世的情景，他深情地讲道：他的两个学生正在国外，听说老师病危，中止合同，飞回上海，为老师临终演出。那一天，有着许多毛病的上海人，正如我曾多次写过的一样，都激动起来、崇高起来，好多不懂音乐的人也买票去听。小学生们的家长对记者说："带他们来，是为了让他们明白什么叫音乐，什么叫老师……"几天后，这位教授死了，龙华附近花店的花一售而空。病房里堆满了鲜花，楼梯上一层一层地叠满了鲜花……

这发生在现实生活中感人的一幕，使听众分明感受到，那曾经在上海的带了几分悲怆和崇高的气氛，此刻就弥漫在演讲会场。听众的灵魂在演讲者动情的讲述中得到了净化和升华，产生了强烈的心理共鸣。

在话语交际过程中，要使对方感受到情感的真实，说话人的话语一定要受到发自内心的充沛的情感支配。一位作家曾说："说话人装着对自己所说的话毫无情感，把自己隐藏在幕后，也不理睬听众是谁，不偏不倚、不痛不痒地背诵一些冷冰冰的条条儿，玩弄一些抽象概念，或是罗列一些干巴巴的事实，没有一丝的人情味，这只能是掠过空中的一种不明来历去向的声响，所谓'耳边风'，怎能叫人发生兴趣，感动人，说服人呢？"

正当希腊面临马其顿王国的入侵，而遭遇亡国和失去自由的危机的时候，希腊演说家德摩斯梯尼曾经作过一次著名的演说，他的每一句话，每一个词语都充满着发自内心的极为丰富的爱国主义情感，他热情洋溢地说："即使所有民族同意忍受奴役，就在那个时候，我们也应当为自由而战斗。"

从这洋溢着爱国热情的词句中，人们看到了一颗真挚的拳拳之心，因而他的演讲，激励了无数的希腊人从聆听演说的广场直接奔赴战场，连向家人作一声道别也认为耗费了时光。他的敌人，马其顿的国王腓力见到这篇演说词，也感慨地说："如果我自己听过德摩斯梯尼的演说，连我也要投票赞成他当我的反对者领袖。"

感人心者莫先乎情。惟有炽热的情感，才会使"快者掀髯，愤者扼腕，悲者掩泣，羡者色飞"。演说如果感情不真切，是逃不过成百上千听众的眼睛的。

美国著名政治家林肯非常注意培养自己真诚的品格。

1858年他在一次竞选辩论中说："你能在所有的时候欺瞒某些人，也能在某些时候欺瞒所有的人，但不能在所有的时候欺瞒所有的人。"

无哗众取宠之心，有实事求是之意，才能取悦于你的演讲对象，使他们接受你的思想。一个演说者如果讲话华而不实，只追求外表漂亮，开出的只能是无果之花。若缺乏真挚而热烈的情感，只是用"人工合成"的感情，虽然能欺骗听众的耳朵，却永远骗取不到听众的心。因为心弦是不会随随便便地让人拨动的。若要使人动心，必先使己动情。著名演说家李燕杰说："在演说和一切艺术活动中，惟真情，才能使人怒、使听众信服。"

第二次世界大战期间，英国首相丘吉尔在对秘书口授反击法西斯战争动员的讲稿时，"像小孩一样，哭得涕泪横流"。他的这次演说动人心魄，极大地鼓舞了英国人民的斗志。

真情是演说最好的技巧。在演说中，唯有真诚的情感，才能产生巨大的影响，才能唤起群众的热诚，才有震撼人心的力量。美国有位小说家说得好："热情是每个艺术家的秘诀，而每位演说家都应当是一位艺术家。这是一个公开的秘诀。这如同英雄的本领一样，是不能拿假武器去冒充的。"情不深，则无以惊心动魄，无以得到别人赞同。

【口才举例】

例1：

某公司举办《友情、亲情》演讲比赛，职员王海洋的演讲词是：

友情、亲情是人类永恒的话题。只要我们生活在世间，或者说只要我们还活着，我们就离不开亲情。可以说，世间的每一个人都浸泡在博大无比的友情和亲情中，世间的每一个人都在为亲情吟唱着一曲曲沁人心脾的歌；世间的每一个人无不在意友情和亲情，世间的每一个人无不渴望天空般高远、大海般深邃的友情和亲情。"桃花潭水深千尺，不及汪伦送我情。"这是友情的绝唱；"慈母手中线，游子身上衣。"这是亲情的极致。古往今来，友情和亲情曾被多少诗人讴歌，曾被多少常人惦念。亲情到底有多高多厚，谁也说不清道不明。当今物欲横流，亲情的博大和温馨又是何等的重要……

王海洋在演讲中巧妙地借用诗句，以突出友情的伟大与深邃，起到了画龙点睛的作用。

例2：

新东方暑期住宿培训结束了，北京的同学们到车站为即将离京的万明等学员送行。面对此情此景，万明动情地说：

"虽然仅有短短的15天，可我无论如何也不能忘记我们在一起的每一个日日夜夜。我会记住我们一起早起背单词、一起在午饭后拼长句……现在我们要回家了，你们赶来送我们，我真的不知道说什么好！"桃花潭水深千尺，不及汪伦送我情。"我们的情谊和共同的拼搏我永远都不会忘记！"

同窗十几日，时间虽短，但情谊深厚。所引诗句淋漓尽致地表现了同学之间那浓浓的友情和依依不舍的惜别之情。

例3：

李磊30年前到陕西插队，至今仍然不忘当年返城时乡亲们相送的情景，他说：插队时的经历使我难忘，难忘当地乡亲们对我的一片深情。记得我临离开那儿的时候，大虎、小栓、狗剩儿送我到河边，他们都流泪了，就像亲兄弟分离一样呀。唉，"桃花潭水深千尺，不及汪伦送我情"。这份情意，我一辈子也忘不了！

所引用的诗句，道出了乡亲们对"我"的深厚情意，感情真挚动人。

千呼万唤始出来——演讲需要好的开头

【出处】白居易《琵琶行》

【原诗】节选

浔阳江头夜送客，枫叶荻花秋瑟瑟。

主人下马客在船，举酒欲饮无管弦。

醉不成欢惨将别，别时茫茫江浸月。

忽闻水上琵琶声，主人忘归客不发。

寻声暗问弹者谁？琵琶声停欲语迟。

移船相近邀相见，添酒回灯重开宴。

千呼万唤始出来，犹抱琵琶半遮面。

【注释】

浔阳江：据考证，为流经浔阳城中的溢水，即今九江市中的龙开河（1997年被人工填埋），经溢浦口注入长江。

瑟瑟：形容枫树、芦荻被秋风吹动的声音。

主人：诗人自指。

回灯：重新拨亮灯光。回：再。

【译文】

夜晚我在浔阳江头送客人，秋风瑟瑟吹着枫叶和芦花。我下马在船上为客人设宴钱行，举起酒杯要饮但没有（助兴的）音乐之声。酒喝得不痛快，更伤心的是将要分别了，临别时茫茫的江水倒映着明月。忽然听到江面上传来琵琶的声音，我忘了回家，客人也不想动身了。寻着声音，轻轻探问弹琵琶的是谁，琵琶声停了下来，迟迟没有回答。我们移船靠近，邀请弹琵琶的人出来相见，添上酒拨亮了灯，重新摆起酒宴。千呼万唤，弹琵琶的人才走出来，还怀抱着琵琶半遮着脸。

【解析】

演讲需要好的开头

"千呼万唤始出来"，现在常用来形容等待良久，迟迟才见到她的真面目。还用来比喻一件很多人关心的事，许久才得以实现，给人一种万事开头难之感。俗话说，"好的开始是成功的一半"，演讲更是这样。无论何种演讲，开头总是关键。

演讲的开场白最不易把握，要想三言两语抓住听众的心，并非易事。如果在演讲的开始听众对你的话就不感兴趣，注意力一旦被分散了，那后面再精彩的言论也将黯然失色。因此只有匠心独运的开场白，以其新颖、奇趣、敏慧之美，才能给听众留下深刻印象，才能立即控制场上气氛，在瞬间里集中听众注意力，从而为接下来的演讲内容顺利地搭梯架桥。

那么如何做好开场工作，以下几点对演讲者可能有所帮助：

1. 借景生题

一上台就开始演讲，相信很少有人会有兴趣听下去，可以借助眼前的人、事、情、景，把听众融入到演讲中来。

1863年，美国葛底斯堡国家烈士公墓竣工。落成典礼那天，国务卿埃弗雷特站在主席台上，只见人群、麦田、牧场、果园、连绵的丘陵和高远的山峰历历在目，他心潮起伏，感慨万千，立即改变了原先想好的开头，而从此情此景谈起："站在明净的长天之下，从这片经过人们终年耕耘而今已安静憩息的辽阔田野放眼望去，那雄伟的阿勒格尼山隐隐约约地耸立在我们的前方，兄弟们的坟墓就在我们脚下，我真不敢用我这微不足道的声音打破上帝和大自然所安排的这意味无穷的平静。但是我必须完成你们交给我的责任，我祈求你们，祈求你们的宽容和同情……"

这段开场白语言优美，节奏舒缓，感情深沉，人、景、物、情是那么完美而又自然地融合在一起。据记载，当埃弗雷特刚刚讲完这段话时，不少听众已泪水盈眶。

2.引人入胜

演讲时获取听众注意力的方式随题材、听众和场景的不同而改变，一般可以运用事例、逸闻、经历、反诘、引言、幽默等手段达到此目的。

麦克米兰石油公司副总裁迈克斯·艾萨克松在一次演讲的开头便运用了引言和反诘的方法来吸引听众：

"我们都知道，演讲是件很难的事。但是请听听丹尼尔·韦伯斯特是怎么说的吧：'如果有人要拿走我所有的财富而只剩下一样，那么我会选择口才，因为有了它我不久便可以拥有其他一切财富。'那么，为什么许多有才华的人偏偏害怕演讲呢？"

3.激发听众兴趣

人们都有好奇的天性，一旦有了疑问就非得弄个水落石出。为了激发听众们的兴趣，可以采用悬念手法，制造悬念，会收到很好的效果。在对美国会计协会罗切斯特分会的一次演讲中，演讲顾问唐纳德·罗杰斯通过表达他对听众需要的关心而激发起了他们的兴趣。

"我今晚要演讲的题目是'信息的透露'。确定这个题目之前，我先是查阅了本地的会计年鉴分册和全国会计协会的学术专刊，然后又询问了我的同事亚历克斯·莱文斯顿和戴夫·汉森：'今晚来听演讲的人都有哪些？他们希望我讲什么？'他们告诉我在座的各位都是些很热心的人，希望我的演讲有趣而富有启发性。

因此，我将告诉大家一些有用的知识，我也同时希望我的演讲简明扼要，并留给大家一定的提问时间。"

4.抓紧人心

看看英国文学家纪伯伦在开始演讲时，是怎样逗引听众大笑的。

他所讲的并不是编造出来的故事，而是他自己真实的经历，并且用戏谑的口吻，指出他的矛盾。他说："诸位，我年轻的时候，一直住在印度，我常常为某家报馆采访刑事新闻，这工作是非常有趣的，因为它使我有机会认识一些伪造货币、盗窃、杀人犯等等这一类富有冒险精神的天才。（听众大笑）有时我采访到他们被审判的情形后，还要到监狱里去拜访一下我那些正在受罪的朋友。（听众又发出笑声）我记得，有一位因为杀人而被判无期徒刑的人，是个很聪明且善于说话的年轻人，他告诉我他的高见：'我觉得一个人如果一失足跌入罪恶的深渊里，就非得从此为非作歹不可，最后他会以为只有把其他人都挤到邪路上，才可表现自己的正直。'这句话，正好可以贴切比喻当时的内阁！"（听众的笑声和鼓掌同时并起）

5.直入式开场

演讲时，大多数情况下，演讲者都是某项领域的专家或权威。因此，如果听众对演讲的主题不熟悉或是知之甚少，那么很有必要在开头部分对听众讲述与主题有关的背景知识，它们不仅是听众理解演讲所必需的，而且还可以体现出主题的重要性。

美国空军少将鲁弗斯.L·比拉普斯在夏努特空军基地的一次宴会上作演讲时，就对"黑人遗产周"的有关背景知识及其对美国空军的重要性作了介绍。

"我很高兴来到此地，同时我也很感谢应邀和在座各位讨论有关美国黑人问题。为保持和增进民族间的理解，美国各州又开始纪念'黑人遗产周'。在夏努特空军基地，我们庆祝它则可以对美国空军进行完整无缺的教育。

我们民族的主旋律是：'黑人历史，未来的火炬'。

这个已成为美国人民生活一部分的纪念活动，是弗吉尼亚州纽坎顿市卡特.G·伍德森最先提出并计划的，他现在被誉为美国'黑人历史之父'。

伍德森先生于1915年成立了'美国黑人生活和历史协会'。后来，他又于1926年发起了黑人遗产周纪念活动……"

独具匠心的开场白，给人以新颖、奇趣之美，能给听众留下深刻的印象，能控制场上的气氛，为接下来的演讲顺利搭梯架桥。

【口才举例】

例1：

刘万永在《中国青年报》上发表过一篇新闻报道——《民办教育促进法实施条例千呼万唤始出来专家称等这七个月值得》，其中有一段这样说：《民办教育促进法实施条例》可谓"千呼万唤始出来"。虽然距《民办教育促进法》实施已过去了七个月，但仔细研读该条例，北京民办教育协会常务副会长、北京城市学院副院长刘林认为，"等"上这七个月还是值得的。刘林说，众所周知，围绕《民办教育促进法》及其实施条例，法律界、教育界与社会各界在许多问题上存在着相当大的分歧，特别是在"产权""合理回报"和"税收优惠"等重大问题上更是争执不休。但是，如果因为个别问题的分歧，整个实施条例都"搁浅"，也不是大家所愿意见到的。所以，尽管条例还有些不尽如人意的地方，但是"能够出台"，还是个重大进步。

经过七个月的等待，条例终于出台了，的确来之不易，诗句用在这里很恰当。

例2：

江国文请一帮好友吃饭，阿月迟到了半个小时。江国文一见到她就不禁笑道：

望眼欲穿，等得花儿也谢了！请美女吃饭就是这么不容易啊，真是"千呼万唤始出来"！路上堵车还是被什么事情绊住了？再晚一会好东西就吃光了！好久不见你，越来越年轻了，光彩照人，风采不减当年，呵呵。听说有男朋友了，怎么没有带来给我们看看？

江国文用此诗句打趣阿月的姗姗来迟，既表达了对阿月迟到的看法，又不伤和气，可谓一箭双雕。

停车坐爱枫林晚，霜叶红于二月花——思维敏捷，即兴发挥

【出处】杜牧《山行》

【原诗】

远上寒山石径斜，白云深处有人家。

停车坐爱枫林晚，霜叶红于二月花。

【注释】

山行：在山中行走。

远上：登上远处的。

寒山：深秋季节的山。

石径：石子的小路。

斜：为倾斜的意思。

深：另有版本作"生"。（"深"可理解为在云雾缭绕的深处；"生"可理解为在形成白云的地方）

车：轿子。

坐：因为。

霜叶：枫树的叶子经深秋寒霜之后变成了红色。

枫林晚：傍晚时的枫树林。

红于：比……更红，本文指霜叶红于二月花。

【译文】

通往远处山上的石头路弯弯斜斜，云雾缭绕的地方有人家居住。因为喜爱枫林傍晚的景色而停下车来，霜打过的枫叶比二月的春花还要红。

【解析】

思维敏捷，即兴发挥

《阿甘正传》里有这样一句话："生活像一盒巧克力，永远不知道下一颗的滋味。"同样的道理，一个人永远也不能确定自己下一分钟需要说些什么。也许你会遇到尴尬的困境，也许你会遭遇刁钻的提问，也许你发现宴会上气氛有些沉闷……这些时候，你就必须将口才迅速调动起来，组织起逻辑严密的语言，在最短的时间内找到突破口。

一个人口才水平的高低很大程度上体现在即兴口才上，因为没有事先的周详准备，因为事发突然，因为需要迅速打开局面……而这又取决于他在即兴发挥中是否表现出来了思维敏锐、判断迅速、逻辑严密和心态沉着等良好素质。

有一次，在金鸡百花奖的颁奖典礼中，主持人李咏在宣布"马上要揭晓的是最佳纪录片奖，请看大屏幕"后，大屏幕出现的却不是最佳纪录片的候选影片介绍。那次也没有耳麦，经验告诉他，是放带子的人员把时码搞错，放错短片了。此时大屏幕出现了LOGO，导播间里放带人员一定在心急火燎地找时间码！这时，他必须让现场稳定，并保持住颁

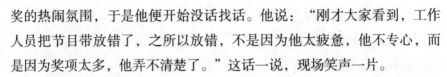

奖的热闹氛围，于是他便开始没话找话。他说："刚才大家看到，工作人员把节目带放错了，之所以放错，不是因为他太疲惫，他不专心，而是因为奖项太多，他弄不清楚了。"这话一说，现场笑声一片。

按照流程，短片放完之后，就是郎朗的钢琴演奏，此时郎朗还没有到钢琴前就位，他就想把话题在钢琴上打岔。他说："钢琴我不会弹，但是从小我就梦想当钢琴家，老想让我爸给我买钢琴。我爸说太贵，买不起。于是我就跟我爸说，大钢琴买不起，咱就买个小钢琴弹行吗？我爸说：'儿子，那哪儿是钢琴，那是手风琴！'……"全场大笑。这时郎朗已经准备完毕，钢琴声起，危机解除。现场的气氛依然活跃，颁奖得以继续顺利进行。

没话找话，或者就着眼前的故障说事也是即兴口才的一种发挥，总之，不能让现场出现冷场，或者让现场的气氛出现滑落。

即兴发挥最常用的手段，就是平时多积累一些有趣的小段子，在关键时刻能够发挥作用，使你不至于张口结舌，慌不择言。此外，还应该注重这方面能力的锻炼。

1. 思维敏锐

遇到意外情况时，要马上调动思维去捕捉任何细节，并且要迅速组织相关的语言。口语表达是思维的外化和工具。思维是语言的内容，没有思维就没有语言。考虑话该怎么讲，是一种思维活动，尤其是即兴讲话，是一个激烈的思维过程。它经过思想——句子——词汇——语音的快捷转换过程。这个过程是完整的，如果任何一个环节出了问题，都会影响语言表达能力。

2. 判断迅速

当出现意外情况时，首先要对这个意外做一个大概、迅速的判断，比如，是什么问题，性质严重不严重，需要多长时间等，有了这个基本的判断，你组织语言也就有了一定的基础和参照。

3. 逻辑严密

虽然是即兴发挥，由于时间仓促，可能做不到字斟句酌、迅速组织漂亮的言辞，但是语言的逻辑必须严密，否则，说得前言不搭后语，或者东拉西扯，反而会引起听众的反感，还不如不说。

4. 良好的心理素质

意外情况的出现最考验一个人的心理素质。因为所有的判断、语言的组织、逻辑的搭配等都是建立在镇定沉着的基础之上的。否则，自己首先就乱了，大脑一片空白，那自然无法进行下面的工作，即使勉强说出来也很可能语无伦次。

5. 就地取材

即兴发挥必须有得说，而且最好的办法就是就地取材，身边的一切事物都可以成为即兴发挥的素材。当然有现成的材料，也就省得自己去现找，否则容易出纰漏。

6. 即兴发挥的障碍清除

即兴发挥最大的障碍不是听众，而是自己。缺乏自信心是即兴讲话的最大障碍。为此，可以从三个方面来清障：

积累知识，提高文化素养。只有用知识武装自己，讲起话来才能镇定自如，侃侃而谈。

大胆交往，取他人之长。要大胆地与周围人、各阶层人接触，并主动进行对话，从中汲取口才营养，学习讲话技巧。

自我调节，增强自信心理。凡是有发言的机会，首先要调节好心理状态，要敢于说话，不要怕，不要躲躲闪闪，更不要说一些"我不会说，说得不好"等"丧气"话，越是这样，越不敢说话。

【口才举例】

例1：

马宁是个急性子的孩子，做事从不拖拖拉拉，可总是毛毛糙糙的。一位老师说：

生命的节奏在我们这个社会被无限加快了，这并不是好事情。生命的节奏应该是自然的，而不是人为规定的。随时发现生命中的喜悦，那种感觉其实妙不可言。"停车坐爱枫林晚，霜叶红于二月花"，看到美景，为什么不停下来欣赏一下？为什么不体味这个世界静谧的内核？我的意思不是说放弃奋斗，而是说不要为了单纯赶往目的地而忽视了一路上的美丽景色。一个人如此活一生，太没有质量了。

老师对此诗句含义进行深度挖掘，从中提炼出一种悠闲适意的人生态度，很有说服力。

例2：

曼利去年秋天来北京看过香山红叶后，就一直沉醉其中，她在对外国友人描述其感受时说：

深秋的香山尤为诱人。天空格外的高远、明净和湛蓝，而天空下那五彩斑斓的山峦更是让人心醉。在我的心中山峰只有单调的几种颜色或者就是深青色，但行走在香山山路上，回头看脚下的山脉，才知道山的颜色原来也可以如此丰富多彩，它甚至让我觉得那满山的树在阳光的浸泡下都在怒放生命之花。"停车坐爱枫林晚，霜叶红于二月花。"面对满山色彩诱人的树木，其他地方的秋天都被比下去了。

曼利被香山的秋景所折服，惊叹其色彩斑斓，于是自然地引此诗句来进行强调，合情合理。

例3：

老张是老工人，技术过硬，年底被评为公司年度最佳员工。公司老总在颁奖晚会上是这样评价老张的：

我是去年接手这个公司的，当时查看骨干成员档案时我对老张没有什么印象，甚至认为他临近退休，没有多少干劲可言。可这一年来老张的表现确实让我惊叹，也让我最终相信档案里对老张的技术评价。新进的员工在他手把手地指导下都迅速掌握了实际操作的技术要领。还有他旺盛的精力，更是让人叹服。当然还有，他工作中的一丝不苟也是大家有目共睹的。"停车坐爱枫林晚，霜叶红于二月花"，老张这道与众不同的风景改变了我对老工人的看法。今天，我们感谢老张，感谢他对公司的贡献，感谢他对我的启发。他今天被评为年度最佳员工，完全当之无愧。

老张虽然年纪大了，但他对公司的贡献依然突出，老总引用美好的诗句肯定了他的努力。

忽如一夜春风来，千树万树梨花开——培养应变和控场能力

【出处】岑参《白雪歌送武判官归京》

【原诗】

北风卷地白草折，胡天八月即飞雪。

忽如一夜春风来，千树万树梨花开。

散入珠帘湿罗幕，狐裘不暖锦衾薄。

将军角弓不得控，都护铁衣冷难着。

瀚海阑干百丈冰，愁云惨淡万里凝。

中军置酒饮归客，胡琴琵琶与羌笛。

纷纷暮雪下辕门，风掣红旗冻不翻。

轮台东门送君去，去时雪满天山路。

山回路转不见君，雪上空留马行处。

【注释】

武判官：名不详。判官，官职名。唐代节度使等朝廷派出的持节大使，可委任幕僚协助判处公事，称判官，是节度使、观察使一类的僚属。

白草：西域牧草名，秋天变白色。

胡天：指塞北的天空。胡，古代汉民族对北方各民族的通称。

梨花：春天开放，花作白色。这里比喻雪花积在树枝上，像梨花开了一样。

珠帘：用珍珠串成或饰有珍珠的帘子。形容帘子的华美。

罗幕：用丝织品做成的帐幕。形容帐幕的华美。这句说雪花飞进珠帘，沾湿罗幕。"珠帘""罗幕"都属于美化的说法。

狐裘：狐皮袍子。

锦衾：锦缎做的被子。

锦衾薄：丝绸的被子（因为寒冷）都显得单薄了。形容天气很冷。

角弓：两端用兽角装饰的硬弓，一作"雕弓"。

不得控：（天太冷而冻得）拉不开（弓）。

控：拉开。

都护：镇守边镇的长官此为泛指，与上文的"将军"是互文。

铁衣：铠甲。

难着：一作"犹着"。着：亦写作"著"。

瀚海：沙漠。这句说大沙漠里到处都结着很厚的冰。

阑干：纵横交错的样子。百丈：一作"百尺"，一作"千尺"。

惨淡：昏暗无光。

中军：称主将或指挥部。古时分兵为中、左、右三军，中军为主帅的营帐。

饮归客：宴饮归京的人，指武判官。饮，动词，宴饮。

胡琴琵琶与羌笛：胡琴等都是当时西域地区兄弟民族的乐器。这句说在饮酒时奏起了乐曲。羌笛：羌族的管乐器。

辕门：军营的门。古代军队扎营，用车环围，出入处以两车车辕相向竖立，状如门。这里指帅衙署的外门。

风掣：红旗因雪而冻结，风都吹不动了。掣：拉，扯。

冻不翻：旗被风往一个方向吹，给人以冻住之感。

轮台：唐轮台在今新疆维吾尔自治区米泉县境内，与汉轮台不是同一地方。

满：铺满。形容词活用为动词。

山回路转：山势回环，道路盘旋曲折。

【译文】

北风席卷大地把白草吹折，胡地天气八月就纷扬落雪。忽然间宛如一夜春风吹来，好像是千树万树梨花盛开。雪花散入珠帘打湿了罗幕，狐裘穿不暖锦被也嫌单薄。将军都护手冻得拉不开弓，铁甲冰冷得让人难以穿着。沙漠结冰百丈纵横有裂纹，万里长空凝聚着惨淡愁云。主帅帐中摆酒为归客饯行，胡琴琵琶羌笛合奏来助兴。傍晚辕门前大雪落个不停，红旗冻僵了风也无法牵引。轮台东门外欢送你回京去，你去时大雪盖满了天山路。山路迂回曲折已看不见你，雪上只留下一行马蹄印迹。

【解析】

培养应变和控场能力

演讲者要想取得良好的演说效果，还应该具有应变和控场能力。即善于临场察言观色，以便把握住听众的心理变化、兴趣要求，及时修正、补充自己的演讲内容，为演讲成功打下良好基础。

著名演说家刘景澜讲述了他自己的亲身经历：

有一次在西郊宾馆，现场50多人，突然停电了，夏天7月份，空气非常炎热，没有空调了。大家很担心，这么多人，万一有什么状况怎么办？

我开始大声讲了。"在座的各位，停电是考验一个人自我情绪控制的最佳时机。从现在开始，我们开始计时，训练每个人自我情绪控制能力，坐在这里不要动，做深呼吸，然后开始思考，这一天我们学到了什么东西，找一页空白的纸，把它写下来。"二十来分钟以后，电突然来了，每个人打开纸发现，写了好几页，又学习，又成长，又体验。

对于现场出现的突发事件，大多是我们事前没有预料到的，这就需要演讲者临场发挥，避免尴尬局面。

美国大律师赫尔有次为当事人辩护，不小心摔倒在台角，衣服撕开了口，帽子也掉了。出现这样的情况是律师的不幸，本来听众应该安静，寄予同情，可下面却爆发出笑声、掌声和口哨声。这时，赫尔很镇静地走到中间，微笑着向着听众：

"对不起，各位，此时此刻，我太激动了。一是为我的当事人，二是为了大家，激动得使我手足无措。衣服破了不要紧，帽子掉了不要紧，只要真理在心中。"律师面对听众的嘲讽，不是针锋相对，而是及时化解。话一出口，台下掌声乍响，此时的掌声是发自内心的。

那么，一个成功的演讲者需要哪些应变与控场能力呢？

（1）控制感情，掌握分寸。当发生意外情况时，要镇静，要有好的心理素质，能控制感情，掌握分寸。不要在讲台上惊慌失措，更不要因急躁而冲动行事。

（2）从容答题，妙语解脱。演讲时，常有听众提出较尖锐的问题，欲"把你逼上绝路"，这时候该怎么办呢？要学会从容地回答听众提出的问题，特别是那些乍看起来十分棘手的问题。有的人采取压制的方法，发火批评，喊"别吵了，安静下来"，这样只会使自己陷入窘境。有的人则采用以诚相待、妙语解脱的办法，变被动为主动。

（3）巧妙穿插，活跃气氛。如果会场沉闷，要尽快调节，巧妙穿插，活跃气氛。演讲者使用穿插的方法，除了把事理说得更形象、更深刻外，还可活跃现场气氛，增加听众兴趣。比如，讲个笑话、讲个故事、谈点趣闻、唱支歌等。

（4）将错就错，灵活处理。要想在演讲中避免说错话是相当困难的。如果一旦出错，在这种情况下最忌讳两点：一是搔头挠耳，二是冷场过久。有人观察得出这样的结论：在演说过程中冷场15秒以上，听众群中就会有零星笑声；冷场30秒以上，就有少数听众的笑声；冷场时间再长一点，听众就会普遍不耐烦了。

【口才举例】

例1：

"和讯股票论坛"2005年4月13日发表了林隆鹏的如下评论：

"忽如一夜春风来，千树万树梨花开。"这句话用在今天的大盘中真是非常地贴切。本来昨天的盘面已经明显偏弱了，但是，昨天收市以后，证监会负责人发表了关于股权分置的消息。虽然说这消息并没有明确提出方案，但是，提到了"切实保护投资者"这一句话，于是大盘高举高打，量能也再一次放大了。

股市的变化最为突然，影响也极为巨大，好的政策会给股民带来好的回报，对于他们而言，这不正是"忽如一夜春风来，千树万树梨花开"么！

例2：

记者鞠忠武在《我市普降春雪》的报道中说：

5日清晨，早起的人们大吃一惊，天地间瑞雪飘飘，已是一片银装素裹。

"忽如一夜春风来，千树万树梨花开。"好美的春雪啊！

3月5日下午6时许，记者电话采访了市气象局预报员张倩。张倩告诉记者，由于受西南暖湿气流和冷空气的影响，我市出现了大范围、强度较大的降雪降温天气，昨夜降雪断断续续，5日全天降雪，一直会持续到3月6日。

记者打电话时，张倩刚测完降雪量，她说："到6点时，降雪量已达到11.2毫米。"

瑞雪兆丰年，所引诗句不但表现了这场春雪的突如其来，而且也表达了作者的喜悦之情。

两句三年得，一吟双泪流——演讲要做到简洁有力

【出处】贾岛《题诗后》

【原诗】

两句三年得，一吟双泪流。

知音如不赏，归卧故山秋。

【注释】

吟：读，诵。

知音：指了解自己思想情感的好朋友。

赏：欣赏。

得：此处指想出来。

【译文】

这两句诗我琢磨三年才写出，一读起来禁不住两行热泪流出来。了解我思想情感的好朋友如果不欣赏这两句诗，我只好回到以前住过的故乡（山中），在瑟瑟秋风中安稳地睡了。

【解析】

演讲要做到简洁有力

这是两句描写诗人艰辛创作的诗。大凡写得好的作品都来得不容易，并能做到简洁有力。

演讲到底是长一些好，还是短一些好，不能一概而论，只要有内容，有感情，长短都可以。不过，在现代社会交往中，社会节奏快，时间观念强，说话简洁会给人一种干练的感觉。说出的话自然就有力度，而演讲因其特殊的存在形式，更是如此。

一位医生，一天晚上，在布鲁克林的大学俱乐部演讲。那次集会，时间拖得很长，已有很多人上台讲过话了。轮到他演讲时，已是凌晨了。他要是善解人意一点，应该上台说上十几句，然后让人们回家去。但他没有这样做，反而展开了一场长达45分钟的长篇演说，极力反对活体解剖。他还没讲到一半，听众就已经非常不耐烦并开始纷纷离去了。

演讲最好还是短一些为好，特别是如果本来就没有多少话可说，而喋喋不休，更会让人生厌。即使演讲的内容很充实，如果太长，也会让听众受不了。

林肯在他一生中发表过许多重要演说，但最引人瞩目、评价最高的一次演说，就是在葛提斯堡为纪念一次战役胜利和庆祝国家烈士公墓建成的大会上的演讲。这次演讲不到3分钟，共10句话。当时，新闻记者甚至连拍照都来不及，他却已经讲完了。但他的演讲观点明确，第一次明确地提出了"民有、民活、民享"的资产阶级民主革命思想，而且逻辑严谨、语言精湛深刻，有极大的鼓动力和号召力。3万多听众发出了经久不息的掌声。连在他之前演讲了两个小时的著名演说家埃弗雷特也写信给林肯承认："如果我在两个小时内所讲的东西，能稍微涉及你在两分钟内所讲的中心思想的话，那么，我就十分欣慰了。"

与其长而让听众生厌，不如短一些给人留下深刻印象。其实演讲短一些未必不能把问题说清楚，短，一方面能让听众意犹未尽，一方面能表现出演讲者的概括能力。

演讲受听众可接受性的制约，面对听众演讲往往有一定的时间限制，所以修改演讲稿时还须考虑篇幅长短是否符合规定的时限。如果超过规定的时限，应当压缩文字，删减篇幅。倘若不到规定的时限，有必要的话，还要再增加材料、扩充内容。最好是在保持内容完整的前提下，使内容具有一定的伸缩性。这样，临场时，可以根据听众的反应随时做出调整，灵活机动地把握时间。

斯大林在苏联面临德国法西斯疯狂进攻的紧急关头，在莫斯科红场作动员卫国战争的演说，总共才讲了1700多字，用了不到10分钟；恩格斯在马克思墓前的演说，举世瞩目，仅有1200多字，用了五六分钟，却把马克思光辉一生的伟大贡献概括无遗。

美国前总统尼克松，生前做过多次演讲，下面的《人类历史上最珍贵的一刻》，是他诸多演讲中颇具特色的一篇。

"因为你们的成就，使天空也变成人类世界的一部分。而且当你们从宁静海对我们说话时，我们感到要加倍努力，使地球上也获得和平与宁静。

"在人类历史上这个最珍贵的一刻，全世界的人都已融合为一体，他们对你们的成就感到骄傲，他们也与我们共同祈祷，祈望你们平安返回地球。"

1969年7月16日，美国"阿波罗11号"宇宙飞船发射成功。7月21日，乘坐该飞船的两名宇航员在月球首次登陆。尼克松的这篇演讲，就是通过电视向他们发表的。但全篇只有百余字，极其简短。

如何使演讲做到简洁有力呢，以下几点禁忌可能对演讲者有所帮助。

（1）忌使用空话套话。有些人一开口就"客套话不断"，少不了客套、谦虚，一分析问题就按老俗套喊空口号，几乎没有有效信息。

（2）忌重复累赘。有些有用的信息由说话人发出后，听众便接受并储存起来了。但说话人却说话啰嗦重复，以大同小异的形式多次输出，这些信息就成了多余的了。

（3）忌节外生枝。说话人没有掌握好主题，因此在一些细枝末节上发挥太多，或意已尽而言不止。这些内容虽然也包含不少信息，但却不是主要信息，而是与主题关系不大的次要信息。与主题无关的信息只会增加听众的厌烦心理。

（4）忌口头禅不离嘴。有些人讲话脱不了"口头禅"，什么"这""那""对不对""是吗"等等，虽然演讲者并非有意，可对听众来说，不但全是无用信息，而且令人生厌，所以必须戒掉。

【口才举例】

例1：

王明是小学五年级的语文教师，他发现自己的学生写作文时不喜欢修改。

一天，他在课堂上对学生们说：

我们在写文章的时候一定要好好写，文章写完了事情还没有完，还要好好修改。大家肯定会说写完了就写完了，还改什么嘛。这样想是不对的。大家知道唐朝大诗人贾岛是怎样写诗的吗？他曾经说："两句三年得，一吟双泪流。"就是说，他写两句诗要花三年时间！你们看古人写文章是多么认真，我们难道还比不上古人吗？

王明用此诗句向学生们讲解古人写文章的认真和慎重，深入浅出，既能吸引孩子们的注意力，也能让孩子们明白其中的道理。

例2：

孔庆东在《语到极致是平常》中，这样评论金庸作品的语言风格：

金庸是公认的"武林盟主"，侠风盖世。然而他的语言，却似乎很不"侠"，很不"武"，既没有梁羽生的英拔潇洒，也没有古龙的简劲飞动。梁羽生多秀文隽语，古龙多格言警句，要从他们的作品中摘编几本"梁羽生豪言"或"古龙妙语"，真可以说是信手拈来、俯拾即是。可偏偏轮到金庸，想编一本"金庸侠语"，竟是难乎其难。直把"飞雪连天射白鹿，笑书神侠倚碧鸳"一节翻了个遍，也没找出几段"掷地有声"的话来，教人顿生"二句三年得，一吟双泪流"的感慨。

在这里，孔庆东没有借用此诗句的原意，而是说想在金庸的作品中找到豪言妙语很艰难，非常幽默。

例3：

有个网名叫"木子哈哈"的作者，在《小小说顽疾概览》一文中谈到小小说的创作现状，他说：

这些年，小小说领域里出现了一些以数量为荣的"作家"。这些人创作数量惊人，质量却是良莠不齐。古人讲究"两句三年得，一吟双泪流"，但到了部分小小说作家那里，却是"韩信用兵，多多益善"。创作本是一个精神改造工程，却变成了追名逐利的工具。缺少个性，就是缺少创造力；缺少个性，就是艺术上的无效劳动；缺少个性，就是对读者智力的漠视；缺少个性，也是对作家自己才华的最大浪费。有出息的作家应该追求作品在淋漓尽致透彻表达个人情感思想的同时，能够打动读者。作家应该如履薄冰一般精益求精，手里始终拿着一把放大镜，从生活的海里寻找最为精辟的语言来建筑自己的小小说大厦。

笔落惊风雨，诗成泣鬼神——编筐编篓，全在收口

【出处】杜甫《寄李十二白二十韵》

【原诗】

昔年有狂客，号尔谪仙人。

笔落惊风雨，诗成泣鬼神。

声名从此大，汩没一朝伸。

文采承殊渥，流传必绝伦。

龙舟移棹晚，兽锦夺袍新。

白日来深殿，青云满后尘。

乞归优诏许，遇我宿心亲。

未负幽栖志，兼全宠辱身。

剧谈怜野逸，嗜酒见天真。

醉舞梁园夜，行歌泗水春。

才高心不展，道屈善无邻。

处士祢衡俊，诸生原宪贫。

稻粱求未足，薏苡谤何频。

五岭炎蒸地，三危放逐臣。

几年遭鵩鸟，独泣向麒麟。

苏武先还汉，黄公岂事秦。

楚筵辞醴日，梁狱上书辰。

已用当时法，谁将此义陈。

老吟秋月下，病起暮江滨。

莫怪恩波隔，乘槎与问津。

【注释】

狂客：指贺知章。贺知章是唐越州永兴人，晚年自号四明狂客。

谪仙：被贬谪的神仙。贺知章第一次读李白诗时，如是赞道。

汩没：埋没。

承殊渥：受到特别的恩惠。这里指唐玄宗召李白为供奉翰林。

三危：古代西部边疆山名。

鵩鸟：古代认为是不祥之鸟。

"独泣"句：叹道穷。

槎：木筏。

【译文】

当年有位洒脱狂放之人名叫李白，人称谪仙。看到他落笔，风雨为之感叹；看到他的诗，鬼神都为之感动哭泣。从此李白之名震动京师，以前的困顿失意自此一并扫除，并被玄宗召入朝廷任翰林；他那惊天地、泣鬼神的诗篇必将万古流传。他陪玄宗泛舟，一直到很晚，最后被皇帝赏赐锦袍。玄宗经常召见李白，李白颇受宠信。后来他因受奸人诬陷而被赐金放还，途中与我相遇。李白既没有隐藏自己的远大志向，又能在受宠和被放逐的不同境遇中自保。我与他相遇后，李白非常理解我的洒脱不羁，我也十分欣赏他的坦荡胸怀。我们夜里在梁园饮酒起舞，春季则在泗水纵情吟唱。虽然才华超群却无用武之地，虽然道德崇高却无人理解。虽然才智堪比东汉祢衡，但命运却如穷困失意的原宪。李白投靠永王肯定是生活所迫，有人传说他收了永王的重金，这实属造谣。但是他却因此被流放，长期漂泊。几年之间屡遭祸患，心中必然悲伤。苏武最终返回汉廷，夏黄公难道会为暴秦做事吗？遭受君主冷遇，李白也曾上书为自己辩护。如果当时事理难明，就让李白服罪，那么，现在谁又能将此事上报朝廷呢？晚年时，李白犹自吟诗不辍，希望他早日康复，多作好诗。不要埋怨皇帝寡恩，而要上书朝廷，了解事情的真相。

【解析】

编筐编篓，全在收口

结尾和开头一样，同样最能显示演讲者的演讲艺术，是演讲中最具战略性的一点。俗话说得好："编筐编篓，全在收口。"演讲的结尾是对整个演讲的总结，它承担着收拢全篇的任务，因此，其意义是非常大的。演讲的结尾既要有文采又坚定有力，既概括全篇又耐人寻味，才能使全篇演讲得以升华，收到良好的效果。激发高潮是很普遍的结束方法。这通常很难控制，但是如果处理得当，效果就会好得出乎意料。整个演说逐步向上发展，在结尾时达到高峰，句子的分量也愈来愈重。例如，林肯赞美尼亚加拉瀑布的演说，就是如此。

"这使我们回忆起过去。当哥伦布首次发现这个大陆，当基督在十字架上受苦，当摩西领导以色列人通过红海，甚至当亚当自其造物者手中诞生时，那时候和现在一样，尼亚加拉瀑布早已在此地怒吼。已经绝种但其骨头塞满印第安土墩的巨人族，当年也曾以他们的眼睛凝视着尼亚加拉瀑布，正如我们今天一般。尼亚加拉瀑布与人类的远祖同期，但比第一位人类更久远。今天，它仍和一万年以前一样声势浩大。早已死亡，只有从骨头碎片才能证明它们曾经生存在这个世界上的史无前例的巨象，也曾经看过尼亚加拉瀑布。在这段漫长无比的时间里，这个瀑布从未静止过一分钟，从未干枯、从未冻上过、从未合眼、从未休息。"

这个结尾给人的感觉是一浪高过一浪，使人心里难以平静。思维由演说者牵着往前走。

讲演结尾的要求大致可以归纳成以下三点：

1.总结观点，在深刻印象中结束全篇

当演讲基本完成，听众对你的观点、态度以及讲述的有关知识基本上已经掌握时，就必须考虑结束了。也就是该"收口"了。"收口"是从视觉上、听觉上给听众留下最后的印象，将在听众的大脑屏幕上"定格"。所以，"收口"的好坏直接决定了听众对整个演讲的印象。精彩的结尾往往能弥补一些不足，可以强化听众的总体印象。只要我们留意一下，便会发现古今中外的演讲家对结尾都是很重视的。

卓别林是著名的喜剧大师，也是出色的演讲家，他在1943年所作的《要为自由而战斗》的演讲中，痛斥了妄图奴役人民的"野兽"，最后他用直接呼告的形式给听众留下不可磨灭的印象：

"哈娜，你听见我在说什么吗？不管你在哪里，你抬起头来看哪，哈娜，乌云正在消散，阳光照射进来！我们正离开黑暗，进入光明！我们正在进入一个新世界——一个更可爱的世界。那里的人将克服他们的贪婪、他们的仇恨、他们的残忍。抬起头来看哪，哈娜，人的灵魂已长了翅膀，他们终于要振翅飞翔了。他们飞到了霓虹里——飞到希望的光影里。抬起头来看呀，哈娜！抬起头来看呀！"

2.戛然而止，意味深长

演讲到达高潮时，听众的大脑皮层高度兴奋，情绪饱满，注意力集中，这时果断收尾，能给听众留下深刻的印象。

美国作家约翰·沃尔夫曾说过："演讲最好在听众兴趣未尽时戛然而止。"

在美国独立战争前夕，国务卿裴特瑞克·亨利在弗吉尼亚州议会上的演讲就是采用这种方法结尾的："我们的同胞已经身在疆场上，我们为什么还要站在这里袖手旁观呢？先生们希望的是什么？想达到什么目的？生命就那么可贵？和平就那么甜美？甚至不惜以戴锁链、受奴役的代价来换取吗？全能的上帝啊，阻止这一切吧！在这场战斗中，我不知道别人会如何行事，至于我，不自由，毋宁死！"

亨利以"不自由，毋宁死"六个字戛然而止，使全场愕然，随后即响起"拿起武器"的呼声，"不自由，毋宁死"则成了美国人民争取独立自由的伟大誓言。

3. 借用名言警句结尾

在所有的结尾方法中，如果能找到合适的名言警句做结尾，那是最理想不过的。它将制造出庄严气氛，将表现出你的独特风格，产生美的感受。世界扶轮社社长哈里·劳德先生以这种方式结束他的演说："各位回国之后，你们之中某些人会寄给我一张明信片。如果你不寄给我，我也会寄一张给你。你们一眼就可看出那是我寄去的，因为那上面没有贴邮票。但我会在上面写些东西：春去夏来，秋去冬来，万物枯荣都有它的道理。但有一件东西永远如朝露般清新，那就是我对你永远不变的爱意与感情。"

这首短诗很配合他演说的气势，因此，这段结尾对他来说，是极为合适的。结尾是走向成功的最后一步。把握得好，就会给听众留下深刻的印象；把握不好，就会功亏一篑，令人扫兴。

【口才举例】

例1：

大刚酷爱户外运动，人们问他为什么能乐此不疲时，他笑道：

我是个粗人，不懂风花雪月，也不懂伤春悲秋，只喜欢大刀阔斧的东西，喜欢粗砺到粗糙地步的东西，喜欢"笔落惊风雨，诗成泣鬼神"的境界。性格使然，性别使然。出门爬山，风餐露宿，其实很辛苦，特别是走长线更是有一般人想象不到的艰难。不过，在那期间所感受到的同伴的相互依靠，沿路景色的壮阔，挑战意志的刺激，战胜困难的狂喜也是一般人感受不到的。

大刚阳刚之气甚足，所引诗句在这里表达的是一种博大心胸、坚强意志的人生境界和审美追求。

例2：

赵鑫珊的《我是北大留级生》一书里曾这样谈及诗歌：

汉代和魏晋悲怨诗特别能在我心中激起共鸣。我尤其害怕又偏爱那些触及人生和世界本质的诗。一旦当它们同西方古典音乐的旋律或数学、物理公式相碰撞并交汇在一起时，我就想哭。歌也有思，哭也有怀，颇有"山风吹游子、缥缈乘险绝"的况味。我说过，大学六年，我是在心泪中长大的。眼泪不会催人成长，只有心泪才有这种作用知功能。司马迁说："故忧愁幽思而作《离骚》。"中国古诗词最精华的部分都是诗人心泪的结晶。先要诗人自己哭，然后才能"笔落惊风雨，诗成泣鬼神"——当觉醒到这一层时，我便宣告自己开始挣脱了平庸。

作者认为只有从心底深处流出的诗歌才是真正的诗歌，要先让自己感动神迷，然后才能让他人惊叹、流泪、震撼。

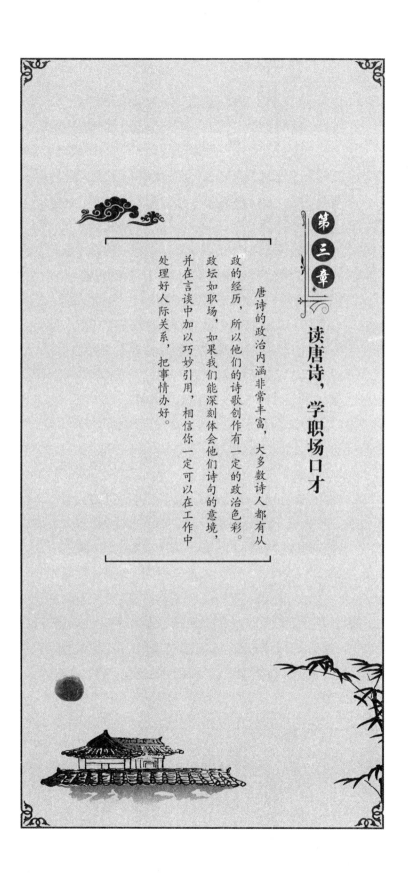

第三章

读唐诗，学职场口才

唐诗的政治内涵非常丰富，大多数诗人都有从政的经历，所以他们的诗歌创作有一定的政治色彩。政坛如职场，如果我们能深刻体会他们诗句的意境，并在言谈中加以巧妙引用，相信你一定可以在工作中处理好人际关系，把事情办好。

昔人已乘黄鹤去，此地空余黄鹤楼——在下属面前表达人情味

【出处】崔颢《登黄鹤楼》

【原诗】

昔人已乘黄鹤去，此地空余黄鹤楼。

黄鹤一去不复返，白云千载空悠悠。

晴川历历汉阳树，芳草萋萋鹦鹉洲。

日暮乡关何处是？烟波江上使人愁。

【注释】

黄鹤楼：故址在湖北省武汉市武昌区，民国初年被火焚毁，1985年重建。

昔人：传说古代有一位名叫费祎的仙人，在此乘鹤登仙。

乘：驾。

去：离开。

空：只。

返：通返，返回。

空悠悠：深，大的意思。

悠悠：飘荡的样子。

川：平原。

历历：清楚可数。

汉阳：地名，现在湖北省武汉市汉阳区，与黄鹤楼隔江相望。

萋萋：形容草木长得茂盛。

鹦鹉洲：在湖北省武汉市武昌区西南，唐朝时在汉阳西南长江中，后逐渐被水冲没。

乡关：故乡。

【译文】

古时的仙人已经驾着黄鹤飞走了，这里只留下一座空荡荡的黄鹤楼。黄鹤一去再也没有回来，千百年来只看见悠悠的白云。阳光照耀下的汉阳树木清晰可见，鹦鹉洲上有一片碧绿的芳草覆盖。天色已晚，眺望远方，

故乡在哪儿呢？眼前只见一片雾霭笼罩江面，给人带来深深的愁绪。

【解析】

在下属面前表达人情味

有不少领导喜欢在下属面前摆出一副严肃的样子，严肃在一定意义上比随和更能够建立威信，但如果适当表现一点人情味，那将是领导与下属之间有效的润滑剂。

作为索尼的缔造者和最高首脑，盛田昭夫具有非凡的亲和力，他喜欢和员工接触，经常到各个下属单位了解具体情况，争取和较多的员工直接沟通。稍有闲暇，他就到下属工厂或分店转一转，找机会多接触一些员工。他希望所有的经理都能抽出一定的时间离开办公室，到员工中间去，认识、了解每一位员工，倾听他们的意见，调整部门的工作，使员工生活在一个轻松、透明的工作环境中。

有一次，盛田昭夫在东京办事，看时间有余，就来到一家挂着"索尼旅行服务社"招牌的小店，对员工自我介绍说："我来这里打个招呼，相信你们在电视或报纸上见过我，今天让你们看一看我的庐山真面目。"一句话逗得大家哈哈大笑。气氛一下由紧张变得轻松，盛田昭夫趁机四处看一看，并和员工随意攀谈家常，有说有笑，既融洽又温馨，盛田昭夫和员工一样，沉浸在一片欢乐之中，员工都为自己是索尼公司的一员而倍感自豪。

还有一次，盛田昭夫在美国加州的帕洛奥图市看望索尼公司的一家下属研究机构，负责经理是一位美国人，他提出想和盛田昭夫合几张影，不知行不行。盛田昭夫欣然应许，并说想合影的都可以过来，结果短短一个小时，盛田昭夫和三四十位员工全部合了影，大家心满意足，喜气洋洋。最后，盛田昭夫还对这位美籍经理说："你这样做很对，你真正了解索尼公司，索尼公司本来就是一个大家庭嘛。"

再有一次，盛田昭夫和太太良子到美国索尼分公司，参加成立25周年的庆祝活动，夫妇特意和全体员工一起用餐。然后，又到纽约，和当地的索尼员工欢快野餐。最后，又马不停蹄地赶到亚拉巴马州的杜森录音带厂，以及加州的圣地亚哥厂，和员工们一起进餐、跳舞，狂欢了半天。盛田昭夫感到很开心，很尽兴，员工们也为能和总裁夫妇共度周年庆祝日感到荣幸和自豪。

盛田昭夫说，他喜欢这些员工，就像喜欢自己家人一样。

依靠索尼高层管理者的这种亲和力，使公司里凝聚成一股强大的合作力量，并借着这么一支同心协力的队伍——他们潜心钻研、固守岗位、自觉负责、维护生产、不为金钱追求事业，勇于开拓他乡异国销售事业，索尼公司才能屡战屡胜，一步一个脚印，在高科技优新产品开发上，把对手一次又一次地甩在后面。

从这个故事中，我们看到了一个领导者平易近人的个人魅力，以及这种魅力给企业带来的凝聚力，和为企业发展带来的巨大的推动作用。对于领导者来讲，平易近人实在是一种不可或缺的品格，它对于提升个人魅力和凝聚团队，具有非常关键的影响。

平易近人，通俗地讲，就是没有架子，具有亲和力。作为一个领导者，不要经常板着一副威严的面孔，不要总是摆出一副领导的派头，这样只会让下属对你望而却步，产生隔阂，你就很难从下属那里听到真实和有价值的意见和建议。

CA公司创始人王嘉廉就是平易近人的榜样，他没有老板的架子，与员工在一起时常常不忘与对方幽默或自嘲一番，有时员工笑得前仰后合。尤其在开会的时候，作为董事长的王嘉廉总是把气氛搞得红火热烈，与会人员在会上畅所欲言，各抒己见，连董事长的讲话也常被打断。开会的人坐态各异，甚至有人在大吃大喝。王嘉廉本人也有许多幽默的小动作，比如他一会儿猛拍桌子叫好，一会儿唱歌，一会儿把卫生纸揉捏成团，像投篮球似的将纸团丢进纸篓中。他说："用这种轻松的方式来谈论生硬的电脑主题，会刺激人的思维活力。"王嘉廉对下属很少用反面的评语，倒是正面评语很多，很简短，很风趣。比方说："你做对了，孩子！""这是个很棒的点子。""妙，太妙了！""你真聪明！""你怎么跟我想到一块了！"

王嘉廉的乐观开朗与他的幽默风趣相得益彰。1990年4月，CA第一次世界性销售人员大会在达拉斯举行，王嘉廉与罗斯（创业伙伴）坐在主桌上，大会奏着CA的主题曲，这是一个感人的场面。大会开幕之际，有人介绍王嘉廉，他站了起来，每个人也都跟着站起来，只见王嘉廉用双臂抱着罗斯说："嘿！小鬼，我们办到了！"在场的人目瞪口呆，想不到心目中想象的大老板原来是这般风趣和活跃。

平易近人，就应该跟下属和员工打成一片。这就要求领导者经常走出办公室，到基层去，到员工中去，嘘寒问暖，了解情况，而不是整天坐在办公室老板桌的后面，冲着下属指手画脚。

【口才举例】

鲁迅在1933年1月31日写的《崇实》文章里写过一首剥皮诗：

"阔人已乘文化去，此地空余文化城。文化一去不复返，古城千载冷清清。专车队队前门站，晦气重重大学生。日薄榆关何处抗，烟花场上没人惊。"

鲁迅模仿崔颢《黄鹤楼》所作的一首讽刺诗，进一步深化了文章的主题。当年日寇占领东北，大举进逼华北之时，北平一片混乱。国民党达官贵人大肆搜刮国家珍宝仓皇逃离，使北平成了"空余文化城"，更可笑的是，有些达官贵人还沉醉在烟花场上，颇有"错把杭州当汴州"遗风。

花径不曾缘客扫，蓬门今始为君开——鼓励员工说出"真话"

【出处】杜甫《客至》

【原诗】

舍南舍北皆春水，但见群鸥日日来。

花径不曾缘客扫，蓬门今始为君开。

盘飧市远无兼味，樽酒家贫只旧醅。

肯与邻翁相对饮，隔篱呼取尽余杯。

【注释】

客至：客指崔明府，杜甫在题后自注："喜崔明府相过"，明府，县令的美称。

舍：指家。

但见：只见。

蓬门：用蓬草编成的门户，以示房子的简陋。

市远：离市集远。

兼味：多种美味佳肴。无兼味，谦言菜少。

樽：酒器。

旧醅：隔年的陈酒。

肯：能否允许，这是向客人征询。

余杯：余下来的酒。

花径：长满花草的小路

呼取：叫，招呼

【译文】

草堂的南北涨满了春水，只见鸥群日日结队飞来。老夫不曾为客扫过花径，今天才为您扫，这柴门不曾为客开过，今天为您打开。离市太远盘中没好菜肴，家底太薄只有陈酒招待。若肯邀请隔壁的老翁一同对饮，隔着篱笆唤来喝尽余杯！

【解析】

鼓励员工说出"真话"

今天我们常用"蓬门今始为君开"来表示对朋友的到来感到无限的欣慰和热烈的欢迎，是一种真情实感的流露。蒙牛总裁牛根生信奉一句话："听不到奉承是一种幸运，听不到批评却是一种危险。真正的朋友应该说真话，不管话多么尖锐；阿谀逢迎没有牙齿，却能吃掉人的骨头。"

有些管理者只喜欢听好话，容不得不同的声音。在各种议题的会议上，管理者大谈人人要坦诚，大家要放开心扉。但与会的人员却一点都"不坦诚"，总在揣摩管理者的心思，不厌其烦地重复和扩大管理者希望听到的话，而对于公司存在的问题却如蜻蜓点水般一掠而过，不痛不痒地从正反两个方面来说明和提出"我们总的来说做得不错，还有改进的空间"。管理者都喜欢听好话，对于批评是不容易接受的，所以，有些员工为了讨好管理者，往往只讲好话，因此管理者就很难听到员工的真正意见了。

管理者要提高自己的威信，关键是要真心和员工接触，而不是摆出一副管理者的架势，逼迫员工服从，那样只能出现"务实"的员工，而不是真正想干事的员工。一个管理者若不明了自己什么地方不对，或者有什么地方需要改进时，就应该多多鼓励员工说出"真话"，并听取他们的意见，这才是一位管理者所应具备的基本素质。就如下面的案例一样。

自2008年5月以来，国内某大型矿业集团把转变机关管理工作作风作为"和谐矿区"的重要工作加以落实，充分发挥群团组织力量，由工会职代会、党委信访办牵头，针对当前市场物价高涨，员工收入低，学生就读学费高等热点问题，组建了"员工意见接转中心"，并在23个基层党支部、队工会中成立了群众意见反映接待站，聘请了100多名义务"稳定信息员"，为企业稳定和谐发展起到了保驾护航的作用。

矿业集团针对当前群众最为关心的工资分配、市场物价高涨等热点问题，变"群众上访为管理下访"，以"约见会、见面会，沟通会、接待日"为载体，通过管理者走下去的双向互动，把员工家属关注的民生问题通过对话交流中建议或意见转交到职代会、民管会、廉政工作会、党委工作会上，为企业的生产经营、安全监管、生活后勤服务等工作提供了参考，切实解决了当前群众关心的热点、难点、疑点问题，疏通了员工家属的情绪。7月22日，"员工沟通日"活动在该矿业集团广场展开，表明了企业"抓管理，强和谐，解难题"工作作风的转变，员工在与管理者的直接沟通中相互达成一致的共识。过去，许多员工家属不理解的问题得到一一落实。

"各位领导，我今天是来发'牢骚'的，不管我说得对与不对，仅供领导参考。"李师傅的一席话表明了企业需要听到员工呼声的落实。员工张师傅说："企业管理者直接到基层与员工对话，查找管理中的问题，解决员工心中的矛盾，转变工作作风的做法就是好，好在我们有地方出气了。"另一名王师傅更认为，企业把员工的意见通过对话梳理，变成管理方法加以落实，最终消除的是干群矛盾，促进企业发展中对员工所思所想的尊重。

组织党风党纪沟通对话的党委工作部副部长说："与员工对话党风党纪，切实知晓民生的温度，从工作方法中回头看作风，抓经济建设不能忽略员工的思想矛盾，一旦积怨太深，小矛盾会引发大的社会问题发生，不利于企业发展，更不利于和谐矿区的建设。""多到基层听员工说真话，了解员工的思想动态，知晓员工对企业安全生产、经营管理的想法，是企业管理的重要资源，是化解群众矛盾、构建和谐社会的需要，有利于员工队伍的建设，更有利于企业的和谐发展。"党委书记说。

接连3个月来，该矿业集团"员工意见接转中心"收到各种意见和建议100多条，经过整理成为企业管理的新方法被加以落实。同时，该矿业集团出台了《构建和谐矿业》实施意见，以"一个基本点，落实两个中心"兑现员工家属的承诺，即抓住员工工资分配基本点，落实社区服务、生活后勤管理中心，把员工家属的思想教育、思想观念的转变对接到企业的服务职能中，对接到管理者形象教育中，并加以重点落实。

智者千虑必有一失，再智慧的管理者也难免出错，如果对员工说出的"真话"不加以重视，会使他们心灰意冷，不再提意见，而等到管理者到了真正需要建议的时候，员工也不会积极提出建议了。

【口才举例】

例1：

在一次"谈友情"的演讲中，孙悦这样讲：

朋友曾问我——生命中最让你感动的是什么？我脱口而出：是友谊，是朋友间无私的爱！这份爱，将伴随我一生，无论富贵荣辱，无论贫穷挫折，直到终老。带着这份爱，无论是上天堂还是下地狱，我都义无反顾，我都无所畏惧。我还要告诉朋友：谢谢你的友谊，谢谢你的爱。"花径不曾缘客扫，蓬门今始为君开"！无论山高水远，无论天长地久，我都会把友谊和爱送给我亲爱的朋友：希望你生命中的每一天，时时都有我的友谊与你相伴，步步都有我的爱与你相随！

把友情延伸到爱，将自己心中的爱比喻为期待老友访问的家舍，实在是精彩！

例2：

张原与李明阔别多年，一天在街上偶然相逢。张原恳切地邀请李明去家中做客：老同学，真没想到在这儿见到你！说起来，咱们同住一个城市，可20年竟没有见过面。今天见到了，什么也甭说，到我那儿去，咱还和当年一样，有啥吃啥，好好聊聊。"花径不曾缘客扫，蓬门今始为君开。"去不去你瞧着办吧。

张原巧用唐诗，既热情又包含真挚的情义，传达出友人相见时的一片欣喜之情。

但使龙城飞将在，不教胡马度阴山——批评不要太直接

【出处】王昌龄《出塞》

【原诗】

秦时明月汉时关，万里长征人未还。

但使龙城飞将在，不教胡马度阴山。

【注释】

但使：只要。

龙城飞将：《汉书·卫青霍去病传》载，元光六年（前129年），卫青为车骑将军，出上谷，至笼城，斩首虏数百。笼城，颜师古注曰："笼"与"龙"同。龙城飞将指的是卫青奇袭龙城的事情。其中，有人认为龙城飞将中飞将指的是汉飞将军李广，龙城是唐代的卢龙城（卢龙城就是汉代的李广练兵之地，在今河北省喜峰口附近一带，为汉代右北平郡所在地），纵观李广一生主要的时间都在抗击匈奴，防止匈奴掠边，其中每次匈奴重点进攻的汉地，皇帝几乎都是派遣李广为太守，所以这种说法也不无道理。

不教：不叫，不让。教，让。

胡马：指侵扰内地的外族骑兵。

度：越过。

阴山：昆仑山的北支，起自河套西北，横贯于内蒙古自治区中部偏西一带。

【译文】

依旧是秦汉时期的明月和边关，守边御敌鏖战万里征人未回还。倘若攻袭龙城的卫青和飞将军李广而今健在，绝不许匈奴南下牧马度过阴山。

【解析】

批评不要太直接

本诗表明人们对李广的怀念之情，同时也感叹朝廷的用人不当，有批评之意。怎样批评，实际是一种说服的技巧，是一门沟通的艺术。批评的目的意在打动对方，使得对方能认识到自己的错误，回到正确的轨道上，而不是贬低对方，即使你的动机是好的，是真心诚意的，也要注意说话的方式和场合等问题。

良药苦口利于病，但在现实生活中，扶正匡谬的批评的确不如良药那样为人所乐于接受，甚至成了难以下咽的"苦药"。批评得好，人家接受；反之，麻烦缠身，成了"不受欢迎的人"。因此，批评要学会变"害"为"利"，使硬接触变成软着陆，即在"苦药"上抹点糖，看似失去了锋芒，但却药性不减。

王东进公司不到两年就坐上了部门经理的位置，但是有个别下属不服他，有的甚至公开和他作对，钱诚就是其中的一位。自从王东做了部门经理之后，钱诚经常迟到，一周五天，他甚至四天都迟到。按公司规定，迟到半小时就按旷工一天算，是要扣工资的。问题是，钱诚每次迟到都在半小时之内，所以无法按公司的规定进行处罚。王东知道自己必须采取办法制止钱诚这种行为，但又不能让矛盾加深。

王东把钱诚叫到办公室。"你最近总是来的比较迟，是不是有什么困难？""没有啊，堵车又不是我能控制的事情，再说我并没有违反公司的规定呀。""我没别的意思，你不要多心。"王东明显感觉到了对方的敌意。"如果经理没什么事，我就出去做事了。""等等，钱诚你家住在体育馆附近吧。""是啊。"钱诚疑惑地看着对方。"那正好，我家也在那个方向，以后你早上在体育馆东门等我，我开车上班可以顺便带你一起来公司。"没想到王东说的是这事，钱诚反而有些不好意思，喃喃地说："不，不用了……你是经理，这样做不太合适。""没关系，我们是同事啊，帮这个忙是应该的。"王东的话让钱诚脸上突然觉得发烧，人家王东虽然当了经理，还能平等地看待自己，而自己这种消极的行为，实在是不应该。事后，钱诚虽然还是谢绝了王东的好意，但他此后再也不迟到了。

在批评的过程中，适时地采取先表扬后批评的方式，使得对方能树立改正错误的信心，树立全新的自我形象。因为他从你那里得到的信息是，自己是有优点的，即使有错误也能很容易地接受批评，并很快地改正。所以批评的艺术可以被称之为一种为人处世的基本修养。

批评和骂人不同，它们之间有着本质的区别，骂人是气急败坏的表现，是无赖的表现，这不需要多大水平，在大街上扯个泼妇，肯定能骂得十分出彩。只是，骂人的行为除了让被骂者受伤，或者被路人耻笑之外，没有多少意义。而批评不同，批评的过程是批评者站在一个公正的立场，站在一定的高度，通过摆事实、讲道理来对人与事进行的一场论证过程，它应该有着严谨有力的逻辑。因此，我们是万万不可把骂人的行为扯进批评的范畴内。

批评别人，就要给别人服气的理由。我们作为批评者，就首先要加强自己本身的文化修养，对批评的人和事情，要有自己独到的眼光和见解，要公正地看待问题，而不能用党同伐异的态度去行事。在批评的过程中，我们要保持自己的原则，也要有自己的鉴别能力。然后，通过自己对问题的看法，真诚地向批评对象提出自己的意见，并指明他应该去努力的方向。只要我们的见解是正确的，意见是真诚的，态度是诚恳，别人又怎会不接受批评呢？

批评，顾名思义，既要批也要评。批是批判，评是评价，当然也可以解释为好评。不管怎样，不能光批不评。

在批评的过程中，我们绝不可以只批评不表扬。因为不管是人还是事，毕竟都还是有一点优点的。但这么说，也绝不是鼓励大家在批评别人的时候先来一段表扬，在表扬以后再来一个但是，但是的后面加上一串的批评。这样的批评只能让别人觉得我们虚假。就比如我们是老师，我们要批评学生的懒惰行为，我们可以这样来批评：你很聪明，请以后勤奋点。而不要这么说：你很聪明，但是你很懒惰。这两种批评方式看着没多大区别，但前一种批评方法已经在表扬中提出了自己对学生的要求，而后一种效果和前一种相比如何，大家肯定是心中有数了的。

金无足赤，人无完人。只要是人，就可能犯错误。其实，任何有上进心的人都不愿意犯错，要批评一个人的错误时，最好让对方感觉到自己的错误。你的目的也是为了要帮助对方，而不是为了贬低对方的品格。因此批评以适可而止、给对方留有余地的方式为好，会让对方感谢你的宽容。

【口才举例】

例1：

由蔡亮、陈立波收集整理的《大刀向鬼子们的头上砍去》一文，有这样一段文字：

"但使飞城飞将在，不教胡马度阴山。"面对装备精良的日寇，浙江军民无所畏惧，在每一寸土地上与来犯之敌展开生死拼杀。一场场惨烈的战斗，一发发复仇的子弹，一个个冲锋的战士，推进着一部中华民族抵御外侮的历史。八年抗战，浙江是受日军侵略时间最长、战祸波及范围最广、损失最惨重的省份之一。在这片土地上，日寇犯下了滔天罪行：这里发生过无数次大屠杀和大轰炸，活人被惨绝人寰地解剖用作细菌实验，无辜的人们遭受了炭疽和鼠疫病毒的攻袭……

在外敌面前，浙江人民同仇敌忾，誓死保卫家园，诗句在这里表达了原诗本来的意思，非常贴切。

例2：

刘放在《斯杯=水杯》一文中，谈到中国篮球时说：

前锋，无论是在足球场，还是篮球场，他的天职就是得分。"但使龙城飞将在，不教胡马度阴山。"回首中国男篮1994—1996年的黄金岁月，是胡卫东、孙军、郑武、吴乃群、巩晓彬、刘玉栋等六大前锋书写了两次世界大赛前八强的传奇。当时，内线的单涛无法与欧美中锋分庭抗礼，前锋们责无旁贷地扛起了得分的重担。十年之后，即使姚明高高耸立在内线，但在对手的夹击之下，他更多的时候也是要把球传到前锋手里，由前锋完成致命一击。

今昔对比，今不如昔，作者用此诗句表达了对当年中国篮球辉煌成绩的怀念，同时也是对篮球人才的呼唤。

例3:

老杜一直对厂里领导不满意,他曾对手下的技术工人说:

现在的领导叫什么领导?丢掉了好作风,丢掉了好精神。高高在上不搭理人,技术也不懂,开会总是天马行空地胡扯一通,压根儿说不出一点具体的东西。你们都知道吧,这次进口的那套设备,花了那么多钱,可经过检验才发现是人家的淘汰品!如果他们懂点技术,在购买时会出现这种情况么?

现在又要打官司了,官司打完,厂里的钱也要空了。"但使龙城飞将在,不教胡马度阴山。"如果是以前的领导,肯定不会出现这样的事情,起码人家还懂点技术……

老杜认为过去的领导懂技术,不会出现买淘汰品回来的事情,他用此诗句表达了对过去领导的怀念。

不敢高声语,恐惊天上人——千万别冲撞你的领导

【出处】李白《夜宿山寺》

【原诗】

危楼高百尺,手可摘星辰。

不敢高声语,恐惊天上人。

【注释】

宿:住,过夜。

危楼:高楼,这里指山顶的寺庙。危:高。

百尺:虚指,不是实数,这里形容楼很高。

星辰:天上的星星统称。

语:说话。

恐:唯恐,害怕。

惊:惊动。

山上寺院的高楼真高啊，好像有一百尺的样子，人在楼上好像一伸手就可以摘下天上的星星。站在这里，我不敢大声说话，唯恐（害怕）惊动天上的神仙。

【解析】

千万别冲撞你的领导

冲撞领导，最伤领导的面子。最能招致领导的记恨，使他对你充满怨恨和怒火。这样你可能面临着被解职的危险，所以，口头上一定要给领导留足面子。

大多数领导喜欢命令自己的下属，这不但是上下级组织关系的必然要求，也是领导履行职责、达到预定目标的前提保障。领导们一般都会认为，自己有权要求下属去做某些事情的。

许多领导还认为自己比下级要优秀，因此才能够做领导，在潜意识中，有着很强的优越感，对自己充满信心。那么，优秀的人发出的指令，下级就应服从，而不是各有主张、各行其是，破坏自己的计划。

领导的尊严感最强。行使权力、发布命令，使事情向着自己所预想的目标发展，会给他带来这种感觉。而尊严是一个人最敏锐，也是最脆弱的感觉，因为它总是同一个人最本质的某些东西相联系的，侵犯尊严便等于是对人的污辱和蔑视。这在自认为理所当然地享有受人尊重的权力的领导的眼里，是绝对不能被容忍，更不能被谅解的。

许多时候，下级的冲撞会使领导下不了台，面子难堪。如果领导的命令确有不足，采用对抗的方式去对待领导，这无疑会使他感到尊严受损，以敌意来对抗敌意。特别是在一些公开场合，领导是十分重视自己的权威的，或许他会表示，可以考虑你的某些提议，但他绝不会允许你对他的权威提出挑战。

下级冲撞领导，一般都会使用比较过激的言辞，特别是一些很伤感情的过头话。这些话会像一把把尖刀直刺向领导的内心，这势必会惹得他怒火中烧，大发雷霆，视你为敌。在这种情形下，你可能是出于某种责任心才说的，但如言辞不当，反而会使领导认为你是一直心怀不满。他会想："嗬，这家伙隐藏得好深，竟骗过了我！原来他一直对我有成见、一直是三心二意，今天终于暴露出来了！"

对抗会使领导失去理智，领导觉得尊严受损，权威受到挑战，在面子上感到相当狼狈难堪。这会使他把事态看得十分严重，一时也不会考虑什么是非曲直，只有一味地报复下级。在此种情形下，领导一般都会十分激动，甚至是头脑发昏，恼羞成怒。失去冷静的判断，你就成了他的第一号敌人，他势必要打垮的对手，过激行动常常会因此而发生。即使是当时比较克制，事后也会是越想越是气恼，找机会报复你。

抗上者死，这是历代刚直迂腐的谋士常常遭遇的悲剧。如今社会的人不得不引以为鉴。

三国时，曹操认为，刘备、孙权乃自己统一天下之大障碍，所以决定发兵讨伐，扫平江南。而有一大夫，叫孔融，却是迂腐得很。他以刘备是汉室宗亲，孙权虎跨龙盘为名，称曹操是"兴无义之师，恐失天下之望。"因此，惹得曹操大怒。孔融退了，仰天长叹："以最不仁义去讨伐最仁义者，怎么能不败呢？"结果被人听去，报告了曹操。曹操又是大怒，诛杀了他的全家。

据说，早就有人对孔融说过："你这人刚直得有些过分了，这是你自取祸患的根源。"

孔融的才学不可谓不高，但他未领会上级的意图和决心，出言不逊，特别是以"至不仁"来形容曹操。这怎么能不会使曹操心怀懊恼，必欲杀之而后快呢？

所以，下属在与上级说话时，切勿冲动，而是要时刻提醒自己，即使自己是对的，也要注意态度、方式方法和时机问题，不要冲撞对方，引起上级的怒火，使他怨恨于你。

下属首先应在态度上保持对领导的尊重，切不可流露出对对方的意见不屑一顾的神色。一定要把谈论工作同个人的能力或尊严区别开来，时刻留意，不能把对工作的看法上升为对人的看法；或不能让对方误解，认为自己对领导本人有看法。只有上级感到，你仍然是承认他的权威的，你的意见是针对工作而非是借工作之名行人身攻击之实，他们多半会冷静下来，考虑你的想法。只要你超脱个人利害，处处替领导着想，领导不是没有体会的。他会为你的忠诚所感动。

下属谈论问题时，还要注意方式方法，以一种对方更容易接受的方式来说明自己的想法。一般来说，语气要温和，言辞要避免极端，最重要的是有分析，有根据，条理清晰，能够说服人。下级一定要记住，领导是权威，拥有最终的决策权，而你只不过是一个参谋。对领导说明看法，不要选用那些过于肯定的方式，而是要用商讨的语气委婉地加以表达。比如说，可采用这样的方式，"我想这样是不是会更好些？""也许我的这点看法会对您的计划有所补充"，"我觉得自己有责任向您反映一些情况"等等。

另外，下属还应选好时机和场合。在公开场合说就不如私下里谈好。事已确定就不如事情尚处酝酿中说好。领导正发脾气时说就不如等他心平气和时说好。领导心绪低落时说就不如领导比较得意时说好。总之，下属应根据领导的脾性、作风、情绪等，伺机而动，选择一个最能使他接受别人意见的时机与他交谈。

【口才举例】

两个职员正在抱怨公司高层的一些决策，正说得投机，一位职员突然不说话了。另一位看看四周，发现一个常打小报告的人走进了办公室，知道是怎么回事，低声说道："不敢高声语，恐惊天上人啊！"两人会心一笑。

天时人事日相催，冬至阳生春又来——用温暖感动下属

【出处】杜甫《小至》

【原诗】

天时人事日相催，冬至阳生春又来。

刺绣五纹添弱线，吹葭六琯动浮灰。

岸容待腊将舒柳，山意冲寒欲放梅。

云物不殊乡国异，教儿且覆掌中杯。

【注释】

小至：指冬至前一日，一说指冬至日的第二天

五纹：指五色彩线。

添弱线：古代女工刺绣，因冬至后，白天渐长，就可以多绣几根丝线。

葭：初生的芦苇。

琯：古代乐器，用玉制成，六孔，像笛。

动浮灰：古时为了预测时令变化，将芦苇茎中的薄膜制成灰，放在律管内，每到节气到来，律管内的灰就相应飞出。浮灰：一作"飞灰"。

腊：腊月。

云物：景物。

乡国：家乡。

覆：倾，倒。

【译文】

天时人事，每天变化得很快，转眼又到冬至了，过了冬至白日渐长，天气日渐回暖，春天即将回来了。刺绣女工因白昼变长而可多绣几根五彩丝线，吹管的六律已飞动了葭灰。堤岸好像等待腊月快点的过去，好让柳树舒展枝条，抽出新芽，山也要冲破寒气，好让梅花开放。我虽然身处异乡，但这里的景物与故乡的没有什么不同之处，因此，让小儿斟上酒来，一饮而尽。

【解析】

用温暖感动下属

这首诗告诉人们，时间会过得很快，美好的日子就要来临，黑暗挡不住黎明的到来。人的心灵好像对温度有强烈的敏感，遇见抑郁的、冰冷的表情就凝结了起来，僵硬了起来；但遇见了欢乐的、温暖的笑容就柔软了，融化了，活泼了。所以，真诚的、温暖的微笑，快乐的、生动的目光，舒畅的、悦耳的声调，就像明媚的阳光一样，使一切欣欣向荣，使谈话进行得生动活泼，使大家谈笑风生，心旷神怡。

某企业因经营不善濒临倒闭，工人将面临失业，不但拿不到遣散费，连欠发的工资也兑现不了。

工人们聚集在领导办公室的门口抗议，要求领导拿出解决的办法来，情绪非常激动。

领导说："工厂就在你们眼前，你们都看到了。现在把工厂拍卖，也恐怕没有人买。就算能卖掉，也换不了几个钱，如果先还上银行贷款，大家还是分文拿不到。"

怎么办？把领导绑起来？把厂里的产品抢回家？把机器、厂房砸烂还是烧掉，让公安局抓去坐牢？还是冷静善后处理呢？

聪明的领导在一连串的问话后，接着说："工厂是大家的。人人都是一分子。现在我们组成专案委员会，把工厂股份按比例分给大家，大家都是股东，都是老板。少拿点薪水，努力工作，撑几个月看看。赚了，是大家的。赔了，再关门也不迟。你们想想，现在把工厂砸了，什么也拿不到，不如自己当老板，继续做做看。"

领导在详细地分析了利害关系后，工人想了想，觉得厂长说得有道理，于是听从了领导的劝说，纷纷集资入股重新干了起来。大家都把工厂当作自己的事来做，特别卖力，经过一段时间的经营，工厂居然起死回生，扭亏为盈，不但还上了债务，工人还分到了红利。

用语言作假设，可达到将心比心的目的；也可用自己的行为，现身说法，让对方体验别人的心理，进而对他的言行作出调整，同样可达到将心比心的目的。

将心比心，首先要抓住人心，那么如何才能抓住人心呢？那么要在人的情绪进入下列低潮时，是抓住人心的最佳时机：

（1）工作不遂心时。比如因工作失误，或工作无法照计划进行而情绪低落。因为人在彷徨无助时，希望别人来安慰或鼓舞的心情比平常更加强烈。

（2）人事异动时。因为人事异动而调到单位的人，通常都会交织着期待与不安的心情，应该帮助他早日去除这种不安。另外，由于工作岗位的构成人员改变，部属之间的关系通常也会产生微妙的变化，不要忽视了这种变化。

（3）他人生病时。不管平常多么强壮的人，当身体不适时，心灵总是特别脆弱。

（4）为家人担心时。家中有人生病，或是为小孩的教育等烦恼时，心灵也总是较为脆弱。

这些情形都会促使人的情绪低落，所以适时的慰藉、忠告、援助等，会比平常更容易抓住别人的心。因此，一方面，平常就要积累一些员工的个人资料，然后熟记于心。

以上说的是抓住人心的最佳时机，下面介绍几个要点来察觉他人心情的跃动规律。

（1）脸色、眼睛的状态（闪烁着光辉、咄咄逼人、视线等）。

（2）说话的方式（声音的腔调、是否有精神、速度等）。

（3）谈话的内容（话题的明快、推测或措辞）。

（4）身体的动作、举止行动是否活泼。

（5）姿势，走路的方式，整个身体给人的印象（神采奕奕或无精打采的）。

综合这些资料，就可以探索到他人心灵的状态。应该有意识地研究这些资料，以便能正确掌握各人的特征。只有这样，才能抓住人心，达到目的，协调沟通。

【口才举例】

胡锦涛同志在全国政协新年茶话会上的讲话：

"'天时人事日相催，冬至阳生春又来。'春意融融中，我们又迎来了新的一年。回首昨天，我们感慨万千；展望明天，我们豪情满怀……"

简单的话语带给会场浓浓的暖意。

两岸猿声啼不住，轻舟已过万重山——成为积极的倾听者

【出处】李白《早发白帝城》

【原诗】

朝辞白帝彩云间，千里江陵一日还。

两岸猿声啼不住，轻舟已过万重山。

【注释】

发：启程。

白帝城：故址在今重庆市奉节县白帝山上。杨齐贤注："白帝城，公孙述所筑。初，公孙述至鱼复，有白龙出井中，自以承汉土运，故称白帝，改鱼复为白帝城。"王琦注："白帝城，在夔州奉节县，与巫山相近。所谓彩云，正指巫山之云也。"

朝：早晨。辞：告别。

彩云间：因白帝城在白帝山上，地势高耸，从山下江中仰望，仿佛耸入云间。

江陵：今湖北荆州市。从白帝城到江陵约一千二百里，其间包括七百里三峡。郦道元《三峡》："自三峡七百里中，两岸连山，略无阙处。重岩叠嶂，隐天蔽日，自非亭午夜分，不见曦月。至于夏水襄陵，沿溯（或泝）阻绝。或王命急宣，有时朝发白帝，暮到江陵，其间千二百里，虽乘奔御风，不以疾也。春冬之时，则素湍绿潭，回清倒影。绝巘（或谳）多生怪柏，悬泉瀑布，飞漱其间。清荣峻茂，良多趣味。每至晴初霜旦，林寒涧肃，常有高猿长啸，属引凄异。空谷传响，哀转久绝。故渔者歌曰：'巴东三峡巫峡长，猿鸣三声泪沾裳。'"

还：归；返回。

猿：猿猴。啼：鸣、叫。住：停息。

万重山：层层叠叠的山，形容有许多。

【译文】

清晨，朝霞满天，我就要踏上归程。从江上往高处看，可以看见白帝城彩云缭绕，如在云间，景色绚丽！千里之遥的江陵，一天之间就已经到达。两岸猿猴的啼声不断，回荡不绝。猿猴的啼声还回荡在耳边时，轻快的小船已驶过连绵不绝的万重山峦。

【解析】

成为积极的倾听者

本诗写出了山河的壮丽和诗人轻松愉快的心情。现在可以用来形容乘船或坐车去旅行的轻松愉快心情，面带微笑，闭目倾听。

人们一直有个误区，认为只要耳朵能听得见，就自然而然地具备聆听技能，其实则不然，听得见与听得懂完全是两回事。

在某期央视《对话》栏目中，主持向嘉宾——诺基亚CEO奥利拉提问：成为CEO什么能力最重要？奥利拉相当干脆地回答："沟通和管理人的能力。"时隔一周，《对话》又邀请到了当时爱立信的CEO柯德川，主持人向其提出了同一问题，出人意料的是，柯德川的回答与奥利拉惊人的一致，还是沟通。于是，主持人不禁笑问，他是否与奥利拉串通好了作答。

在沟通过程中，聆听是准确接受和理解信息发送者意图的关键步骤。每个人的表达方式和沟通内容，受其文化背景、知识结构、能力、经验等因素影响，尤其当对方来自不同文化背景，采用的语言又不是母语时，更容易出现误解。所以，只有清楚地掌握对方的真实意图，方能采取有效的和积极的反应。

菲奥纳在波士顿的一家百货公司工作。最近有一次，她在老板的办公室里和老板讨论公司商品的召回政策问题。讨论到一半的时候，老板接了一个电话，于是她让菲奥纳过一会儿再过来继续这次讨论。菲奥纳按照老板的吩咐这样做了，她在20分钟以后来到老板的办公室。当菲奥纳走进办公室的时候，老板却发火了。她说："我让你马上过来。你到哪里去了？"菲奥纳回答："我想给您一点时间接电话，20分钟左右。"老板大叫道："你根本就不知道'一会儿'代表什么意思，那是指5分钟！"因为菲奥纳和她的老板对于"一会儿"有不同的理解，导致她们之间的沟通出现了问题。

很多管理者明白沟通和聆听的重要，但在正规教育中几乎没有一门课是教学生们如何更有效地与他人沟通，更不用说教授如何聆听。根据著名管理学者Lyman Steil的研究，在人们所使用的听、说、读、写这些沟通技能里，使用最频繁的是"听"，然而所接受训练却最少。虽然此类研究是在别国进行，不能完全以此推断中国的状况，但可见聆听重要而没被重视是一个较为普遍的现象。

聆听首先要专注，这样方能排除沟通过程中的障碍，这些障碍可能是外部噪音，更多的是因为文化背景差异继而影响正常沟通，如语言、价值观不同等。聆听过程中是否专注是一般的"听"和"聆听"的区别，没有用心的听是右耳进左耳出的听。只有用心地去听，方能清楚地听见对方所说的信息，这样，才能正确地解码对方要表达的意思。

我们时常会对对方的话产生偏见，有时，对沟通者也会产生偏见，从而导致一些具有自己价值观的判断。每个人都有这样的思维倾向，喜欢听自己喜欢的东西，将不喜欢的东西拒于千里之外。我们还通常用第一印象来判断人，对于自己不喜欢的人，很难集中精神交谈。在跨文化沟通中，由于沟通者之间文化背景的差异，我们更容易用自己的文化价值观、习惯、行为规范等来判断对方，可能因为对方的一句话或一个行动，失去了客观接受信息的态度。

遇到这样的时候，我们就应该极力控制自己的情绪，保持冷静的头脑，调整自己的心态和思维，客观地、积极地和主动地听取对方的信息。

【口才举例】

例1：

张延军在《中国网友报》上发表文章分析天威耗材时说：

目前，国产通用耗材与原装耗材无论从技术上还是从产品质量上比较，差距越来越小。虽然原装打印机厂商设置了诸多的技术、专利等壁垒来限制通用耗材的发展，但占尽价格优势的国产通用耗材还是在重重困难中慢慢成长起来，并形成了自有的品牌。其中，珠海"天威"就是从众多国内通用耗材品牌中脱颖而出，并具有代表性的一家知名企业。

正所谓"两岸猿声啼不住，轻舟已过万重山"！

毋庸置疑，有着像天威这样在通用耗材领域踏踏实实"用心"做事的品牌企业，随着众多厂商的加入和众多渠道商的支持，也必将促进整个行业的规范化、标准化，促进整个市场的成熟与发展。而最终的受益者，将是用户。

在这里，"轻舟"是指以珠海"天威"为代表的国产通用耗材。

张延军借所引诗句不仅形象地概括了天威耗材的发展历程，而且显示出他对国产通用耗材的未来发展充满信心。

例2：

山东蓬莱经常会出现"海市蜃楼"的奇观，中国新闻网对其曾做过这样的报道：

大约5时20分，在蓬莱阁东北方向红光乍现，出现了一条光亮的带状物，并在不断地延伸。一会儿颜色变紫，形状犹如郁郁葱葱的原始森林，从东到西绵延几十公里，偶尔有长颈鹿隐隐出现。逐渐地有山峰隆起，层峦叠嶂嶂，云雾缭绕，仿佛"两岸猿声啼不住，轻舟已过万重山"的意境。过了一段时间，群峰渐渐地隐去，在南长山岛以北，又一座"南长山"从海中慢慢涌起，瞬间凝结，宛如南长山列岛的孪生姐妹。

这种景观持续了大约90分钟，接近7时完全消退，在蓬莱海边晨练的市民和中外游客几千人有幸目睹了这一虚无缥缈的海市奇观。

海市蜃楼是一种奇幻莫测的自然景观，作者用所引诗句来形容山东蓬莱这次海市蜃楼中的某一个景象，极为形象而逼真。

疾风知劲草，板荡识诚臣——得人心者得天下

【出处】李世民《赠萧瑀》

【原诗】

疾风知劲草，板荡识诚臣。
勇夫安知义，智者必怀仁。

【注释】

萧瑀：字时文，隋朝将领，被李世民俘后归唐，封宋国公。

疾风：大而急的风。

劲草：强劲有力的草。

板荡：动乱之世。

勇夫：有胆量的人。

智者：有见识的人。

【译文】

在猛烈狂疾的大风中才能看得出是不是强健挺拔的草，在激烈动荡的年代里才能识别出是不是忠贞不贰的臣子。一勇之夫怎么懂得为公为国为民为社稷的正义的道理，而智勇兼具的人内心里必然怀有忠君为民

读唐诗 学说话

088

的仁爱之情。

【解析】

得人心者得天下

这两句诗常来形容在危急惊险的环境里，最能看出一个人品格的高下，也就是如何识人用人。人是一种高级动物，有理性、有情感、有才干的人又是人类中的优秀分子。求才的目的是为了用才，但唯有服其心，才能使之心甘情愿地发挥所长。古今中外的经营者，不仅以"得人"为己任，更把"服人"当作人才使用的关键环节。发现和网罗人才是件难事，使人才肝脑涂地、尽心竭力更不容易。由于经营者的观念及由此支配的作风不同，在如何"服人"的问题上，也会有各种不同的做法。归结起来，大体有三：

第一，以力服人。

目前，有些经营者错误地认为，下属天生具有惰性，厌恶工作，只能采用高压手段，管、卡、压、罚的办法比什么都管用，在实际工作中滥行专制式的管理。实际上是把下属只当作会说话的工具，这与"尊重人，相信人"的现代管理思想相去甚远。这种做法，下属即使服从也是违心的。在科学民主思想日益深入人心的现代社会，尤其难以收到良好的管理效果。

第二，恩威并施。

一些现代经营者，为实施更为有效的管理，在对待下属的问题上采取宽严相济、恩威兼施的方法。美国国际航空公司董事长兼总裁卡尔森，就大力主张对下属采用"恩威兼施"的做法：随和而不过于亲密；严格但态度温和；关心而不庇护。恩威俱全，以恩为主，他把员工当作伙伴而不是雇员。

第三，以理服人，以情感人。

西方管理学界，特别强调尊重人的尊严，尊重人格，把下属当作提高生产率的最重要财富，因而特别注重感情投资。尼克松说过："人民是听从道理的，但又为感情所驱动；作为一个领袖必须既以理服人，又要以情动人。"

上述三种"服人"的方式，有着明显的优劣之分。以力服人，难以服心，而且与当今的时代精神相悖，应该彻底摒弃。以理服人，以情感人是反映时代潮流的一种方式，但它的应用范围比较狭窄，只适用于知识丰富、能力强、素质好的少数下属。比较起来，还是恩威并施的方式比较好，它可以成为现代经营者的基本做法。

在现代商业管理中，对待职员也需要用方法笼络住他们的心，如果说这也是老板的别有用心，那就是告诉职员要忠于企业，为发展企业做些贡献。员工的忠诚和积极性是企业生存和发展的关键，它是凝聚于整个企业组织的黏合剂，使企业得以赢得员工的信任。所以企业的领导一定要拿出笼络之方，关心每一位员工，关心的动作无需太大，从一件小事开始就行。

"你真的找到最好的医生了？如果有问题，我可以向你推荐这里看这种病的医生。"

这是谁在说话？

这是谁在跟什么人说话？

这是摩托罗拉总裁保罗·高尔文在对员工们表达他的关怀和爱护。

只要高尔文听到公司哪位员工或其家人生病时，他就打电话这样询问：

"你真的找到最好的医生了？"

由于他的努力，许多人请不来的专家被他请来了。而且在这种情况下，医生的账单可直接交给他。

在经济不景气的年代，工人们最怕失业。为了保住饭碗，他们最怕生病，尤其怕被老板知道。比尔·阿诺斯是一位采购员，他现在的两个担心都发生了。他的牙病非常严重，不得已，只有放下要紧的工作，因为他实在无力去做了。而且，他的病还被高尔文知道了。

高尔文看到他痛苦不堪的样子，非常心疼：

"你马上去看病。不要想工作的事，你的事我来想好了。"

比尔·阿诺斯做了手术，但他从未见到过账单。他知道是高尔文替他出的手术费用。他多次向高尔文询问，得到直截了当的回答是：

"我会让你知道的。"

阿诺斯的手术很成功，他知道凭自己的普通收入是难以承受手术费的。

阿诺斯勤奋工作，几年后，他的生活大有改善。一次，他找到高尔文。

"我一定要偿还您代我支付的那个账单的钱。"

"你呀，不必这么关心这件事。忘了吧！好好干。"

阿诺斯说："我会干得很出色的。但我不是要还您钱……是为了使您能帮助其他员工医好牙病……当然还有别的什么病。"

高尔文说："谢谢，我先代他们向你表示感谢！"告诉大家，阿诺斯的手术费是200美元，这对高尔文来说是一个小数目，可是这200美元代表的价值是对人的关怀和尊重。

北宋文学家苏洵在他的《心述》中有这样的话："为将之道，当先治心"。在商业管理中，我们可以把它变成"用人之道，当先得心"。企业的经营者要善于与员工沟通，才能有效调动员工的积极性。要想真正得到一个人的忠诚与归顺，必须从情感和良知上征服他。让他惧怕你，这只是短时之功，而让人感激你则为永久之功。

【口才举例】

例1：

姚小强的公司倒闭了，他无比后悔地对朋友说：

"疾风知劲草，板荡识诚臣。"现在才知道平时和我拉关系的人，只说奉承话的人是多么不可靠。其实当时有人提醒，但我顶多是将信将疑，一笑了之。现在我看出了谁是真心帮我的人，也看出了哪些员工对我是一如既往的信赖。只是可惜，我现在已经无法挽回自己的损失，也无法回报那些真正对我好的人了。

事业遭到重创后才知道看人不能仅看平时的表现，姚小强用此诗句概括了自己从失败中得来的教训。

平生不解藏人善，到处逢人说项斯——真心赞扬你的下属

【出处】 杨敬之《赠项斯》

【原诗】

几度见诗诗总好，及观标格过于诗。

平生不解藏人善，到处逢人说项斯。

【注释】

项斯：《唐诗纪事》载："斯，字子迁，江东人。始，未为闻人。……谒杨敬之，杨苦爱之，赠诗云云。未几，诗达长安，明年擢上第。"《全唐诗》收项斯诗一卷。

度：次。

标格：风采，指一个人的言语、行动和气度等几方面的综合表现。犹规范，楷模。晋葛洪《抱朴子·重言》："吾特收远名于万代，求知己于将来，岂能竞见知于今日，标格于一时乎？"

不解：不会。

善：优点，这里指品质、言行、文学方面。

【译文】

多次读到你的诗又总是觉得很好，等到看见你的气度品格更高于诗。我一生也不愿意藏匿人家的长处，无论到哪里见人就会推荐你项斯。

【解析】

真心赞扬你的下属

这首诗表现出作者乐于赞人美德的广阔心怀，最后两句鲜明地刻画出作者奖掖后进、揄扬人善的美好品德。我们每个人都渴望别人的赞美和夸奖。林肯曾经说过："每个人都希望得到赞美。"著名的美国心理学家威廉·詹姆斯发现："人类本性中最深刻的渴求就是赞美。"这是人类与生俱来的本能欲望。所以，能否获得称赞，以及获得称赞的程度，变成了衡量一个人社会价值的标尺。每个人都希望在称赞中实现自己的价值。

对某个人在团体中的优良成绩，千万别忘了利用机会予以肯定。一

读唐诗学说话

方面，当某个人做某件事做得很好时，应该得到赞许。另一方面，赞许是对其行为的进一步肯定，可以激励他朝着正确的方向继续努力。

姜爽大学毕业后被一家中日合资企业聘为销售员。工作的头两年，他的销售业绩确实不敢恭维。但是，随着对业务的逐渐熟练，又跟那些零售客户搞熟了，他的销售额就开始逐渐上升。到第三年年底，他根据与同事们的接触，估计自己当属全公司销售的冠军。不过，公司的政策是不公布每个人的销售额，也不鼓励相互比较。

去年，小姜干得特别出色，到9月底就完成了全年的销售额，但是经理对此却没有任何反应。尽管工作上非常顺利，但是小姜总是觉得自己的心情不舒畅。最令他烦恼的是，公司从来不告诉大家谁干得好谁干得坏，也从来没有人关注销售员的销售额。他听说本市另外两家中美合资的化妆品制造企业都在搞销售竞赛和奖励活动。那些公司的内部还有通讯，对销售员的业绩做出评价，让人人都知道每个销售员的销售情况，并且要表扬每季和每年的最佳销售员。想到自己所在公司的做法，小姜就十分恼火。

不久，小姜主动找到日方的经理，谈了他的想法。不料，日本上司说这是既定政策，而且也正是本公司的文化特色，从而拒绝了他的建议。

几天后，令公司领导吃惊的是，小姜辞职而去，听说是给公司的竞争对手挖走了。而小姜辞职的理由也很简单：自己的贡献没有被给予充分的重视，没有得到相应的回报。

正是由于公司没有对小姜做出肯定与评价，并且给予相应的奖励，才使公司失去了一名优秀的员工。

此外，赞美下属也不是随意说几句恭维话就可以奏效的。事实上，赞扬下属也有一些技巧和注意点。

（1）赞扬要及时。下属某项工作做得好，管理者应及时夸奖，如果拖延数周，时过境迁，迟到的表扬已失去了原有的味道，再也不会令人兴奋与激动，夸奖就失去了意义。

（2）赞扬的态度要真诚。赞美下属必须真诚。每个人都珍视真心诚意，它是人际沟通中最重要的尺度。英国专门研究社会关系的卡斯利博士曾说过："大多数人选择朋友都是以对方是否出于真诚而决定的。"如果你在与下属交往时不是真心诚意，那么要与他建立良好的人际关系是不可能的。所以在赞美下属时，你必须确认你赞美的人的确有此优点，并且要有充分的理由去赞美他。避免空洞、刻板的公式化的夸奖，或不带任何感情的机械性话语，这样会令人有言不由衷之感。

（3）赞扬的内容要具体。赞扬要依据具体的事实评价，除了用广泛的用语如："你很棒！""你表现得很好！""你不错！"最好要加上具体事实的评价。例如："你的调查报告中关于技术服务人员提升服务品质的建议，是一个能针对目前问题解决的好方法，谢谢你提出对公司这么有用的办法。""你处理这次客户投诉的态度非常好，自始至终婉转、诚恳，并针对问题解决，你的做法正是我们期望员工能做的标准典范。"表扬他人最好是就事论事，哪件事做得好，什么地方值得赞扬，说得具体，见微知著，才能使受夸奖者高兴，便于引起感情的共鸣。

（4）注意赞扬的场合。在众人面前赞美下属，对被赞美的下属而言，当然受到的鼓励是最大的，这是一个赞美下属的好方式，但是你采用这种方式时要特别的慎重，因为被赞美的表现若不是能得到大家客观的认同，其他下属难免会有不满的情绪。因此，公开赞美最好是能被大家认同及公正评价的事项。

（5）赞人不要又奖又罚。作为管理者，一般的夸奖似乎很像工作总结，先表扬，继而又使用但是、当然一类的转折词。这样的辩证不全面，很可能使原有的夸奖失去了作用。应当将表扬、批评分开，不要混为一谈，事后寻找合适的机会再批评可能效果最佳。

（6）适当运用间接赞美的技巧。所谓间接赞美就是借第三者的话来赞美对方，这样比直接赞美对方的效果较好。比如你见到你下属的业务员，对他说："前两天我和王总经理谈起你，他很欣赏你接待客户的方法，你对客户的热心与细致值得大家学习。好好努力，别辜负他对你的期望。"无论事实是否真的如此，反正你的业务员是不会去调查是否属实的，但他对你的感激肯定会超乎你的想象。

间接赞美的另一种方式就是在当事人不在场的时候赞美，这种方式有时比当面赞美所起的作用更大。一般来说，背后的赞美都能传达到本人，这除了能起到赞美的激励作用外，更能让被赞美者感到你对他的赞美是诚挚的，因而更能加强赞美的效果。所以，作为一名管理者，你不要吝惜对下属的赞美，尤其是在面对你的领导或者他的同事时，恰如其分地夸奖你的下属，他一旦间接地知道了你的赞美，就会对你心存感激，在感情上也会与你更进一步，你们的沟通也就会更加卓有成效。

称赞可以给平凡的生活带来温暖和欢乐，可以给人们的心田带来雨露甘霖，给人带来鼓舞，赋予人们一种积极向上的力量。团队领导千万不要吝啬自己的语言，真诚地去赞美每个人，这是促使人们正常交往和更加努力工作的最好方法。

【口才举例】

例1：

刘宗武在《孙犁研究的最新收获》一文中写道：

文学研究作为一种创造性的精神生产活动，既不能重复他人，亦不能重复自己。孙犁对与他来往密切的年轻研究者常常是面命耳提：研究要拿出新意来。当他发现有的作者在研究他的新闻理论和编辑思想有新意时，就称赞不已，可谓"平生不解藏人善，到处逢人说项斯"。孙犁绝不是因为评论说了自己的好话才称赞，而是因为写出了新意，对他也有教益。而他对那些人云亦云、套话废话或炒冷饭的文章则不屑一顾；如果写些阿谀之词，他是非常反感、非常不高兴的。

孙犁注重研究文章的新意，当他发现有人做到了这一点时就会称赞不已，此诗句在这里表达的就是这个意思。

例2：

有篇题为《朝胜观察：为海尔空调唱支歌》的文章，是这样称道海尔产品的：

"平生不解藏人善，到处逢人说项斯。"作为一个善良的公民，向邻里推介益民的用品，这是热心所在；作为一个媒体的记者，向社会宣传时代的进步，这是职责所在；作为一个民族的成员，向世界展示领先的成果，这是自豪所在；作为一个企业的职工，向消费者提供优良的产品，这是道德所在。

以海尔为代表的中国家电企业阵营，基本构筑了一道与洋货抗衡的长城。如今极少看到从国外往国内背家电产品的华侨了，相反. 在国外商场的货架上，举目可见中国制造的各类家电产品。看见老外掏钱买中国货，心里的感觉好像是自己赚了钱一样。

作者以拟人手法，将海尔的产品比喻为"项斯"，用得不落俗套。

例3：

小邓是局里扶贫工作的负责人，工作认真而又有方法。在年底的表彰大会上，局长发言说：

小邓这个人就是实在，做什么都让人放心，确实很不容易。"平生不解藏人善，到处逢人说项斯。"自从小邓来到局里后我真的是逢人就夸他，可他一点也不骄傲，要做的事情依然像以前一样按时保质地完成，见了人还是那样彬彬有礼。除了态度让人佩服，工作成绩也非常优秀，在他的协调帮助下，很多扶贫项目都得到了极好的完成，好几所希望小学的修建、小加工厂的开工以及架桥修路等，没有他的斡旋，怎么可能会那样顺利？

局长对小邓赞赏有加，借此诗句直言不讳地表达了对这个年轻人的欣赏和肯定。

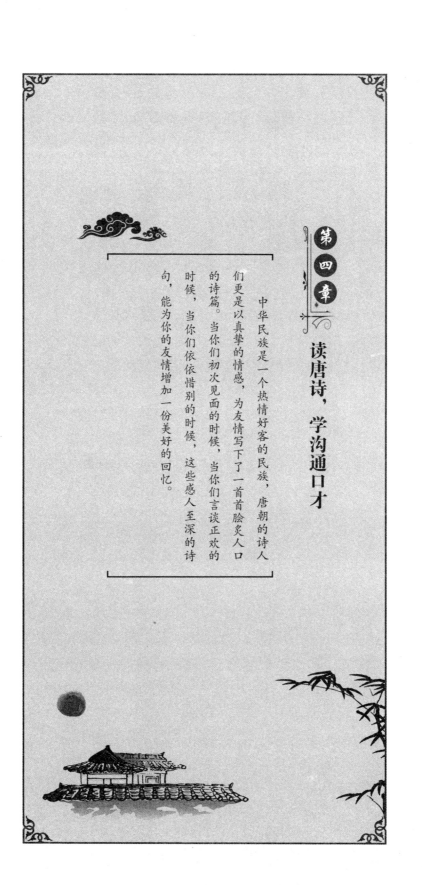

第四章

读唐诗，学沟通口才

中华民族是一个热情好客的民族，唐朝的诗人们更是以真挚的情感，为友情写下了一首首脍炙人口的诗篇。当你们初次见面的时候，当你们言谈正欢的时候，当你们依依惜别的时候，这些感人至深的诗句，能为你的友情增加一份美好的回忆。

居高声自远，非是藉秋风——好声音可以增添一个人的魅力

【出处】虞世南《蝉》

【原诗】

垂緌饮清露，流响出疏桐。

居高声自远，非是藉秋风。

【注释】

垂緌：古人结在颔下的帽缨下垂部分，蝉的头部伸出的触须，形状与其有些相似。

清露：纯净的露水。古人以为蝉是喝露水生活的，其实是刺吸植物的汁液。

流响：指连续不断的蝉鸣声。

疏：开阔、稀疏。

藉：凭借。

【译文】

蝉垂下像帽缨一样的触角吸吮着清澈甘甜的露水，声音从挺拔疏朗的梧桐树枝间传出。蝉声远传是因为蝉居在高树上，而不是依靠秋风。

【解析】

好声音可以增添一个人的魅力

大家都知道，站得高声音就传播的远。声音能够传达很多东西，可以左右人的思想，可以改变对方的决定，你试过吗？如果你没有靓丽的外表，没有华丽的首饰和衣服，那么不如练习让自己的声音更有味道吧，它甚至比你用名贵的巴黎香水都要重要。

声音是人的"第二外貌"。你是否在工作中建立起了自己独特的音质呢？这个音质使你的领导着迷、易于分别他人的独特音质。

那么，什么样的声音算是好声音呢？简单来说，就是让人听着舒服的声音。

播音员、主持人会有专门的声音方面的训练，通过掌握一些发声技巧，他们的声音总是听起来比较舒服的。尽管声音有天生的部分，但

是，配合不同的精神状态，声音也呈现着不同的状态。比如，当人们不开心的时候，声音听起来会很自然地无助、生气或者沮丧；反之，当人们高兴的时候，声音听起来会更活泼一些，并且声调会轻快地上扬。

著名主持人欧阳夏丹每天早晨7点，就会准时出现在中央电视台经济频道早间资讯栏目《第一时间》，将这档新闻节目说得生动鲜活。看到欧阳夏丹甜美的微笑，听到她清亮的声音，就如同沐浴清晨第一缕明亮的阳光。越来越多的观众迷上了这位浑身洋溢着亲和力的年轻女主持。

"一直以自己的名字为荣，估计全国都找不出一个重名的，这样容易让人记住；个头不算太高，但已够标准；长得不算漂亮，但气质不差；声音不算响亮，但蛮有磁性；性格不够完美，但始终乐观开朗，也还颇有人缘……这就是我。"

这是欧阳夏丹的自述。她的魅力和亲和力从传播的角度来说，用声音表现的部分占了大多数。欧阳夏丹的声音，如她所说，有点磁性，又欢乐明快，让沉睡了一晚的心就那么慢慢苏醒过来。

一个人的个性会通过声音展现出来。欧阳夏丹乐观开朗的性格，使得她的声音也呈现出一种明快、清亮，让人听后如沐春风。欧阳夏丹说："声音的塑造非常重要，这是基本功。这在现在的工作中，是不可或缺的。尤其在大型直播报道中，最能体现主持人基本功的扎实与否！"

我们常形容一个人的声音好听为"很有磁性"，这样的声音总是能够赢得别人的好感。那如何才能让自己的声音更有魅力呢？

首先，练习共鸣和气息。

我们所发出的声响都是依靠两片声带震动而成，本质上没有多大的差别，但是震动经过了咽喉、口腔、鼻腔、胸腔等人体自然的空间后被逐渐修饰、放大，形成自己的风格，最终传达到听众的耳朵里。

要使自己的声音洪亮、浑厚、充满磁性，就必须充分利用共鸣腔，让震动在口腔、鼻腔甚至胸腔得到共鸣，放大，自己的声音才会饱满、圆润、高扬。有几个小技巧：

（1）体会胸腔共鸣。微微张开嘴巴，放松喉头，闭合声门（声带），像金鱼吐泡一样轻轻地发声，或者低低地哼唱，体会胸腔的震动；

（2）降低喉头的位置。（同上）；喉部放松、放松、再放松；

（3）打牙关。所谓打牙关，就是打开上下大牙齿（槽牙），给口腔共鸣留出空间，用手去摸摸耳根前大牙的位置，看看是否打开了。然后发出一些元音，如"a"，感觉声音的变化；

（4）提颧肌。微笑着说话，嘴角微微向上翘，同时感觉鼻翼张开了；

（5）挺软腭。打一个哈欠，顺便长啸一声。

这是打开口腔的几大要点，以后在大声说话的时候，注意保持以上几种状态就会改善自己的声音。

关于气息。发音靠震动，震动靠气息，要使声音洪亮，中气十足，就要有饱满的气息。呼吸要深入、持久，要随时保持一定的呼吸压力。平时可以多做一些深吸缓呼的练习，最好在练习说话的时候先站起来，容易寻找到呼吸状态，要坐的话，也要坐直，上身微微前倾。

运用气息的时候，千万不要"泄气"，要在上述的呼吸压力中缓缓释放，并且要善于运用嘴唇把气拢住。这样来保持胸腹和嘴唇的压力平衡。

此外，说话要尽量让自己的气息贯通，让声音尽量沿着口腔内部的中纵线穿透而出。这样才能使声音集中而明亮。

其次，声音是语言的载体，是我们了解外面世界的媒介，美妙的声音能带给人美的享受。要想使自己的声音具有魅力，就要提高自己的口语发送能力。

那什么是口语的发送能力呢？简单地说，就是说话时对语言的速度节奏、声调的高低、声音的轻重大小、语流的顿挫断连的控制和变化能力，它是语言形象的一个重要的组成部分。如果一个人有较好的声音发送能力，不但发音明亮悦耳、字正腔圆，而且还能随着交际的内容、场景、双方的人际关系的不同，有高低抑扬、快慢急缓、强弱轻重、顿挫断连、明暗虚实等多种变化，其声音就具有强烈的音乐旋律感和迷人的艺术魅力。

声音是一个载体，但是这个载体本身的好与不好还取决于内容的高雅与否。骂人的话、脏话，用再好听的声音来表达，也是刺耳的。所以，要使声音充满魅力，还要在以下几个方面多加练习：

（1）语调明朗、低沉。明朗、愉快、低沉的语调是吸引人的最大秘诀。如果你说话的语调偏高，就要练习让语调变得低沉一点，这样声音才更迷人。

（2）吐字清晰、层次分明。吐字不清、层次不明是成功对话的最大敌人，假如别人无法了解你的意思，你就不可能打动他。克服这种缺点的最好的办法，就是在公众场合练习大声朗诵。

（3）说话的节奏。节奏要根据情况作出调整，不可"从一而终"。速度节奏的控制和变化一般要通过音调的轻重强弱、吐字的快慢断连、重音的各种对比，以及长短句式、整散句式、紧松句式的不同配合才能实现。人们应掌握这些规律，做到快慢适中，快而不乱，慢而不断，增强语言形象的美感。

另外，音调的高低也要妥善安排，任何一次的谈话，抑扬顿挫，速度的变化与音调的高低，必须搭配得当，只有这样你的谈话才能有出奇的效果。

（4）适时停顿。"停顿"在交谈中非常重要，但要运用得恰到好处，既不能太长，也不能太短，这需要靠自己去揣摩。"停顿"可整理自己的思维、引起对方注意、观察对方的反应、促使对方回话、强迫对方做决定等。

（5）声音的大小要适中。音量太大，就会成为噪音；音量太小，使对方身体前倾才听得到，那样的话对方听起来就会感到很吃力。其实最恰当的做法就是，两个人能够相互听到彼此的声音就可以了。

（6）语言与表情相配合。这样做能让你的谈话更具感染力。

（7）措辞高雅。一个人在交谈时的措辞，如同他的仪表，对谈话的效果起着决定性的影响。对于发音困难的字词，要力求正确，因为这无形中会表现出你的学识与教养。

最后，用这些技巧改善自己的声音，只要坚持下去，就会有收获。另外，请试着做到以下这几点：不用过高过大的声音说话；不用太过急切的节奏说话；不用犹犹豫豫的方式说话；不用暧昧不清的态度说话；最后，尽量用中低声区清晰平和地说话。

【口才举例】

例1：

某明星一直很低调，几乎没有绯闻，参加拍摄工作结束后也很少在公众场合露面。最近她写了一本书，前言中这样说：

这本小书是写给父母的，里面的故事都是幼年和少年时代的回忆，没有涉及演艺圈的事情。虽然现在大家喜欢借助新闻、借助媒体扩大自己的影响力，但那不是我所喜欢的。"居高声自远，非是藉秋风。"我觉得一个演员到底能不能得到大家的喜欢和认可不是靠这些。我只是一个很普通的人，只想在影片里面尽量演好每一个角色，做我应该做的事情。

这位明星借此诗句否定了当前很多人对演员的做法，提出了自己的见解。

例2：

某地是一个风景名胜区，当地的旅游门票上有这样几句宣传语：

"居高声自远，非是藉秋风。"景区鬼斧神工的美景让我们一直都受世人青睐，相信您的眼睛一定会让您有这样的感觉。

山高路陡，注意安全；偏僻之地请不要去；远的景点请早点出发，以免无法赶回；请结伴而行，互相照顾。

您来到这里就是这里的主人，希望您能像爱护自己的家园一样爱护它。让我们共同营造没有垃圾的自然环境。

宣传语中用此诗句来说明景区得天独厚的景色让它声名远播，准确而精彩。

例3：

吕夙是某镇林业站的站长，口碑甚好，曾有乡亲联名给市林业局写信称赞他说：

说吕站长是个官，好像不是很对，因为他这个官实在是太小了，太没有实惠可图了。他更是个好人，大大的好人。要举例子不是容易的事情，因为太多太多。方圆上百里的人都知道吕站长为了乡亲们共同致富作出了很大的贡献。退耕还林、植树造林、开发苗圃、提供销路等等，可以说是鞠躬尽瘁。

"居高声自远，非是藉秋风。"他得到我们的信赖和尊敬是靠他对乡亲们的那颗热心肠换来的，是靠他发自内心地对农村经济建设的重视换来的。

吕凤为乡亲们办实事办好事，所以得到了乡亲们的敬重，此诗句借用得非常恰当。

仰天大笑出门去，我辈岂是蓬蒿人——微笑的口才艺术

【出处】李白《南陵别儿童入京》

【原诗】

白酒新熟山中归，黄鸡啄黍秋正肥。

呼童烹鸡酌白酒，儿女歌笑牵人衣。

高歌取醉欲自慰，起舞落日争光辉。

游说万乘苦不早，著鞭跨马涉远道。

会稽愚妇轻买臣，余亦辞家西入秦。

仰天大笑出门去，我辈岂是蓬蒿人。

【注释】

南陵：一说在东鲁，曲阜县南有陵城村，人称南陵；一说在今安徽省南陵县。

白酒：古代酒分清酒、白酒两种。《太平御览》卷八四四引三国魏鱼豢《魏略》："太祖时禁酒，而人窃饮之。故难言酒，以白酒为贤人，清酒为圣人。"

嬉笑：欢笑；戏乐。

起舞落日争光辉：起身舞剑，剑光闪闪，与日光相辉映。

游说：古代时称作说客的政客，周游各国，根据对政治形势的分析，劝说统治者采纳他的政治主张，称为游说。

万乘：君主。周朝制度，天子地方千里，车万乘。后来称皇帝为万乘。

苦不早：意思是恨不能早些年头见到皇帝。

会稽愚妇轻买臣：用朱买臣典故。买臣：即朱买臣，西汉会稽郡吴（今江苏省苏州市境内）人。

西入秦：即从南陵动身西行到长安去。秦：指唐朝首都长安，春秋战国时为秦地。

蓬蒿人：草野之人，也就是没有当官的人。蓬、蒿：都是草本植物，这里借指草野民间。

【译文】

白酒新酿出来的时候，（我）从山中归来。时值秋天，黄鸡啄食着黍子，长得很肥。吩咐家人煮鸡倒酒，孩子们嬉笑着扯着我的衣服。我高歌痛饮，想（借以）自我安慰；起身舞剑，剑光闪闪敢与落日一争光辉。进谏皇帝，一直苦于不能早被赏识，（今天终于）跨马扬鞭踏上了遥远的路程。会稽那个愚笨的妇人轻视朱买臣，我也辞别家人西去长安。仰天大笑着走出家门，像我这样的人怎么会是那些草野间无所作为的人呢！

【解析】

微笑的口才艺术

微笑是让人显得亲和、不造作的重要原因。亲和感，是无障碍沟通的基础，拥有亲和感，是成功沟通的前提。

微笑是"对距离的想法"，是与他人共享同一个空间的能力；微笑是交际主体与人交往时所散发出来的让交际对象钦佩、赞赏、认同的高尚品德和人格魅力；微笑是发自内心的一种感染力，是人生性随和，性格淡然，保持平常心的一种表现，让人感觉很面善，很舒服，很自然，大家都喜欢和你说话、合作，不会嫉妒你；微笑是在人与人相处时所表现的亲近行为的动力、水平和能力，促使交际主客体凝聚，从而产生和谐的交际意境，使交际更富有人缘魅力。

心理学家研究表明：如果你决定提高你的社交技巧，决定结婚（自愿的）或者至少跟一个人住在一起，决定追求有意义的目标并且在过程中、在小事上享受快乐，那么，你的幸福感就能提升10%～15%；如果你能不吝惜自己的微笑，亲和地对待他人，那么你的幸福感就能提升20%～25%。

著名主持人欧阳夏丹做节目时一脸灿烂的笑和两个可爱的小酒窝，让很多观众感觉她像邻家女孩一样亲切、自然、不造作，所以以亲和、大气的主持风格得到广大观众的喜爱。她自2003年加盟央视经济频道后，主播早间新闻节目《第一时间》，她独特的说新闻的播报方式得到了广大观众的喜爱。她脸上嵌着两个若隐若现的酒窝，说话干脆得像蹦豆儿一样，彰显着她的性格，也成为她的标志。

有位网友说："我常看这个节目，很喜欢她的主持风格。她的自信和微笑给了我许多勇气来面对一天的生活。"

古人说，淑女笑不露齿。可欧阳夏丹在节目中不但不吝啬她的笑，且与"笑露八颗牙"足有一拼，亲和爽朗的主持风格犹如一股清新的晨风，绝非常人可以招架。平时聊天中，她豪爽的笑声也会将你频频"淹没"，你定会因与她的交谈而拥有一天的好心情。

欧阳夏丹的笑首先给观众传递了友好、亲切、真诚的信息，这也让她能够以一种轻松、自然、率真的姿态表达自己的所思所想。

日常的工作、生活中，一个人对你满面冰霜，横眉冷对；另一个人对你面带笑容，温暖如春，他们同时向你请教一个工作上的问题，你更欢迎哪一个？当然是后者，你会毫不犹豫地对他知无不言，言无不尽，问一答十；而对前者，恐怕就恰恰相反了。而这一细节，却常为人们所忽略。

微笑是盛开在人们脸上的花朵，是一份能够献给渴望爱的人们的礼物。当你把这种礼物奉献给别人的时候，你就能赢得友谊，还可以赢得财富。

一家信誉特好的大花店，以高薪聘请一位售花小姐，招聘广告张贴出去后，前来应聘的人如过江之鲫。经过几番口试，老板留下了三位女孩让她们每人经营花店一周，以便从中挑选一人。这三个女孩长得都如花一样美丽，一人曾经在花店插过花、卖过花，一人是花艺学校的应届毕业生，余下一人只是一个待业青年。

插过花的女孩一听老板要让她们以一周的实践成绩为选拔标准，心中窃喜，毕竟插花、卖花对于她来说是轻车熟路。每次一见顾客进来，她就不停地介绍各类花的象征意义以及给什么样的人送什么样的花，几乎每一个人进花店，她都能说得让人买去一束花或一篮花，一周下来，她的成绩不错。

花艺女生经营花店，她充分发挥从书本上学到的知识，从插花的艺术到插花的成本，都精心琢磨，她甚至联想到把一些断枝的花朵用牙签连接花枝夹在鲜花中，用以降低成本……她的知识和她的聪明为她一周的鲜花经营也带来了不错的成绩。

待业女青年经营起花店，则有点放不开手脚，然而她置身于花丛中的微笑简直就是一朵花，她的心情也如花一样美丽。一些残花她总舍不得扔掉，而是修剪修剪，免费送给路边行走的小学生，而且每一个从她手中买去花的人，都能得到她一句甜甜的软语——"鲜花送人，余香留己。"这听起来既像女孩为自己说的，又像是为花店讲的，也像为买花人讲的，简直是一句心灵默契的心语……尽管女孩努力地珍惜着她一周的经营时间，但她的成绩比前两个女孩相差很大。

出人意料的是，老板竟然留下了那个待业女孩。人们不解——为何老板放弃能为他挣钱的女孩，而偏偏选中这个缩手缩脚的待业女孩呢？

老板如是说：用鲜花挣再多的钱也只是有限的，用如花的心情去挣钱才是无限的。花艺可以慢慢学，可如花的心情不是学来的，因为这里面包含着一个人的气质、品德以及情趣爱好、艺术修养……

微笑是笑中最美的。对陌生人微笑，表示和蔼可亲；产生误解时微笑，表示胸怀大度；在窘迫时微笑，有助于冲淡紧张气氛和尴尬的境地。微笑是一种健康文明的举止，一张甜蜜微笑的脸，会让人愉快和舒适，带给人们热情、快乐、温馨、和谐、理解和满足。微笑展示人的气度和乐观精神，烘托人的形象和风度之美。

为什么小小的微笑在人际交往中会有如此大的威力？原因就在于这微笑背后传达的信息："你很受欢迎，我喜欢你，你使我快乐，我很高兴见到你。"

希尔顿大酒店的创始人希尔顿先生的成功，也得益于他母亲的"微笑"。母亲曾对他说："孩子，你要成功，必须找到一种方法，符合以下四个条件：第一，要简单；第二，要容易做；第三，要不花本钱；第四，能长期运用。"这究竟是什么方法？母亲笑而未答。希尔顿反复观察、思考，猛然想到了：是微笑，只有微笑才完全符合这四个条件。后来，他果然用微笑敲开了成功之门，将酒店开到了全世界的大城市。

难怪一位商人如此赞叹："微笑不用花钱，却永远价值连城。"

对我们每一个人来说，微笑轻而易举，却能照亮所有看到它的人，像穿过乌云的太阳，带给人们温暖。让我们微笑吧，微笑着面对生活，面对周围的人：每天早晨上班前对你的家人微笑，他们就会在幸福中盼着你的归来；上班时向门卫微笑着点个头，他会友善地还你一个欣赏和尊敬的微笑；每天遇到同事主动微笑，打个招呼，你也会人气急升……

每一次奉献出微笑的时候，你就为人类幸福的总量增加了一分，而这微笑的光芒也会返照到你的脸上，给你带来方便、快乐和美好的回忆，何乐而不为呢？

常微笑的人，总会有希望。因为一个人的笑容就是他善意的信使，他的笑容可以照亮所有看到他的人。没有人喜欢帮助那些整天皱着眉头、愁容满面的人，更不会信任他们。而对于那些受到上司、同事、客户或家庭的压力的人，一个笑容却能帮助他们了解一切都是有希望的，也就是世界是有欢乐的。只要活着、忙着、工作着，就不能不注重微笑的细节……

【口才举例】

例1：

有一本求职杂志，谈了很多和求职有关的技巧，其中有一段是这样写的：

不管求职有多不顺，也别忘了感谢别人任何善意的帮助，还有对你的肯定和推荐，你都要表示自己真心的感谢，而气急败坏、忽略周围美好之处的人是不会成功的。其次，很优秀的人只是少数，大多数求职成功的人只是比别人多做了一点点。所以要学会坚强，学会动脑筋，让自己与众不同。而最重要的一点是，心灰意冷的时候也不要怀疑自己的价值。"仰天大笑出门去，我辈岂是蓬蒿人。"这样的信念应永远充满胸膛。

作者借用此诗句建议所有的求职者要永远相信自己，很为恰当。

例2：

郜大军的《我拿什么奉献给你？》一文中有这样一段：

激情——现实——平庸，同样也注定是身边无数人的宿命，哪怕是如我一样曾经不甘屈服命运的理想主义者。"仰天大笑出门去，我辈岂是蓬蒿人。"

七年前，大学刚毕业，我们个个都壮志满怀。而七年后，如果说我的心底还能有一点梦想，还能偶尔萌发激情，就应该感谢《南方周末》。彷徨失意时它给我勇气，悲观颓废时它给我希望，消极麻木时它给我激情，盲目冲动时又是它给予我思索的理性。更重要的是，《南方周末》给了我一个了解世界的窗口，并让我真正懂得如何去热爱这个世界。

所引诗句活脱脱勾画出了一个踌躇满志、对前途充满自信的理想主义者形象。

例3：

一家知名软件开发公司年初给每个员工分发一本《勉励手册》，里面有篇总经理的讲话：

中国是当今世界IT产业发展最快的国家，有丰富经验的程序员成千上万，我们有能力在世界舞台上占有一席之地。现在国际化软件产业的竞争日益激烈，我们是缴械投降还是拿出"仰天大笑出门去，我辈岂是蓬蒿人"的气势？我想多数人还是会选择后者。我们公司是专门的软件开发公司，在全国举足轻重.可以说我们公司的开发方向代表着整个中国的研发方向，我们的成败关系着全国IT产业的成败。诸位同仁，能力越强责任越大，我们在自豪的同时要真正认识到我们身上的担子。

我国IT产业有实力在世界舞台上占有一席之地，而我们又定将有所作为，也就应该有不是"蓬蒿人"的气势，诗句在这里引用得很恰当。

山回路转不见君，雪上空留马蹄处——良言一句三冬暖

【出处】岑参《白雪歌送武判官归京》

【原诗】

北风卷地白草折，胡天八月即飞雪。

忽如一夜春风来，千树万树梨花开。

散入珠帘湿罗幕，狐裘不暖锦衾薄。

将军角弓不得控，都护铁衣冷难着。

瀚海阑干百丈冰，愁云惨淡万里凝。

中军置酒饮归客，胡琴琵琶与羌笛。

纷纷暮雪下辕门，风掣红旗冻不翻。

轮台东门送君去，去时雪满天山路。

山回路转不见君，雪上空留马行处。

【注释】

白草：西域牧草名，秋天变白色。

胡天：指塞北的天空。胡，古代汉民族对北方各民族的通称。

梨花：春天开放，花作白色。这里比喻雪花积在树枝上，像梨花开了一样。

珠帘：用珍珠串成或饰有珍珠的帘子。形容帘子的华美。

罗幕：用丝织品做成的帐幕。形容帐幕的华美。这句说雪花飞进珠帘，沾湿罗幕。"珠帘""罗幕"都属于美化的说法。

狐裘：狐皮袍子。

锦衾：锦缎做的被子。锦衾薄：丝绸的被子（因为寒冷）都显得单薄了。形容天气很冷。

角弓：两端用兽角装饰的硬弓，一作"雕弓"。

不得控：（天太冷而冻得）拉不开（弓）。控：拉开。

都护：镇守边镇的长官此为泛指，与上文的"将军"是互文。

铁衣：铠甲。

难着：一作"犹着"。着：亦写作"著"。

瀚海：沙漠。

阑干：纵横交错的样子。

百丈：一作"百尺"，一作"千尺"。

惨淡：昏暗无光。

中军：称主将或指挥部。古时分兵为中、左、右三军，中军为主帅的营帐。

饮归客：宴饮归京的人，指武判官。饮，动词，宴饮。

辕门：军营的门。古代军队扎营，用车环围，出入处以两车车辕相向竖立，状如门。这里指帅衙署的外门。

风掣：红旗因雪而冻结，风都吹不动了。掣：拉，扯。冻不翻：旗被风往一个方向吹，给人以冻住之感。

轮台：唐轮台在今新疆维吾尔自治区米泉县境内，与汉轮台不是同一地方。

满：铺满。形容词活用为动词。

山回路转：山势回环，道路盘旋曲折。

【译文】

北风席卷大地把白草吹折，胡地天气八月就纷扬落雪。

忽然间宛如一夜春风吹来，好像是千树万树梨花盛开。

雪花散入珠帘打湿了罗幕，狐裘穿不暖锦被也嫌单薄。

将军都护手冻得拉不开弓，铁甲冰冷得让人难以穿着。

沙漠结冰百丈纵横有裂纹，万里长空凝聚着惨淡愁云。

主帅帐中摆酒为归客饯行，胡琴琵琶羌笛合奏来助兴。

傍晚辕门前大雪落个不停，红旗冻僵了风也无法牵引。

轮台东门外欢送你回京去，你去时大雪盖满了天山路。

山路迂回曲折已看不见你，雪上只留下一行马蹄印迹。

【解析】

良言一句三冬暖

在现实生活中，我们常会碰到这类情况：一句诚实、有礼貌的语言，可止息一场不愉快的争吵；一句粗野污秽的话，可导致一场轩然大波。"一句话能把人说跳，一句话也能把人说笑。""良言一句三冬暖，恶语伤人六月寒"就是这个道理。言语是思想的衣裳，谈吐是行动的羽翼。它可以表现一个人的高雅，也可以表现一个人的粗俗。言谈高雅即行动之稳健；说话轻浮即行动之草率。

大家知道，相声是一门语言艺术。我们不难看出，相声正是很好地利用了语言这种交流工具，巧妙地调动听者的情绪，让听者兴奋起来，大声笑出来，它足以说明善说与不善说的区别，很难想象一个人想什么就直接说什么会演好相声。话说得合适，不仅能体现出自身修养的高雅，也能够让别人很舒服地接受你的观点或意见，使人愿意接近你，没有谁喜欢那种经常用恶语伤人的人。

有一个朋友过生日，请亲戚朋友在饭店里吃饭。他还特意穿上了以前去香港旅游时买的一件乳白色的蚕丝衬衫，他当时自我感觉非常好。酒席宴前，神采奕奕地向大家敬酒。结果一个朋友突然冒出了一句："哥们儿，这衬衫可过时了啊！什么年代的东西了？看，上面什么啊，疙疙瘩瘩的！"过生日的这个朋友听了脸色很是不好看，半天都说不出一句话，有人赶紧站起来打圆场，对那个不会说话的朋友说："你这小子外行了吧！这是蚕丝衬衫，价格贵着呢。而且这种衬衫不会有褶皱，不管多少年，照样跟新的一样。"饭桌上的其他人也立即应和着，纷纷称赞主人的衬衫珍贵而漂亮。过生日的朋友舒心地笑了，只是短短的几句话使这顿生日宴会又在欢乐的气氛中继续进行。

在日常交往中，与人谈话往往是很愉快的事，但也有自己说的话被别人误解的时候。因为我们日常交谈的话语，有不少词语在不同的条件下使用，往往有不同的含义，有的甚至完全相反，它给我们带来不少麻烦，遇到这种情形言辞一定要慎重处理，切勿鲁莽行事。

有一位业务素质很好的同事，因为与某位上司意见不合，在公司改组过程中，被精减到车间。他很消沉。许多人劝他说："这样对你不公平，还是跳槽吧。"在别人怂恿下，他打好辞职报告，准备递交。但是，有一位老友却对他说："世上没有过不去的坎，我相信你会东山再起的。"这句话对他帮助很大，他觉得只要自己不放弃，就还有机会。他认真做好自己的工作，在车间里仍然好评如潮。过了一年，那位上司调走了。新一届领导班子上任，他顺理成章地被抽调到公司经营部门。

读唐诗学说话

现在，他已经是公司的副总经理了。

看看这位同事的老友，用鼓励的语言化解了他内心的疙瘩。这就提醒我们说话时要注意分寸，多讲良言。

这个故事大家可能都听说过：

张三请了甲、乙、丙、丁四位朋友来吃饭。乙、丙、丁三人如约而至，只有甲迟到。张三一边看着表，一边自言自语地说："该来的怎么还不来？"乙听了很不高兴地问："那么，我是不该来的啦？"说完就气哼哼地走了。

张三连连叹气："哎，不该走的又走了！"丙觉得张三弦外有音，暗想，既然乙不该走，那么是自己该走？他也不辞而别。

张三更急了："我又不是说他！"站在一边的丁再也忍不住了，暗想："既然不是说丙，那么只能是说我了。"他也悄悄地走了。

一会儿，甲来了，张三唉声叹气："不该走的都走了。"甲听了暗想，原来是我该走，于是也走了。

结果来的客人一位没剩，只留下了不知所措的张三。

谈话中，习惯用礼貌语言，就会给人"良言一句三冬暖"的感觉，使感情顿时亲切融洽起来。说话要分场合、要看"人头"、要有分寸，最关键的是要得体。不卑不亢的说话态度，优雅的肢体语言，活泼俏皮的幽默语言……这些都属于语言的艺术。娴熟地使用这些语言艺术，你的人生会更成功！

【口才举例】

下面是一位老师讲的对作文题目的看法：

"好的题目常常能起到先声夺人、耀人眼目、催人卒读之功。郑板桥说：题高则诗高，题矮则诗矮，不可不慎也。这里的'题高'，从内容方面看，指的是所拟标题能统摄全篇的精髓；从形式方面看，则是指语言精到，醒目响亮。而所谓'题矮'，就是说文题一般化，干巴巴，味同嚼蜡。有的同学的文题没有生气，正文也是'山回路转不见君'，只是'纸上空留流水文'。"

窗含西岭千秋雪，门泊东吴万里船——与陌生人的沟通技巧

【出处】杜甫《绝句》

【原诗】

两个黄鹂鸣翠柳，一行白鹭上青天。

窗含西岭千秋雪，门泊东吴万里船。

【注释】

西岭：西岭雪山。

千秋雪：指西岭雪山上终年不化的积雪。

泊：停泊。

东吴：古时候吴国的领地，江苏省一带。

万里船：不远万里开来的船只。

【译文】

两只黄鹂在翠绿的柳树间婉转地歌唱，一队整齐的白鹭直冲向蔚蓝的天空。我坐在窗前，可以望见西岭上堆积着终年不化的积雪，门前停泊着自万里外的东吴远行而来的船只。

【解析】

与陌生人的沟通技巧

我们在和朋友家人一起聊天的时候，话题总是源源不绝。但是，为什么有的人一遇到陌生人，就变得头脑空白，说不出话来呢？

俗话说得好"一回生二回熟。"如何衡量同陌生人第一次谈话的成败，首先要审视交谈的话题，因为话题的好坏，直接影响交谈的结果，是交谈的第一要素，不容轻视，更不能忽视。一般情况下，谈话要选择一些容易引起对方兴趣的话题，这样有利于创造一个轻松活跃的谈话氛围，使交谈得以深入，友谊得以发展。

例如，在求人办事的过程中，求人者需要仔细挑选交谈的话题；在谈生意的过程中，希望合作的一方则有选择交谈话题的义务；至于在情侣的交谈中，往往会听到男人喋喋不休地谈论这种或那种事，单位如何如何，如果这对恋人是在同一个单位服务的话，这倒是个很不错的话

题；否则，一定会使女方觉得无味。例如，假若男方是在汽车保养场工作，于是他一直谈论着汽车零件或机械构造方面的事，那一定会使女性听得发呆，而不知应从何答起。

因此，聪明的男人应该站在关怀对方的立场去和对方交谈，尤其是采取主动的男人更应该注意，不论如何，关怀对方总会令对方觉得愉快。另一方面，作为被动一方的女性，对于不懂的话题，也不要显出漠不关心的样子。虽然，这是个很不好应付的场面，但原则上，只要你对每一件事都具有强烈的好奇心，那就不会有不感兴趣的话题出现。

在公园，许多青年男女伫立在那里。他们中间有不少人是等待与情侣相会的，有两个擦鞋童，正高声叫喊着以招徕顾客。

其中一个说："请坐，我为您擦擦皮鞋吧，又光又亮。"

另一个却说："约会前，请先擦一下皮鞋吧！"

结果，前一个擦鞋童摊前的顾客寥寥无几，而后一个擦鞋童的喊声却收到了意想不到的效果，一个个青年男女都纷纷让他擦鞋。

两个擦鞋童为什么生意会不同呢？

听到第一个擦鞋童的话，尽管他的话礼貌、热情，并且附带着质量上的保证。但这与此刻青年男女们的心理差距甚远。因为，花费时间又破费钱财去"买"个"又光又亮"，显然没有多少必要。人们从此听出的印象是"为擦鞋而擦鞋"的意思。

而第二个擦鞋童的话就与此刻男女青年们的心理非常吻合。"月上柳梢头，人约黄昏后"，在这充满温情的时刻，谁不愿意以干干净净、大大方方的形象出现在自己心爱的人面前？一句"约会前，请先擦一下皮鞋，"说到了青年男女的心坎上。可见，这位聪明的擦鞋童，正是传送着"为约会而擦鞋"的温情爱意。

总结起来，一般而言，以下几种话题，容易引起大家的谈话兴趣：

（1）与谈话者自身利益密切相关的话题；

（2）与谈话者兴趣、角色相关的话题；

（3）具有权威性的话题；

（4）新奇的话题；

（5）某些特殊的话题；

在与陌生人打交道中，你跟人交谈时是如何选择话题的，不妨为自己打打分。

【口才举例】

古时候，有个人要设宴招待朋友，可惜搜遍口袋只有8文铜钱，十分尴尬。老用人说："容易办成。"便拿6文来了两只鸡蛋，1文买了些韭菜，1文买了豆腐渣。

老用人端出第一盘菜，是韭菜上面铺两只蛋黄，他说："这叫作'两个黄鹂鸣翠柳'。"

于是又端出第二盘菜，韭菜上是一圈蛋白，说；"这叫'一行白鹭上青天'。"

第三盘菜是炒豆腐渣，名称叫作："窗含西岭千秋雪。"

第四道菜是清汤上面浮动着两个蛋壳，取名为："门泊东吴万里船。"

老用人说："我喜欢杜甫这首诗，所以做的菜肴凑上这四句诗，成其文雅，请不要嘲笑。"

主人十分高兴，客人也觉得非常新奇。

君不见黄河之水天上来，奔流到海不复回——迅速抓住听众的聊天技巧

【出处】李白《将进酒》

【原诗】

君不见，黄河之水天上来，奔流到海不复回。

君不见，高堂明镜悲白发，朝如青丝暮成雪。

人生得意须尽欢，莫使金樽空对月。

天生我材必有用，千金散尽还复来。

烹羊宰牛且为乐，会须一饮三百杯。

岑夫子，丹丘生，将进酒，杯莫停。

与君歌一曲，请君为我倾耳听。

钟鼓馔玉不足贵，但愿长醉不复醒。

古来圣贤皆寂寞，惟有饮者留其名。

陈王昔时宴平乐，斗酒十千恣欢谑。

主人何为言少钱，径须沽取对君酌。

五花马，千金裘，呼儿将出换美酒，与尔同销万古愁。

【注释】

将进酒：属乐府旧题。将：请。

君不见：乐府中常用的一种夸语。

天上来：黄河发源于青海，因那里地势极高，故称。

高堂：高堂：房屋的正室厅堂。一说指父母。一作"床头"。

青丝：喻柔软的黑发。一作"青云"。成雪：一作"如雪"。

得意：适意高兴的时候。

金樽：中国古代的盛酒器具。

会须：正应当。

岑夫子：岑勋。丹丘生：元丹丘。二人均为李白的好友。

杯莫停：一作"君莫停"。

与君：给你们，为你们。君，指岑、元二人。

倾耳听：一作"侧耳听"。

钟鼓：富贵人家宴会中奏乐使用的乐器。

馔玉：形容食物如玉一样精美。

不复醒：也有版本为"不用醒"或"不愿醒"。

陈王：指陈思王曹植。

平乐：观名。在洛阳西门外，为汉代富豪显贵的娱乐场所。

恣：纵情任意。

谑：戏。

径须：干脆，只管。

沽：买。

五花马：指名贵的马。一说毛色作五花纹，一说颈上长毛修剪成五瓣。

尔：你。销：同"消"。

【译文】

你难道看不见那黄河之水从天上奔腾而来，波涛翻滚直奔东海，从不再往回流。你难道看不见那年迈的父母，对着明镜悲叹自己的白发，早晨还是满头的黑发，怎么才到傍晚就变成了雪白一片。（所以）人生得意之时就应当纵情欢乐，不要让这金杯无酒空对明月。每个人的出生都一定有自己的价值和意义，黄金千两（就算）一挥而尽，它也还是能够再得来。我们烹羊宰牛姑且作乐，（今天）一次性痛快地饮三百杯也不为多！岑夫子，丹丘生啊！快喝酒吧！不要停下来。让我来为你们高歌一曲，请你们为我倾耳细听：整天吃山珍海味的豪华生活有何珍贵，只希望醉生梦死而不愿清醒。自古以来圣贤无不是冷落寂寞的，只有那会喝酒的人才能够留传美名。陈王曹植当年宴设平乐观的事迹你可知道，斗酒万千也豪饮，让宾主尽情欢乐。主人呀，你为何说钱不多？只管买酒来让我们一起痛饮。那些什么名贵的五花良马，昂贵的千金狐裘，把你的小儿喊出来，都让他拿去换美酒来吧，让我们一起来消除这无穷无尽的万古长愁！

【解析】

迅速抓住听众的聊天技巧

任何年纪的人都需要聊天，就像需要吃饭一样。许多人在正式谈论一件事情的时候，都喜欢以轻松的话题作为开场白，然后再逐步导入正题。律师、作家、新闻记者及演员都是这方面的专家。他们都懂得如何以轻松的方式开场，然后再迅速把握住谈话的主题，达到充分沟通的目的。

善于聊天的人之所以能把谈话的气氛营造得很热烈，并不是靠自己比别人懂得更多，或声调比别人高，或最会讲笑话，或懂得"控制"谈话的方向。聊天聊得好，并不是什么秘密，甚至一点也不困难。首先，你的谈话态度一定要放轻松，然后再设法找出对方喜欢的话题，尽量让对方多发表看法。至于你，不妨装出有兴趣的样子，仔细地倾听。

当你在寻找话题的时候，最好不要涉及政治与宗教信仰这两个主题，因为这类话题最容易引起激烈的争辩，而将原来的轻松场面一扫而空。最好谈一些小的、不重要的事情。如果你以这些话题作为开场白，对方一定不会认为你是在说教、吹牛或宣扬你的主张。

我们在聊天这件事上最容易犯的错误，就是一见面就从对方所从事的工作谈起。我们总以为，和医生谈手术，和运动员谈打球，和商人谈生意经，和官员谈政治，乃是"天经地义"的事。殊不知，他们一年到头做同样的事情，已经够烦的了，如果你再不识相地和他谈这些事情，表面上他不会发作，但内心很可能把你当成是"无聊分子"。美国前任总统肯尼迪最讨厌和别人谈政治，可是偏偏许多人都找他谈政治，还自以为此举可以讨好他呢！

那么，我们到底应该谈哪些事情呢？最好的办法，就是经常阅读报纸和一般性的杂志，以增加各方面的常识。不然，除了"你好吗？""今天天气不错啊！"之外，接下来你就不知道要聊些什么了。

新闻人物也是一个很好的话题，诸如梅西、特朗普和普京等。其他如哪里新开了一家餐厅、什么地方最适宜度假、突发新闻事件等，都是很好的聊天话题。

"沉默是金"在社交场合根本行不通，而且是非常不礼貌的。反之，善于打破沉默、谈笑风生、能带动会场气氛的人，走到哪里都会受到大家的欢迎。这种人不会让会场沉默太久，也不会让"无聊分子"一直强迫别人听他的训话。这种人懂得适时转变话题，让大家都有台阶下。社交活动的目的，就是要让话题一直继续下去，使得宾主尽欢。如果你不想说话，还不如回到家里看电视、读小说算了。

以下几点建议，可以帮助我们增进聊天的技巧：

（1）在和朋友的聚会当中，不要站在一个地方不动，这样会给"无聊分子"可乘之机，抓住你不放，大谈他的得意事情。你最好往人群聚集的地方去，听听他们在谈些什么，这样你也有机会发表你的意见。等到有趣的话题谈得差不多的时候，再找个借口离开，另寻聊天的对象。这种游击式的方法，很容易找到真正可以聊天的对象，也可以认识许多朋友。

（2）如果是家庭式的宴会，势必要坐等聊天。这时，你有"义务"和左右及对面的人聊天，不要冷落任何一个人。还有，在主菜上来之前，不要把聊天的话题一下子用光了，免得上了菜之后大家都在干瞪眼。一位女士非常懂得聊天的技巧。她和初次见面的女士聊天，用的都是同样的一套："你戴的这串项链（或手镯、戒指）真漂亮，是别人送的，还是……"几乎没有一次例外，被她问到的女士都乐意诉说得到这串项链的故事。

（3）千万不要讲"不好笑"的笑话。讲笑话一定要看场合及对象，如果你没有把握，干脆等着听别人讲笑话算了。

（4）聊天的话题是否有趣，所谈的一定要是每个人都知道的人和事物。如果你谈的是一个谁都不认识的人，必然引不起大家的兴趣。

（5）千万不要说："你们看，站在角落的那个女士穿得有多丑，而且她的脸还动过整容手术。"说不定听众当中，就有这位女士的丈夫。

（6）如果你发觉听众已经不耐烦了，最好赶快闭嘴，听听别人的高论，何必一定要硬撑下去呢？

（7）每一位男士都喜欢听到别人说他很风趣，每一位女士都喜欢别人称赞她很漂亮。

【口才举例】

例1：

头发花白的老教授对下面几百号学生说：

我们多读点史书吧。"君不见黄河之水天上来，奔流到海不复回。"帝王将相、英雄侠客、文人墨客、巾帼佳人在时间的淘洗下只剩下薄薄的几页白纸黑字，厚重的过去全部浓缩在一本书里头，想一想，那应该是多么让人着迷，多么让人神往的记忆！要知道一个人没有记忆是悲哀的，一个民族没有记忆是耻辱的，我们又怎能做一个没有记忆的人呢？

例2：

老陆十年前从机关跳槽出来在外打拼，至今也没有什么成就，朋友们很为他惋惜。他却这样回答：

"君不见黄河之水天上来，奔流到海不复回。"世界上哪有回头的河流呢？

不是所有的鸟儿都可以锁在笼子里，不是所有飞出去的鸟儿都会眷念过去的温巢。现在在外面闯荡，自然没有过去那样舒适安逸，但这样的生活让我更有活力，让我觉得自己是一个能够思考并为自己做主的人！

例3：

大学同学聚会时，多年不见的老同学感慨无限。当了作家的大桃说：

人到中年，才真正知道"压力"为何物；更明白了在岁月的匆匆步履中，自己已被无情地判定了这一生的归宿——你会发现，很多事情我们都无法自己去做主了。"君不见黄河之水天上来，奔流到海不复回。"时光迅疾流逝，我们的双手都无法遮挽。我们所能做的，就是尽可能珍惜所剩下的宝贵时间。

过去的赶不上也追不回，将来还是值得去奋斗的。

白首相知犹按剑，朱门早达笑谈冠——用暗示代替直言

【出处】王维《酌酒与裴迪》

【原诗】

酌酒与君君自宽，人情翻覆似波澜。

白首相知犹按剑，朱门先达笑弹冠。

草色全经细雨湿，花枝欲动春风寒。

世事浮云何足问，不如高卧且加餐。

【注释】

裴迪：唐代诗人。字、号均不详，关中（今属陕西）人。王维的好友。

自宽：自我宽慰。《列子·天瑞》："孔子曰：'善乎，能自宽者也。'"

人情：人心。翻覆：谓反复无常；变化不定。

相知：互相知心的朋友。按剑：以手抚剑，预示击剑之势，表示提防。

朱门：红漆大门。指贵族豪富之家。先达：有德行学问的前辈。弹冠：弹去帽子上的灰尘，准备做官。

经：一作"轻"。

花枝：开有花的枝条。

世事：世务，世上的事。何足问：不值得一顾。何足，犹言哪里值得。

高卧：安卧；悠闲地躺着。指隐居不仕。

加餐：慰劝之辞。谓多进饮食，保重身体。

【译文】

斟酒给你请你自慰自宽，人情反复无常就像波澜。相交到老还要按剑提防，先贵者却笑我突然弹冠。野草新绿全经细雨滋润，花枝欲展却遇春风正寒。世事浮云过眼不值一提，不如高卧山林努力加餐。

【解析】

用暗示代替直言

其实生活中并不是每句话都必须直说，有时候以暗示代替直言，既不会破坏彼此间的关系，又能表达出对对方的不满。

在批评、指责别人的错误时，当头一棒既会伤害别人的自尊心，也会引发对方的顽强反抗；而运用巧妙的暗示，不仅指出了别人的错误，也给别人保留了面子，如此一来，他会真诚地改正错误。

某公司的待遇很差，职工苦不堪言。公司领导之所以不愿改善员工待遇，是由于他们认为员工都是庸才，工作不努力，对公司贡献不大，而且多数人还都是兼职。一旦有人拿其他公司与自己公司作比较时，老板就说，他们公司的职员是正途出身，而自己的下属是杂牌军。

一天，公司的一位高级职员针对公司近来迟到人数逐渐增多的现象对领导反映说："新职员简直都没办法到公司上班了！"

"为什么？"领导奇怪地问。

"坐的士车吧，觉得车费太贵；坐电车吧，又挤不上去，而且每月发的电车费也不够，他们怎样才能解决这个问题呢？"

"以步当车，一文不费，而且还能锻炼身体，这是多好的事啊！"领导说。

"不行啊，鞋袜走破了，他们又买不起新的了。不过我有个办法，希望您出个布告，提倡赤足运动，号召大家赤脚走路来上班，这样问题不就解决了吗？谁让他们命不好，生在这个时候呢！谁让他们不去想发财的路子，非要当苦命的职员呢！他们坐不起电车、的士车，也不能穿鞋袜整齐地来上班，都是活该啊！"职员摇摇头说。

他一面说一面笑，说得领导也不好意思起来，使领导意识到了自己应该改善一下员工待遇。

建议和批评有时是一对孪生兄弟，当建议不成时人们往往会升级到批评，但聪明的人在建议之中加入暗示语，以达到看似建议实则批评的效果，并让当事人心悦诚服地接受。

有一位父亲喜欢赌博，几乎已经到了痴迷的地步，进出赌场几次以后自然是输得家徒四壁。面对父亲的堕落，两个儿子终于忍无可忍了。一天，当父亲又在赌博时，大儿子当着父亲的面掀翻了赌桌，将赌具全部毁掉。但是这并没能阻止父亲继续赌博，父亲依然进出于赌场。

次子看到这种情形，并没有像哥哥那样做，而是走到父亲面前，低声说道："我在学校里，老师教导我们，在学校我们要尊师重道，回到家里要听父母的话。尊师训我可以功成名就，可是，听父亲的话我又能获得什么呢？"次子的话还未说完，父亲已经泪流满面。父亲痛心疾首地说："孩子，你的话言轻意重，爸爸知道错了。"从此戒赌。

同样是希望父亲戒赌，但是收到的效果却不同，次子之所以能让父亲戒赌是因为巧用了暗示之语，暗示，最显著的特点是不直接说出真正的意思，但听者明理，判断性的结论说者不言，但听者却可做出正确的理解。所以，巧妙暗示比直接批评效果更好。

【口才举例】

南唐时，税收繁重，民不聊生。时逢京师大旱，烈祖询问群臣："外地都下了雨，为什么京城不下？"大臣申渐高决定利用这个机会进谏，便诙谐地答道："因为雨怕抽税，所以不敢入京城。"烈祖天性比较豁达，听罢大笑，决定减轻税收。申渐高借助一句笑话来暗示，竟然为百姓做了一件好事。

生活中不少人是"直肠子"、"一根筋"，为人处世"不撞南墙不回头"，10头牛也拉不回来。这样的人最该学会绕弯子，神经多长些末梢，否则就得作好吃亏、碰钉子的心理准备。

会当凌绝顶，一览众山小——用高帽子牵着对方走

【出处】杜甫《望月》

【原诗】

岱宗夫如何？齐鲁青未了。

造化钟神秀，阴阳割昏晓。

荡胸生曾云，决眦入归鸟。

会当凌绝顶，一览众山小。

【注释】

岳：此指东岳泰山，泰山为五岳之首，其余四岳为西岳：华山；北岳：恒山；南岳：衡山；中岳：嵩山。

岱宗：泰山亦名岱山或岱岳，在今山东省泰安市城北。古代以泰山为五岳之首，诸山所宗，故又称"岱宗"。历代帝王凡举行封禅大典，皆在此山，这里指对泰山的尊称。

夫：发音词，无实在意义，强调疑问语气。

齐、鲁：古代齐鲁两国以泰山为界，齐国在泰山北，鲁国在泰山南，即山东地区。原是春秋战国时代的两个国名，故后世以齐鲁大地代称山东地区。

青：指苍翠的山色。

未了：不尽，不断。

造化：这里指大自然。

钟：聚集。

神秀：天地之灵气。

阴阳：阴指山之北，阳指山之南。

割：分。夸张的说法。此句是说泰山很高，在同一时间，山南山北判若早晨和晚上。

昏晓：黄昏和早晨。

荡胸：涤荡胸襟。

曾：通"层"。

决眦：眼角（几乎）要裂开。这是由于极力张大眼睛远望归鸟入山所致。

入：收入眼底，即看到。

会当：应当，终当，定要。

凌：登上。凌绝顶，即登上最高峰。

小：形容词的意动用法，意思为"以……为小，认为……小"。

【译文】

泰山是如此雄伟，青翠的山色望不到边际。大自然在这里凝聚了一切钟灵神秀，山南山北如同被分割为黄昏与白昼。望着山中冉冉升起的云霞，荡涤着我的心灵，极目追踪那暮归的鸟儿隐入了山林。当人登上泰山的顶峰，俯瞰那众山，而众山就会显得极为渺小。

【解析】

用高帽子牵着对方走

人人都需要一顶"高帽"，但并不是所有的"高帽"都是一种形式。只有既好看又不会被风刮倒的"高帽"，才能有市场。

在现实的交往中，大凡向别人敬献谄媚之词的人，总是抱着一定的投机心理，他们自信不足而自卑有余，无法通过名正言顺的方式博取对方的赏识，表现自己的能力，达到自己的目标，只好采取一种不花力气又有效果的途径——谄媚。

谁知，恭维别人也并不是一件轻而易举的事。所谓的"拍马屁"、"阿谀"、"谄媚"，都是技艺拙劣的"高帽工厂"加工的"伪劣产品"，因为它们不符合赞美和恭维的标准。

运用"多送高帽子"的办法不是没有风险的：送的时机对不对？"帽子"大小合不合适？等等，都可能导致无法预料的后果。常言说，伴君如伴虎。晚唐时，沙陀部落酋长李克用，出生时即瞎了一只眼睛，他生性残酷，人称"独眼龙"。一天，他叫一位名叫孙源的画家替他画一幅肖像。画家想了想，画成一幅右臂执弓，左手捻箭，歪着头，闭着一只眼，好像正在检查箭杆弯直的样子。这张画一则表现了他威武的神情，二则掩盖了他一只瞎眼的缺陷。由此可见，送高帽者必须学会脑筋急转弯，必须有应变之才。只有这种人才能把"多送高帽子"的计策发挥得淋漓尽致。

有人认为送高帽子不嫌多，但厚黑学家李宗吾认为这只说对了一半。这样做是在进行一种人情铺垫，在为说话办事埋设伏笔。但是使用这一计策还有一情况需要特别注意，即在关键时刻对症下药地送上一顶规格得当的"高帽子"，可以获得立竿见影的效果。

唐贞观八年剑南道巡查大使李大亮出巡，发现一个叫李义府的人才学出众。于是举荐其才，对策中第，补为门下典仪，由此，李义府便跻身于朝廷。在此期间，又得到黄门侍郎刘洎和侍御史马周的赏识，此二人又合力向唐太宗举荐。唐太宗召见他，令他当场以"咏鸟"为题，赋诗一首。李义府脱口吟道："日里扬朝彩，琴中闻夜啼。上林如许树，不借一枝栖。"

李义府的咏鸟诗充分流露出他想做朝官的急切心情。唐太宗听后颇爱其才，便说："与卿全树，何止一枝！"授予他监察御史，并侍晋王李治。晋王立为太子，他又被授予太子舍人。因其文翰不凡，与太子司仪郎来济被时人并称为"来、李"。李义府曾写《承华箴》上献，文中规劝太子"勿轻小善，积小而名自闻。勿轻微行，累微而身自正。"还说："佞谀有类，邪巧多方，其萌不绝，其害必彰。"

看来，李义府正是一个厚黑大师，自己本就是一个佞邪之辈，却能大义凛然地发表一篇宏论，这正是在自己的"黑心"上蒙一层仁义道德的外表。太子将此箴上奏，太宗很欣赏，下诏赐予李义府帛四十匹，并令其参与撰写《晋书》。其实这是一种最高明的"捧"，因为这里隐藏着这样一种逻辑，我是一个正人君子，主子非常敬重我这样的正人君子，那么，你的德行修养自然也很高了。

"高帽"尽管好，可尺寸也得合乎规格才行。滥做"过重"的"高帽"是不明智的。赞扬招致荣誉心，荣誉心产生满足感，当人们发现你言过其实时，就会感觉受到了愚弄。所以宁肯不去恭维，也不要夸大无边。

读唐诗学说话

过分粗浅的溢美之词会毁坏你的名声，降低你的品位。不论用传统交际的眼光看，还是用现代交际的眼光看，阿谀谄媚都是一种卑鄙的行为。正人君子鄙弃它，小人之辈也不便明火执仗应用它，即使"拍马行家"或"马屁精"也会对这种行为嗤之以鼻。孔老夫子有话："巧言令色鲜矣仁。"毛泽东生前也多次批评过"吹吹拍拍、拉拉扯扯"的庸俗作风。可见，阿谀谄媚者，无仁无义、俗不可耐。

如何做好"高帽"呢？

恭维话要有坦诚得体的态度，而且要冲着对方得意之事。

人总是喜欢奉承的，即使明知对方讲的是奉承话，心中还是免不了会沾沾自喜，这是人性的弱点。换句话说，一个人受到别人的夸赞，绝不会觉得厌恶，除非对方说得太离谱了。

奉承别人首要的条件，是要有一份诚挚的心及认真的态度。言辞会反映一个人的心理，因而轻率的说话态度，很容易被对方识破，而产生不快的感觉。

恭维话不是廉价的商品可以随时随地乱扔，因为人们对一些廉价的东西是不会放在心上的。

对于不了解的人，最好先不要深谈。要等你找出他喜欢的是哪一种赞扬，才可进一步交谈。更重要的是，不要随便恭维别人，有的人根本不吃这一套。

要送好一顶"高帽"，你一定要做到以下三点：

（1）要让人乐于相信和接受。这就不能把傻孩子说成是天才，那样会让人感到离谱；

（2）要美丽高雅。不能俗不可耐、低三下四，那样会糟蹋自己，也让别人倒胃口；

（3）不可过白过滥，毫无特点，让人一眼识破。

【口才举例】

温家宝接受《华盛顿邮报》总编唐尼采访：

唐："还是关于纺织品问题。尽管中国做了许多，但美国还是采取了这样的行动，这是否使你感到意外，中国还会采取什么样的措施？"

温："不仅使我感到意外，也使我感到震惊，使中国人民感到意外

第四章 读唐诗，学沟通口才

和震惊。为了价值仅4亿～5亿美元的纺织品，在未同中国事先商谈的情况下，单方面公布这样的限制措施，应该说十分伤害中国人民的感情。不知道你是不是注意到了国际反应和专家的反应，这种决策甚至影响到美国的市场。我又要用中国的一句话，'不畏浮云遮望眼，只缘身在最高层。'我们应该用'登泰山一览众山小'的战略眼光来看待我们的经贸合作和其他方面的合作关系。我们之间应该建立经常性的协调和合作机制，解决经贸关系中出现的问题。这是我这次访美要提的建议。这种机制能够保证我们通过平等协商来处理两国的争端，而不要动辄制裁和限制。那样不仅于事无补，而且会损害两国的利益。我希望纺织品问题能够通过双方协商妥善加以解决。"

一夫当关，万夫莫开——发挥幽默的威力

【出处】李白《蜀道难》

【原诗】

噫吁嚱，危呼高哉！蜀道之难，难于上青天。

蚕丛及鱼凫，开国何茫然。

尔来四万八千岁，不与秦塞通人烟。

西当太白有鸟道，可以横绝峨眉巅。

地崩山摧壮士死，然后天梯石栈相钩连。

上有六龙回日之高标，下有冲波逆折之回川。

黄鹤之飞尚不得过，猿猱欲度愁攀缘。

青泥何盘盘，百步九折萦岩峦。

扪参历井仰胁息，以手抚膺坐长叹。

问君西游何时还，畏途巉岩不可攀。

但见悲鸟号古木，雄飞雌从绕林间。

又闻子规啼夜月，愁空山。

蜀道之难，难于上青天，使人听此凋朱颜。

连峰去天不盈尺，枯松倒挂倚绝壁。

飞湍瀑流争喧豗，砯崖转石万壑雷。

其险也若此，嗟尔远道之人，胡为呼来哉。

剑阁峥嵘而崔嵬，一夫当关，万夫莫开。

所守或匪亲，化为狼与豺。

朝避猛虎，夕避长蛇。

磨牙吮血，杀人如麻。

锦城虽云乐，不如早还家。

蜀道之难，难于上青天，侧身西望长咨嗟。

【注释】

通人烟：人员往来。

西当：西对。当：对着，向着。

太白：太白山，又名太乙山，在长安西（今陕西眉县、太白县一带）。

鸟道：指连绵高山间的低缺处，只有鸟能飞过，人迹所不能至。

横绝：横越。

峨眉巅：峨眉顶峰。

石栈：栈道。

高标：指蜀山中可作一方之标识的最高峰。

冲波：水流冲击腾起的波浪，这里指激流。

逆折：水流回旋。

回川：有漩涡的河流。

黄鹤：黄鹄，善飞的大鸟。

尚：尚且。

得：能。

猿猱：蜀山中最善攀缘的猴类。

盘盘：曲折回旋的样子。

百步九折：百步之内拐九道弯。

萦：盘绕。

岩峦：山峰。

历：经过。

胁息：屏气不敢呼吸。

膺：胸。

坐：徒，空。

君：入蜀的友人。

畏途：可怕的路途。

巉岩：险恶陡峭的山壁。

但见：只听见。

号古木：在古树木中大声啼鸣。

从：跟随。

去：距离。

盈：满。

壑：山谷。

嗟：感叹声。

尔：你。

胡为：为什么。

来：指入蜀。

剑阁：又名剑门关，在四川剑阁县北，是大、小剑山之间的一条栈道，长约三十里。

峥嵘、崔嵬：都是形容山势高大雄峻的样子。

【译文】

啊！何其高峻，何其峭险！蜀道太难走呵，简直难于上青天；传说中蚕丛和鱼凫建立了蜀国，开国的年代实在久远无法详谈。自从那时至今约有四万八千年，秦蜀被秦岭所阻从不沟通往返。西边太白山有飞鸟能过的小道。从那小路走可横渡峨眉山顶端。山崩地裂蜀国五壮士被压死了，两地才有天梯栈道开始相通连。上有挡住太阳神六龙车的山巅，下有激浪排空迂回曲折的大川。善于高飞的黄鹤尚且无法飞过，即使猕猴要想翻过也愁于攀缘。青泥岭多么曲折绕着山峦盘旋，百步之内萦绕岩峦转九个弯弯。屏住呼吸仰头过参井皆可触摸，用手抚胸惊恐不已徒长吁短叹。好朋友呵请问你西游何时回还？可怕的岩山栈道实在难以登攀！只见那悲鸟在古树上哀鸣啼叫；雄雌相随飞翔在原始森林之间。又

130

听见月夜里杜鹃声声哀鸣，悲声回荡在空山中愁情更添。蜀道太难走呵，简直难于上青天；叫人听到这些怎么不脸色突变？山峰座座相连离天还不到一尺；枯松老枝倒挂倚贴在绝壁之间。漩涡飞转瀑布飞泻争相喧闹着；水石相击转动像万壑鸣雷一般。那去处恶劣艰险到了这种地步；唉呀呀你这个远方而来的客人，为了什么而来到这险要的地方？剑阁那地方崇峻巍峨高入云端，只要一人把守，千军万马难攻占。驻守的官员若不是自己的近亲；难免要变为豺狼踞此为非造反。清晨你要提心吊胆地躲避猛虎；傍晚你要警觉防范长蛇的灾难。豺狼虎豹磨牙吮血真叫人不安；毒蛇猛兽杀人如麻即令你胆寒。锦官城虽然说是个快乐的所在；如此险恶还不如早早地把家还。蜀道太难走呵，简直难于上青天；侧身西望令人不免感慨与长叹！

【解析】

发挥幽默的威力

"一夫当关，万夫莫开"靠的是一个"巧"字，有"四两拨千斤"之意。风趣幽默的说话同样可以产生"四两拨千斤"的效果，使你的语言举重若轻，一言九鼎。

在一次电视节目中，主持人向一位女作家问了这样一个问题："一个女人要婚姻持久，你认为什么是最重要的？"

"一个耐久的丈夫。"女作家随口答道。

那位主持人提出的问题不是一两句话就能说清楚的，但女作家又不能不回答，为了避免过多的纠缠，女作家一句"一个耐久的丈夫"，既幽默、简洁又发人深思，可谓"一语惊人"。

其实，生活是个很大的舞台，在这个大舞台的很多场景里我们都能看到各种各样的人演出一幕幕"一语惊人"的剧目，女作家可以成为主角，小女孩也可以。

在萧伯纳访问苏联期间。一天早晨，他照例外出散步，一位极可爱的小姑娘迎面而来。萧伯纳叟颜童心，竟同她玩了许久。临别时，他把头一扬，对小姑娘说："别忘了回去告诉你的妈妈，就说今天同你玩的可是世界上有名的萧伯纳！"萧伯纳暗想：当小姑娘知道自己偶然间竟会遇到一位世界大文豪时，一定会惊喜万分。

"您就是萧伯纳伯伯？"

"怎么，难道我不像吗？"

"可是，您怎么会自己说自己了不起呢？请您回去后也告诉您的妈妈，就说今天同您玩的是一位苏联小姑娘！"

上面故事中，苏联小姑娘不但"一语惊人"，"惊"的还是一个伟大的人物。她聪明幽默地展示了人人平等、自信等值得赞扬的信念，从而一语惊醒了表现得有些骄傲的萧伯纳。

就像上面故事中的萧伯纳一样，一些做出了伟大成就的人往往有自大的毛病，他们说话、做事也往往以自己为中心，甚至把自己看成别人的骄傲。作为他们身边的人，你有责任委婉地提醒他们不要过于狂妄自大，这不但能够保护自己免受他们的伤害，而且这对他们自己也是很有好处的。

有一次，拿破仑对他的秘书说："布里昂，你也将永垂不朽了。"布里昂迷惑不解，拿破仑提示道："你不是我的秘书吗？"布里昂明白了他的意思，微微一笑，从容不迫地反问道："那么请问，亚历山大的秘书是谁？"拿破仑答不上来，便高声喝彩："问得好！"

上面这个幽默例子，应该属于机辩的类型。机辩在某种程度上讲，有一定反击性。当对方出言不逊足以伤害你的自尊心的时候，及时地、机智幽默地加以反击，也就能一语惊醒他。下面这个故事中病人所用的也是一语惊人式的幽默。

"能告诉我，你为什么要从手术室跑出来吗？"医院负责人问一个万分紧张的病人。

"那位护士说：'勇敢点，阑尾炎手术其实很简单！'"

"难道这句话说得不对吗？她是在安慰你呀。"负责人笑着对病人说。

"啊，不，这句话是对那个准备给我动手术的大夫说的！"

病人幽默地画龙点睛，鲜明地表达出自己对医生手术水平的怀疑。本来一个不容易启口的事情，被他用三言两语幽默含蓄地表达清楚了。

语言不是万能的，不过有时候一句话却能够在适当的场合发挥出千言万语都不能达到的作用，这也就是"以不变应万变"的思想在语言领

读唐诗学说话

域里的具体应用。

雅典的首席执政官听说哲学家保塞尼亚斯是一个能言善辩的人。这天，他派人把保塞尼亚斯找到贵族会议上来，对他说：

"贵族会议的成员，每个人都有一个问题要问你，你能不能用一句话来回答他们所有的问题？"

保塞尼亚斯不假思考地说：

"那要看看都是些什么问题了。"

议员接连不断地提出了几十个不同的问题。当问题提完后，保塞尼亚斯还是不假思索地回答："我全都不知道！"说完，他转身走出了贵族会议大厅。

上面这个幽默是属于善辩一类，善辩所表现出的常常是说话者的聪明智慧，敢于或者勇于表现自己。保塞尼亚斯就很好地表现出驾驭语言游刃有余、挥洒自如的风度。读过了上面这个故事，相信你一定认识到我们所说的"一语惊人"、"以不变应万变"绝不是痴人说梦。

"一语惊人"的幽默有"秤砣虽小压千斤"的力度和"片言明百意，坐役驰万里"的广度。由于"一语惊人"的幽默具有这一特点，我们在交谈中使用这一技巧时，就应该用最简洁、明了的语言表达出自己的意思，切忌拖泥带水。

【口才举例】

在公司的保安人员大会上，有一个人叫阿虎，他对公司的保安问题提出了不少好的建议，公司领导十分欣赏他的管理才能，但在很多人在场的情况下，又不好单独赞赏他的才干，因为其他人员也作了很大贡献，于是领导笑了笑说："我们公司人才辈出，希望我们公司的保安工作大家能做到一'虎'当关，万夫莫开呀"会场上响起了热烈的掌声，为阿虎，也为领导幽默的口才。

第五章

读唐诗，学说服口才

几乎从识字开始，我们就在学习唐诗，唐诗滋养了我们，也塑造了我们遣词造句的方式，提高了我们的说话能力。一个人的说话能力，可以显示他的力量。口才好的人，说出话来准确得体、巧妙恰当，让人听后如沐春风，而他们往往可以很顺利地让对方接受自己的观点。

宁为百夫长，胜做一书生——请将不如激将

【出处】杨炯《从军行》

【原诗】

烽火照西京，心中自不平。

牙璋辞凤阙，铁骑绕龙城。

雪暗凋旗画，风多杂鼓声。

宁为百夫长，胜作一书生。

【注释】

从军行：为乐府《相和歌·平调曲》旧题，多写军旅生活。

烽火：古代边防告急的烟火。

西京：长安。

牙璋：古代发兵所用之兵符，分为两块，相合处呈牙状，朝廷和主帅各执其半。指代奉命出征的将帅凤阙：阙名。汉建章宫的圆阙上有金凤，故以凤阙指皇宫。

龙城：又称龙庭，在今蒙古国鄂尔浑河的东岸。汉时匈奴的要地。汉武帝派卫青出击匈奴，曾在此获胜。这里指塞外敌方据点。

凋：原意指草木枯败凋零，此指失去了鲜艳的色彩。

百夫长：一百个士兵的头目，泛指下级军官。

【译文】

烽火照耀京都长安，不平之气油然而生。辞别皇宫，将军手执兵符而去；围敌攻城，精锐骑兵勇猛异常。大雪纷飞，军旗黯然失色；狂风怒吼，夹杂咚咚战鼓。我宁愿做个低级军官为国冲锋陷阵，也胜过当个白面书生只会雕句寻章。

【解析】

请将不如激将

书生都能去当兵吗？当然不是。但是"宁为百夫长，胜作一书生。"这句话一说出来，大家都会热血沸腾，激发出斗志来。每个人心里都有做英雄的情结，如果在说话时适当加以引导，他们就会踊跃地跟着你的思路走。

三国时期，曹操进攻樊城，刘备渡江退避，在当阳被曹军围攻，打了败仗。诸葛亮打算说服孙权联合抗曹，他见孙权气概非凡，知道他是个十分自负的人，如果直接劝告，孙权是不会答应的。于是诸葛亮打定主意，在孙权面前说曹军总共有150多万人马，兵多将广，劝说孙权不如赶快投降的好。孙权说："照你的说法，刘使君怎么不投降曹操呢？"诸葛亮答道："我们主公是当世英雄，人人佩服，即使时运不济，也断不会屈服于曹操。"孙权一听，认为诸葛亮瞧不起他，心中很生气，决心与曹操一决雌雄。

诸葛亮劝说孙权用的是"反面激将法"。这种方法是在规劝说服时故意把任务说得十分困难（"曹操兵多将广"），暗示对方不能当此重任（劝孙权赶快降曹），或者说对方没有担负此项工作的能力（暗示孙权不如刘备），打算另选更有能力的人去干。这样，对方通常会激起承担这项任务的愿望，并决心干好。孙权就是在诸葛亮一席话的激励下，下定了抗曹的决心。

反面激将法之所以有效，是因为它激起了人的自尊心。心理学指出，希望受到别人的尊重是人的一种普遍的心理。人如果感到自己不被尊重，自尊心弱的人通常会消极悲观，丧失信心；自尊心强的人往往发奋图强，勇于抗争，以博得人们的尊重。你认为任务艰难，他偏说困难不大；你暗示他不能干，他说我能胜任；你说想另选能人，他却认为你瞧不起他，而毅然自荐。这都是维护自尊心的心理动因在起作用。"反面激将法"故意正话反说，激起人的自尊需要，巧妙地达到劝服目的。

运用这种方法，首先要了解劝说对象的心理特点。一般来说，自尊心比较强的人（如自负的孙权），任性、好感情用事，性格外向的人，对他们运用反面激将法一般容易奏效。对那些自尊心弱、敏感多疑、谨小慎微、性格内向的人，不宜运用此法。因为这些人往往会把反面的话视为奚落和嘲讽，从而导致情绪低落或产生反感、怨恨等消极心理。其次，运用反面激将法还要使对方感到你并不是出于一己的私利考虑，而是对他有利，或者使他能够显露才华，这样才能达到预定的目的。如果当时曹操不来攻打东吴，无论诸葛亮怎样激励，孙权也不会作出抗击曹军，维护自己势力的决定。

【口才举例】

学生王磊就要去当兵了，同学们都有些不舍。

王磊是一个身体素质非常好的学生，每次学校举行运动会，就是他大放光彩的时候。但是他的文化课成绩总不是那么理想，于是在高二的时候就有入伍的梦想。现在终于可以告别那枯燥的读书生活了，他大声地说："宁为百夫长，胜作一书生。同窗学友们，明天我去也！"

其中一位平时爱搞笑的同学说："宁为大将军，胜作当逃兵。明天送君去，相逢会有期。"

大笑中，众人举杯畅饮。

年年岁岁花相似，岁岁年年人不同——说服别人前，要先了解对方

【出处】刘希夷《代悲白头翁》

【原诗】

洛阳城东桃李花，飞来飞去落谁家？

洛阳女儿惜颜色，坐见落花长叹息。

今年花落颜色改，明年花开复谁在？

已见松柏摧为薪，更闻桑田变成海。

古人无复洛城东，今人还对落花风。

年年岁岁花相似，岁岁年年人不同。

寄言全盛红颜子，应怜半死白头翁。

此翁白头真可怜，伊昔红颜美少年。

公子王孙芳树下，清歌妙舞落花前。

光禄池台文锦绣，将军楼阁画神仙。

一朝卧病无相识，三春行乐在谁边？

宛转蛾眉能几时？须臾鹤发乱如丝。

但看古来歌舞地，唯有黄昏鸟雀悲。

【注释】

代：拟。白头翁：白发老人。

坐见：一作"行逢"。

松柏摧为薪：松柏被砍伐作柴薪。《古诗十九首》："古墓犁为田，松柏摧为薪。"

桑田变成海：《神仙传》："麻姑谓王方平曰：'接待以来，已见东海三为桑田'"。

光禄：光禄勋。

文锦绣：指以锦绣装饰池台中物。

将军：指东汉贵戚梁冀，他曾为大将军。《后汉书·梁冀传》载：梁冀大兴土木，建造府宅。

宛转蛾眉：本为年轻女子的面部化妆，此代指青春年华。

须臾：一会儿。鹤发：白发。

古：一作"旧"。

【译文】

洛阳城东的桃花李花随风飘转，飞来飞去，不知落入了谁家？洛阳女子有着娇艳的容颜，独坐院中，看着零落的桃李花而长声叹息。今年我在这里看着桃花李花因凋零而颜色衰减，明年花开时节不知又有谁还能看见那繁花似锦的胜况？已经看见了俊秀挺拔的松柏被摧残砍伐作为柴薪，又听说那桑田变成了汪洋大海。故人现在已经不再悲叹洛阳城东凋零的桃李花了，而今人却依旧对着随风飘零的落花而伤怀。年年岁岁繁花依旧，岁岁年年看花之人却不相同。转告那些正值青春年华的红颜少年，应该怜悯这位已是半死之人的白头老翁。如今他白发苍苍，真是可怜，然而他从前亦是一位风流倜傥的红颜美少年。这白头老翁当年曾与公子王孙寻欢作乐于芳树之下，吟赏清歌妙舞于落花之前。亦曾像东汉光禄勋马防那样以锦绣装饰池台，又如贵戚梁冀在府第楼阁中到处涂画云气神仙。白头老翁如今一朝卧病在床，便无人理睬，往昔的三春行乐、清歌妙舞如今又到哪里去了呢？而美人的青春娇颜同样又能保持几时？须臾之间，已是鹤发蓬乱，雪白如丝了。只见那古往今来的歌舞之地，剩下的只有黄昏的鸟雀在空自悲啼。

【解析】

说服别人前，要先了解对方

"花相似""人不同"，每年开的花都一样，但赏花的人年年不同。不同的人有不同的性格特点和爱好，所以我们在说服对方之前，必须透彻地了解被说服对象的有关情况，以便有针对性地进行交谈。了解的内容主要有：

1. 了解对方性格

不同性格的人，对接受他人意见的方式和敏感程度是不一样的。如：是性格急躁的人，还是性格稳重的人；是自负又胸无点墨的人，还是有真才实学又很谦虚的人。掌握了对方的性格，就可以按照他的性格特征，有针对性地选择谈话方式。

2. 了解对方的长处

一个人的长处就是他最熟悉、最了解、最易理解的领域。如有人对部队生活熟悉，有人对农村生活比较熟悉，有人擅长文艺，有人擅长语言，有人擅长交际，有人擅长计算等。在说服人的时候，要从对方的长处入手。第一，能和他谈到一起去；第二，在他所擅长的领域里，谈论起来他容易理解，便容易说服他；第三，能将他的长处作为说服他的一个有利条件，如一个伶牙俐齿、善于交际的人，在分配他作供销工作时可以说："你在这方面比别人具有突出的才能，这是发挥你潜在能力的一个最好机会。"这样谈既有理有据，又能表明领导者对他的信任，还能引起他对新工作的兴趣。

3. 了解对方的兴趣

有人喜欢绘画，有人喜欢音乐，还有人喜欢下棋、养鸟、集邮、书法、写作等，人人都喜欢谈论其最感兴趣的事物。从这里入手，打开他的"话匣子"，再对他进行说服，便较容易达到说服的目的。

4. 了解对方当时的情绪

一般说，影响对方情绪的因素有：一是谈话前对方因其他事所造成的心绪仍在起作用；二是谈话当时对方的注意力正集中在哪里；三是对说服者的看法和态度。所以，说服者在开始说服之前，要设法了解他当时的思想动态和情绪，这对说服的成败，是一个重要的环节。

5. 了解对方的其他想法

一个人坚持一种想法，绝不是偶然的，他必定有自己的理由，而且他讲的道理一般都符合国家政策、集体的利益或人之常情。但这常常不是他的真实想法，他的真实想法怕拿出来被人瞧不起，难于启齿。如果领导者能真正了解他的苦衷，就能有针对性地加以解决。

凡此种种，你都要悉心研究，才能够有针对性地采取你说服的方式。

了解对方是有许多学问的。许多人不能说服别人，是因为他不仔细研究对方，不研究用适当的表达方式，就急忙下结论，还以为"一眼看穿了别人"。这就像那些粗心的医生，对病人病情不深入了解就开了药方，当然不能药到病除。

【口才举例】

例1：

在某村的一次全体村民大会上，村长发言说：

这几年我们村的副业发展迅速，大家不再靠几亩薄田过日子了，有的办养猪场，有的挖养鱼池，有的培育苗木花草，有的种植黄姜……"年年岁岁花相似，岁岁年年人不同。"如今赌博的人少了，闲逛的人少了，外出当民工的少了，辍学的更是没了。万象更新，喜气洋洋，我这个村长也当得舒服啊。

例2：

老尹退休后就搬到了乡下的老家，看到墙壁上挂着的大大小小的照片，心里很悲凉。他给远在内蒙古的老姐姐写了一封信，信里说：

这几个月家里人事凋零，长辈们一个个离我们而去。我也老了，头发也开始泛白了，几年前受呵斥的孩子们也成家立业、生儿育女了。全家每年留下一幅"全家福"，挂在墙上，但上面的人年年都在变。只有祖母年轻时在院子里栽的那株栀子花永远枝繁叶茂，每到初夏便醇香四溢。"年年岁岁花相似，岁岁年年人不同。"究竟该感伤，还是该欢喜，我不知道。

心中为念农桑苦，耳里如闻饥冻声——用"绝望进攻术"来说服对方

【出处】白居易《新制绫袄成感而有咏》

【原诗】

水波文袄造新成，绫软绵匀温复轻。

晨兴好拥向阳坐，晚出宜披踏雪行。

鹤氅毳疏无实事，木棉花冷得虚名。

宴安往往叹侵夜，卧稳昏昏睡到明。

百姓多寒无可救，一身独暖亦何情！

心中为念农桑苦，耳里如闻饥冻声。

争得大裘长万丈，与君都盖洛阳城！

【注释】

水波文：水波纹。

鹤氅：一种以鸟毛为原料的毛织物，大概样子像道袍，而不缝袖，所以披在身上像一只鹤。

毳疏：鸟兽的细毛。

农桑：农业，农事。

【译文】

表美如水波纹新袄刚做成，面料绵软匀细温暖又轻盈。

晴天晨起抱它倚墙晒太阳，夜间赏雪应当不忘披在身。

袍里夹绒不干吃苦的活儿，说木棉花儿冷是徒有其名。

宴罢友人叹息声中黑夜至，稳稳躺下一觉睡到大天明。

民众大多饥寒交迫无力救，一人独享荣华没啥好心情。

心里咋就难忘农民耕种苦，好像听到饥民受冻不绝声。

啥时能有万丈之长保暖衣，与百姓分享盖住整个洛阳。

【解析】

用"绝望进攻术"来说服对方

"心中为念农桑苦，耳里如闻饥冻声"，因为想着农民的艰难，致使他的耳旁经常响起贫民冻馁饥饿之声，这是诗人日夜为贫寒百姓思虑

所致。"农桑苦""饥冻声"这种凄凉的场景给人一种绝望感。

在说服过程中，善意地给对方绝望感，即指出按原来的想法行动会产生的恶劣后果，从而使其放弃或改变原来所持的观点。这种方法称为"绝望进攻术"。

一位姓李的青年很想开一家旧书店，而他的好友很难说服他，于是搬来了他的师傅。

这位老师傅先向小李自称，自己已到过一家最大的旧书店做过调查，书店老板作为内行人谈了许多经营之难：

"外行人要搞这种生意非常之难，因为外行人多半把自己感兴趣的书籍上架，从而忽略了顾客的感受。此外，如买进难得的书，由于新手不懂得定价，一些卖旧书的同行就会来全数购去。当你认为畅销而暗自欣喜时，书架渐渐空了，而同行则在转手中卖出高价。几十年前定价几分钱的图书，而今按什么价格出售比较合适？什么书是现在所需要的，什么书现已重版，这些行情，也要具备。还有一点就是丢书，特别是辞典一类的工具书，一被偷就是一大笔损失……这些不过是打听回来的。当然你不一定会遇到，你也不必担忧。但你既然要做这行生意，不妨考虑一下。"

小李听了老师的一番话，脸色变青了，闭着眼睛，感到了绝望，终于放弃了自己的想法。

说服中的"绝望进攻术"可采取"虚"和"实"两种形式。所谓"虚"的，指长远才产生的恶劣情况。所谓"实"的指眼前就可能产生的恶劣情况。对一些还不善理性思考的人来说，用"实"的形式比较有效。下面我们来看一个父亲说服孩子跑腿买肉的例子。

爸爸："你妈妈说今天不回来，要我们自己做饭。我看，干脆晚饭不吃了吧，煮饭麻烦。"

孩子："爸爸，这可不能开玩笑，我肚子饿得不成了呀。"

爸爸："要吃也可以，不过菜橱里只剩下些咸萝卜，将就点，就吃咸萝卜吧。"

孩子："啊呀，妈妈不在，你至少也给补点营养呀！"

爸爸："你想吃什么。"

孩子："吃肉，我最喜欢吃红烧肉。"

爸爸："真讨厌！那你买去吧。"

孩子："拿钱来。"

爸爸给孩子以"绝望感"，轻松解决了谁去买肉的问题。

说服中使用"绝望进攻术"，要注意对问题作具体分析，不能一开始就笼统地、概括地作出结论。

汽车推销员如果在推销节油汽车时，一见顾客就开门见山地说明这种汽车可为顾客省很多汽油等等，肯定往往会吃闭门羹。

聪明的推销员却可以这样开头："先生，请教一个你所熟悉的问题，也就是增加贵店利润的三大原则是什么？"

老板对这种话题肯定十分乐意回答。他会说："第一，降低进价；第二，提高售价，第三，减少开销。"

销售员立即抓住第三条接下去说："你说的句句真言。特别是开销，那是无形中的损失。比如汽油费，一辆车一天节约20元，如果贵店有3辆车，一天节省60元，一个月就有1800元。发展下去，10年可省21万元。如果能够节约而不节约，岂不像把百元钞票一张张撕掉，一共撕掉2100张。换句话说，这么大的开支无形中从你的金库中被提出来，更何况这21万元不是从营业额，而是从盈余额中开支。如放在银行，以5分利计算，那等于240万元本金存一年的利息，不知老板高见如何，有没有节油的必要呢？你可以精细地计算一下，怎么样？"

这样，对方就会自觉地想到不能维持现状，而要设法用节油车以解除这种恶劣情况。这时，推销员就可乘机推销自己的节油汽车。这种"绝望进攻术"常令对方感到情况严重，产生绝望感，而乐于接受乙方的观点，有很好的说服作用。

【口才举例】

在中秋佳节到来之际，国务院总理温家宝来到国务院参事室和中央文史研究馆，看望参事和馆员，代表党中央、国务院向大家表示节日的祝福。

在热烈的掌声中，温家宝为新聘任的张鹤庸等6位国务院参事和欧阳中石等3位中央文史研究馆官员颁发聘书，随后与50多位参事、馆员进行了座谈。他首先表示，希望大家讲真话，坦诚建言。他说，新中国刚刚建立，毛主席、周总理就决定设立参事室、文史馆，目的是为了广开思路、广纳群言。当领导的要心里想着群众，倾听群众呼声，了解真实情况，"心中为念农桑苦，耳里如闻饥冻声"，告诫当地官员，要时时惦记百姓疾苦。表达了总理对民生的深切关怀。会场气氛顿时活跃起来，参事和馆员们虽然大多年迈，但争先恐后，纷纷踊跃发言，直抒胸臆。

座中泣下谁最多？江州司马青衫湿——用"情"打动对方

【出处】白居易《琵琶行》

【原诗】节选

凄凄不似向前声，满座重闻皆掩泣。

座中泣下谁最多？江州司马青衫湿。

【注释】

向前声：刚才奏过的单调。

掩泣：掩面哭泣。

青衫：唐朝八品、九品文官的服色。白居易当时的官阶是将侍郎，从九品，所以服青衫。

【译文】

回身坐下再转紧琴弦拨出急声。凄凄切切不再像刚才那种声音；在座的人重听都掩面哭泣不停。我江州司马泪水湿透青衫衣襟！

【解析】

用"情"打动对方

劝说是一种常见的极有说服力的语言方式。在日常生活中，需要劝说的事情几乎比比皆是。劝说之所以备受青睐，是因为它是用"情"打动对方。

由于劝说对象及需要解决问题的性质不同，劝说方法不可能有一个固定的模式，但有些共性的规律却是不能违背的。

要说服别人，最大的障碍就是对方的"心理防线"。因此，设法动摇对方的心理防线，是说服对方的关键所在。那么，如何动摇对方的心理防线呢？除了要晓之以理，具有充实的内容外，更要动之以情，掌握一定的方法和技巧。

1. 在尊重对方的基础上进行劝说

人都是有自尊心的，任何人都希望得到别人的尊重，即使是学生、孩子也希望得到老师、家长的认可。而一个人在受到别人尊敬时，心情会特别的轻松愉快，在这种情况下劝说对方，往往会取得事半功倍的效果。

2. 强调与对方在某些方面的相似之处

找出与对方彼此一致的共同点，便可产生"自己人"的效应，不仅导致彼此喜欢，还可导致互相信任。在一些著名的演说家的演说词中，常常出现这类词句："我们所想的"、"我们这种表现"等等。他们常以"我们"替代"我"这个词，这样在听众中就会达成一种共识：这是我们大家的，从而产生了一种共鸣。演说家的高明在于把自己融于听众之中，让听众接纳他，从而令听众成为被说服者。在我们的日常生活中，要想劝说成功，不妨也使用演说家这种惯用的说服技巧，挖掘自己与对方的相似因素，譬如文化背景方面、年龄方面、社会经历方面、工作专业方面、思想感情方面、兴趣爱好方面等等。

3. 以对方的立场为出发点

考虑对方的立场，发掘对方的欲求、情感是说服的基本方法之一。想要说服别人，不妨设身处地地以对方的立场为出发点，找到对方的利害之所在，使被说服者意识到自己的观点、做法将会带来什么样的后果。这样，就能紧紧抓住对方的心，从而达到说服对方的目的。

【口才举例】

例1：

"考，考，考，老师的法宝；分，分，分，学生的命根。"很多家长对孩子在学校的表现往往就是以一张成绩单为依据，所以学生对那纸"宣判书"就十分看重。

偏偏小明这一次考试前没有认真复习，居然得了个不及格。有人形容在成绩单下发时她的表情："座中泣下谁最多？江州司马青衫湿。"

例2：

销售部的小张这个月不仅销售任务没完成，还出了一些岔子。结果到了月底只领了几百块钱，生活费都不够。朋友问他这个月挣了多少钱，他苦笑着说："工资表单谁最低，销售小张青衫湿。"

商女不知亡国恨，隔江犹唱后庭花——将心比心，说服对方

【出处】杜牧《泊秦淮》

【原诗】

烟笼寒水月笼沙，夜泊秦淮近酒家。

商女不知亡国恨，隔江犹唱后庭花。

【注释】

秦淮，即秦淮河，发源于江苏句容大茅山与溧水东庐山两山间，经南京流入长江。相传为秦始皇南巡会稽时开凿的，用来疏通淮水，故称秦淮河。

泊：停泊。

商女：以卖唱为生的歌女。

后庭花：歌曲《玉树后庭花》的简称。南朝陈皇帝陈叔宝（即陈后主）溺于声色，作此曲与后宫美女寻欢作乐，终致亡国，所以后世称此曲为"亡国之音"。

【译文】

浩渺寒江之上弥漫着迷蒙的烟雾，皓月的清辉洒在白色沙渚之上。入夜，我将小舟泊在秦淮河畔，临近酒家。金陵歌女似乎不知何为亡国之恨黍离之悲，竟依然在对岸吟唱着淫靡之曲《玉树后庭花》。

【解析】

将心比心，说服对方

全诗由一曲《后庭花》引发无限感慨，"不知"抒发了诗人对"商女"的愤慨，也间接讽刺不以国事为重，纸醉金迷的达官贵人。如果他们能将心比心体会一下诗人的伤时之痛，或许不会那样醉生梦死。

我们在说话时也可以将心比心，就是站在对方的角度谋划和考虑，了解他的心理，了解他的需求，了解他的困难，启发对方进行心理位置互换，让对方设身处地地体验别人心理，主动调整自己的态度和行为方式。

下乡知识青年罗虹在农村和农民德海结婚并有了个女儿。后来回到城里，重逢昔日的恋人，欲待重修旧好，却又遭到爸爸的反对。正当她举棋不定之际，农村的丈夫德海又被人诬告而入狱。罗虹进退维谷，不知何去何从。她向奶奶寻求帮助。

奶奶对她说："你的事，奶奶全知道，如今你打算怎么办？"

"不知道，我……我说不出来……"

奶奶说："奶奶知道你委屈。人，谁没点委屈呀，我24岁那年，你爷爷就牺牲了，本家本村的都劝我再找个主儿。你曾爷爷跟我说：'女儿，地头还长着呢，往前去一步吧。'我不愿给孩子找个后爹，硬是咬着牙过来了。儿子一个个长大了，参了军，又一个个地牺牲了。可我没在人前掉过一滴眼泪。人活着，就是为了别人，去受苦，去受难。天底下哪有那么多幸福？要说委屈，就先委屈一下自己吧！"

罗虹说："可我以后的路该怎么走啊？"

奶奶说："做人呐，前半夜想想自己，后半夜想想别人。你和那个小伙子倒是挺般配的，可就算你俩成了，日子过得挺舒心的，你就保准一早一晚地不想德海他们父女？那时，你虽吃着蜜糖，但却忘不了人家在喝苦水。你甜在嘴上，苦在心里。甜的苦的一掺和，一辈子都是块心病。我今年80了，什么苦都尝遍了，可就是没留下一件亏心事。俗话说，'人'字好写，一撇一捺，真正做起来就难了！"奶奶说的话句句动人心。

"奶奶，我懂了。"罗虹擦了擦眼泪，说："我今天就回家去带孩子，侍候婆婆，等着德海。"

奶奶劝说之言语重心长，而且，她用通俗的语言，站在对方的立场上，设身处地地给孙女分析情况，从而使孙女作出正确选择。

用语言作假设，可达到将心比心的目的；也可用自己的行为，现身说法，让对方体验别人的心理，进而对他的言行作出调整，同样可达到将心比心的目的。

某商店有位营业员很会做生意，他的营业额比一般营业员都高，有人问他："是不是因为能说会道，所以生意兴隆？"他回答说："不是，我的秘密武器是当顾客是自己人。"

有一天，某位顾客站在柜台前东瞧瞧，西看看，还不时用手摸摸摆在柜台上的布料，却迟迟没有购买。凭经验，营业员判断这位顾客是想买块面料，于是赶忙迎上前去说："您是想买这块料子吗？这块料子很不错，但是您要看仔细，这块布染色深浅不一，我要是您，就不买这一块，而买那一块。"

说着，营业员又从柜台里抽出一匹带隐条的布料，在灯光下展开接着说："您像是机关里的干部，年龄和我差不多，穿这样料子的衣服会更好些，美观大方，要论价钱，这种料子比您刚才看到的那种每米多三元多钱，做一身衣裳才多七元多，您仔细看看，认真盘算盘算，哪个合算。"

顾客见这位营业员如此热情，居然帮自己选布料，挑毛病，于是不再犹豫，买下了营业员推荐的料子。

这位营业员之所以能成功地做成这笔生意，就是因为运用将心比心术。站在买者的立场上替顾客精打细算，现身说法，使对方戒备心理、防御心理大大降低，而且产生了一致的认同感，故而说服了对手，做成了生意。

【口才举例】

例1：

代耿是清代名门望族之后，知道很多遗老的掌故。有一次，他在和别人闲聊时说：

祖母嫁过来的时候已经是民国了。祖母很漂亮，接受过西洋教育，是个新青年，还曾办报纸、排新戏、发传单什么的，思想在当时很新潮，她一天到晚蓬勃的朝气和家里死气沉沉的衰相格格不入。有个老仆人，人很好，但是思想有些顽固，依旧沉浸在对过去生活的留恋当中，当然看不惯祖母的言行。但他是个下人，又不敢说什么。每当祖母和朋友在房间里弹钢琴唱歌剧的时候，他就会情不自禁地说："商女不知亡国恨，隔江犹唱后庭花"……

老仆人用此诗句表达了对年轻女主人的不满，非常贴切。

例2：

某省在年初召开了一次党代会，省委书记发言说：

应该重温毛泽东"务必使同志们继续地保持谦虚、谨慎、不骄、不躁的作风，务必使同志们继续地保持艰苦奋斗的作风"这句话了。"商女不知亡国恨，隔江犹唱后庭花。"只有无可救药的腐败政府和官员才会这样。

省委书记用此诗句来说明腐败亡国的道理，凸显出反腐倡廉的重大意义。

门前冷落车马稀——拒绝也是一种说服

【出处】白居易《琵琶行》

【原诗】节选

沉吟放拨插弦中，整顿衣裳起敛容。

自言本是京城女，家在虾蟆陵下住。

十三学得琵琶成，名属教坊第一部。

曲罢曾教善才服，妆成每被秋娘妒。

五陵年少争缠头，一曲红绡不知数。

钿头银篦击节碎，血色罗裙翻酒污。

今年欢笑复明年，秋月春风等闲度。

弟走从军阿姨死，暮去朝来颜色故。

门前冷落鞍马稀，老大嫁作商人妇。

商人重利轻别离，前月浮梁买茶去。

去来江口守空船，绕船月明江水寒。

夜深忽梦少年事，梦啼妆泪红阑干。

【注释】

颜色故：容貌衰老。

浮梁：古县名，唐属饶州。在今江西省景德镇市，盛产茶叶。

去来：走了以后。

梦啼妆泪：梦中啼哭，匀过脂粉的脸上带着泪痕。

阑干：纵横散乱的样子。

【译文】

她沉吟着收起拨片插在琴弦中；整顿衣裳依然显出庄重的颜容。她说我原是京城负有盛名的歌女；老家住在长安城东南的虾蟆陵。弹奏琵琶技艺十三岁就已学成；教坊乐团第一队中列有我姓名。每曲弹罢都令艺术大师们叹服；每次妆成都被同行歌妓们嫉妒。京都豪富子弟争先恐后来献彩；弹完一曲收来的红绡不知其数。钿头银篦打节拍常常断裂粉碎；红色罗裙被酒渍染污也不后悔。年复一年都在欢笑打闹中度过；秋去春来美好的时光白白消磨。兄弟从军老鸨死家道已经破败；暮去朝来我也渐渐地年老色衰。门前车马减少光顾者落落稀稀；青春已逝我只得嫁给商人为妻。商人重利不重情常常轻易别离；上个月他去浮梁做茶叶的生意。他去了留下我在江口孤守空船；秋月与我作伴绕舱的秋水凄寒。更深夜阑常梦少年时作乐狂欢；梦中哭醒涕泪纵横污损了粉颜。

【解析】

拒绝也是一种说服

"门前冷落鞍马稀"常用来形容豪门显贵衰微以后的凄凉景象。在我们的日常生活中，如果你拒绝了别人或对人下了逐客令，也会让人产生这种凄凉之感。如果我们能够运用语言技巧，把拒绝说得美妙动听，这样你就能两全其美：既不挫伤对方的自尊心，又使其从此变得知趣。

拒绝别人就是说服他们不要提出难以满足的请求，这对于双方来说都有好处。拒绝更要讲究口才，争取把由拒绝带来的遗憾缩小到最低限度，做到既不伤害对方的自尊与感情，又取得对方的谅解与支持。

英国作家毛姆在小说《啼笑皆非》中讲过这么一段耐人寻味的故事：一位小人物一举成为名作家了，新朋老友纷纷向他道贺，成名前的门可罗雀同成名后的门庭若市形成了鲜明的对比。

毛姆为我们描写了这样一个场面：

一位早已疏远的老朋友找上门来，向你道贺，怎么办呢？是接待他还是不接待他？按照本意，自己实在无心见他，因为一无共同语言，二来浪费时间；可是人家好心好意来看你，闭门不见似乎说不过去；于是只好见他了。见面后，对方又非得邀请你改日到他家去吃饭。尽管你内心一百个不乐意，但盛情难却，你不得不佯装愉悦地应允了。在饭桌上，尽管你没有叙旧之情，可是又怕冷场，于是又得强迫自己无话找话。这种窘迫相可想而知……来而不往非礼也，虽然你不再愿意同这位朋友打交道，但你还是不得不提出要回请朋友一顿。你还得苦心盘算：究竟请这位朋友到哪家饭店合适呢？去第一流的大酒店吧，你担心你的朋友会疑心你是要在他面前摆阔；找个二流的吧，你又担心朋友会觉得你过于吝啬……

前几年春节联欢晚会上也曾演出过这样一个小品：一个人为了避免别人瞧不起自己，假装自己手眼通天，别人求他办事，不管有多大困难一概来者不拒。为了帮别人买两张卧铺票，不惜自己通宵排队，结果闹出了笑话。

也许艺术有所夸张，但生活中的确不乏与故事和小品中类似的人物。他们不善于拒绝别人，认为拒绝别人会伤害彼此友谊，于是经常违心地答应别人的要求，结果不仅浪费了大量时间，自己也经常觉得不自在。

学会拒绝别人，可以节省大量的时间，避免许多不必要的麻烦。

诚然，与人交往和帮助别人是重要的。尤其是主动的帮忙更会受到欢迎。但是，如果您是被某种心理的压力所迫，对一切都点头答应，实际上是在屈服于另一种性质的某些动机。例如需要得到别人接受或赞扬，害怕给别人带来不快和麻烦，希望别人对您感恩，有朝一日得到报答，等等。懂得珍惜时间，就应该学会说"不"。这里就有必要提醒大家：当自己不是心甘情愿时，别害怕讲"不"字。那么在什么场合应该说"不"呢？现举出几例：

1. 当别人所期待的帮助是完全出于只考虑他个人利益的时候

假如一个朋友打算请您深夜开车送他到机场。而你确信他可以"打的"去，而如果你去送他，不但影响一夜睡眠，还会影响次日安排，你就要考虑拒绝。当然，如果他是顺路想搭你的车，只是要你等他几分钟的话，你就应尽力帮忙。

2. 当有人试图让您代替完成其分内工作时

偶尔为别人替一、两次班关系不大，如果形成习惯，别人就会对你产生依赖性，变成你义不容辞的义务。

3. 你准备晚上写点东西或做点家务，朋友却邀请你去打牌

如果是千里之外的朋友偶然来聚当然另当别论。

当然生活中的类似场合远不止列出的这些，总之，只要考虑到可能给自己带来某些不方便，就要考虑说"不"，除非因此会给别人带来更大的麻烦。

也许你会说：我何尝不想拒绝，但该怎样拒绝呢？以下有几个建议：

1. 立即答复，不要使对方对你抱有希望

要打消为避免直接拒绝而寻找脱身之计的念头。请不要说："我再想想看"，或"我看看到时候行不行"等等。明确地告诉对方："实在抱歉，这是不行的。"

2. 如果您想避免生硬的拒绝，就提出一个反建议

假如朋友打电话问道："今天晚上去跳舞吧！"你不想去，就可以说："哎呀，今天晚上可不行，改日我邀请你吧。"

3. 不要以为每次都有必要说明理由

在很多时候，你只要简单地说一句："我实在有更要紧的事要做。"就可得到绝大多数人的谅解。

只要我们充分认识到过多参与不必要应酬的危害，知道自己在什么情况下该拒绝别人，并且在拒绝的时候采取正确的方法，我们就能节省大量的时间，而且不至于因此而发生人际关系方面的问题。

【口才举例】

在谈论时下流行的电动摩托车时：

"电动摩托车很不错，又小又方便！"

“新闻好像说过，明年'十一'电动摩托车就要禁止随便上路了呢！”

“不会吧，我过几天还打算去买一台呢！”

“不信你自己去看看，到卖电动摩托车较集中的新门街和中山路，原本生意兴隆的几家电动车行，现在已经是'门前冷落车马稀'了。”

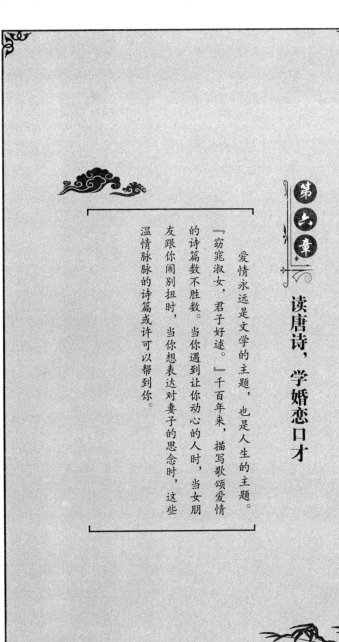

第六章

读唐诗，学婚恋口才

爱情永远是文学的主题，也是人生的主题。

「窈窕淑女，君子好逑。」千百年来，描写歌颂爱情的诗篇数不胜数。当你遇到让你动心的人时，当女朋友跟你闹别扭时，当你想表达对妻子的思念时，这些温情脉脉的诗篇或许可以帮到你。

洛阳亲友如相问，一片冰心在玉壶——相互信任是最好的交流

【出处】王昌龄《芙蓉楼送辛渐》

【原诗】

寒雨连江夜入吴，平明送客楚山孤。

洛阳亲友如相问，一片冰心在玉壶。

【注释】

芙蓉楼：原名西北楼，在润州（今江苏省镇江市）西北。登临可以俯瞰长江，遥望江北。

辛渐：诗人的一位朋友。

寒雨：秋冬时节的冷雨。

连江：雨水与江面连成一片，形容雨很大。

吴：古代国名，这里泛指江苏南部、浙江北部一带。江苏镇江一带为三国时吴国所属。

平明：天亮的时候。

客：指作者的好友辛渐。

楚山：楚地的山。这里的楚也指南京一带，因为古代吴、楚先后统治过这里，所以吴、楚可以通称。

孤：独自，孤单一人。

洛阳：现位于河南省西部、黄河南岸。

冰心：比喻纯洁的心。

玉壶：道教概念，妙真道教义，专指自然无为虚无之心

【译文】

迷蒙的烟雨，连夜洒遍吴地江天；清晨送走你，孤对楚山离愁无限！朋友啊，洛阳亲友若是问起我来；就说我依然冰心玉壶，坚守信念！

【解析】

相互信任是最好的交流

"洛阳亲友如相问，一片冰心在玉壶。"诗人从清澈无瑕、澄空

见底的玉壶中捧出一颗晶亮纯洁的冰心以告慰友人，给人以冰清玉洁之感。人们交往中最担心的是，对自己的好朋友知人知面不知心。朋友之间或者夫妻之间的冲突往往是由不够坦诚、相互猜忌所引起的。所以，夫妻双方应该相互真心对待，忠贞专一，彼此忠诚。这样，不管什么样的风浪，爱的小巢也会坚如磐石，安然无恙，永葆爱情的青春。夫妻之间要充分信任对方，不乱猜疑。有句俗话叫做"疑来爱则去"，深刻地揭示了猜疑的危害。

有这样一对夫妻，丈夫是政府里一个不大不小的官员，妻子是一家国有工厂的工人。丈夫业余时间喜欢动动笔杆子写点东西，或捧着一本书读得津津有味；妻子漂亮热情，业余时间喜欢去舞厅跳跳舞。

起初，丈夫硬着头皮陪妻子去舞厅，但那种灯红酒绿的生活令他眩晕。他怀着厌烦的情绪劝导妻子不要再去那种地方，妻子却反驳道："如果我不让你看书，不让你写作，你愿意吗？"

丈夫哑口无言。妻子带着胜利的微笑轻松地哼着小曲走了，房间里只留下妻子身上那种醉人的香水味道。丈夫愣愣地坐在沙发上，一支接一支地吸着香烟。他觉得妻子的理由是靠不住的，读书写字，乃文人雅趣，格调高雅，陶冶人的情操。幽暗放荡的舞厅，三教九流的闲人，在那里一起疯狂地摇摆，哪能与读书吟诗的雅事相提并论。以前，家里的"财政大权"无须商量，自然牢牢地掌握在妻子手中，丈夫在劝妻子戒舞失败后，决心"冻结"妻子的经济来源。起初，他不再将自己的工资交给妻子，认为妻子微薄的工资一定供不起她每日去舞厅，经常换舞鞋以及购买高档化妆品。结果他发现妻子每天照样玩得高高兴兴，回到家中嘴里还哼着轻快的舞曲，于是，他只好另想办法。

他首先从妻子的屋中搬了出来，每日和妻子"横眉冷对"，接着，又将一切家务一分为二，列出清单放到妻子的床头。饭自然由妻子来做，衣自然由妻子来洗，孩子自然由妻子来照顾，哪怕妻子由于工作忙而没时间洗碗，他也绝不动一指头。因为那是"和约"上写明的，各司其职，绝不互相干涉。帮忙，岂不也是"干涉"的一种？至于经济上，他不但自己的钱分文不交妻子，甚至到妻子的单位，利用他的"领导"身份，将妻子的工资事先领走，妻子找他理论，他却也振振有词："以前家中财政大权由你掌握，我说过什么吗？现在由我来管，有什么不可以？"妻子竟也无言以对。

于是，妻子也采取"冷战"政策，丈夫的衣服不洗，丈夫的饭不给做，丈夫的东西全被扔到"丈夫的房间"里，孩子，每人带一天，谁也不肯让步。总之，整个家似乎被分成了互不相融的两部分。

最后，妻子干脆辞掉了厂里的工作，自己去租了一组柜台卖服装。由于眼光敏锐，有胆有识，竟然干得有声有色，不久便自己开了一家时装店，办起了公司，财源滚滚而来，远非她昔日那点工资可比。"家"的名存实亡，在她的心中留下了很浓的阴影，她决定提出离婚。丈夫起初不同意，并以孩子可怜为由，试图留住妻子，但妻子去意已决，不可动摇。

"我们现在这样生活与离了婚有什么两样？不同吃，不同住，互不干涉'内政'、'外交'，我们跟两个没有任何关系的人有什么区别？缺的只是那一纸离婚证书。"丈夫冷静地想了又想，觉得妻子说的确实有道理，便同意离婚，一个原本很温馨很美满的小家庭就这样解体了。

猜疑是夫妻关系的大敌，是感情破裂的一大隐患。生活中遇到怀疑的事，不宜过早下结论，要客观、理智地去分析，才能够了解真相。古人云："人之相知，贵在知心。"夫妻之间更需加强了解，以求心心相印，杜绝猜疑的发生。

【口才举例】

例1：

实业家老华的家乡亲友来看望他，亲友临行前老华为他们饯行。席间，他对众人说：

这次乡亲们到这儿来看我，实在让我感动。原本想更周到地招待一下乡亲们，可是工作太繁忙了，实在没有时间安排，大家请多多谅解。回去后，请告诉乡亲们，我华某永远是"一片冰心在玉壶。"我知道我的今天是乡亲们给的，没有乡亲们对我的关爱就没有我华某人的今天。我是不会忘本、不会忘记家乡的。我会用我的努力和做出的业绩来报答乡亲们对我的一片厚望！

例2：

文化大革命期间，许老受到冲击被隔离审查。临别时老同事前来探望送行，许老说：

我这一走，不知道还能不能回来，什么时候回来。世事难料啊！不过人没有办法左右世道的发展，也没有办法推断形势将会怎么发展下去。我只有在这里祝愿大家多多保重了。"洛阳亲友如相问，一片冰心在玉壶。"你我是多年相处无话不说的老朋友了，回去请告诉同事们，我老许一生清白，做事磊落，从来没有做过任何对不起别人的事。让大伙放心，总有一天会真相大白的！

弃我去者昨日之日不可留，乱我心者今日之日多烦忧——适当让步好说话

【出处】李白《宣州谢朓楼饯别校书叔云》

【原诗】

弃我去者，昨日之日不可留；

乱我心者，今日之日多烦忧。

长风万里送秋雁，对此可以酣高楼。

蓬莱文章建安骨，中间小谢又清发。

俱怀逸兴壮思飞，欲上青天揽明月。

抽刀断水水更流，举杯消愁愁更愁。

人生在世不称意，明朝散发弄扁舟。

【注释】

长风：远风，大风。

此：指上句的长风秋雁的景色。酣高楼：畅饮于高楼。

蓬莱：此指东汉时藏书之东观。《后汉书》卷二三《窦融列传》附窦章传："是时学者称东观为老氏藏室，道家蓬莱山"。李贤注："言东观经籍多也。蓬莱，海中神山，为仙府，幽经秘籍并皆在也。"

蓬莱文章：借指李云的文章。

建安骨：汉末建安（汉献帝年号，196—220）年间，"三曹"和"七子"等作家所作之诗风骨遒上，后人称之为"建安风骨"。

小谢：指谢朓，字玄晖，南朝齐诗人。后人将他和谢灵运并称为大谢、小谢。这里用以自喻。

清发：指清新秀发的诗风。发：秀发，诗文俊逸。

俱怀：两人都怀有。

逸兴：飘逸豪放的兴致，多指山水游兴，超远的意兴。

壮思飞：卢思道《卢记室诔》："丽词泉涌，壮思云飞。"壮思：雄心壮志，豪壮的意思。

览：通"揽"，摘取。

销：另一版本为"消"。

称意：称心如意。

明朝：明天。

散发：不束冠，意谓不做官。这里是形容狂放不羁。古人束发戴冠，散发表示闲适自在。

弄扁舟：乘小舟归隐江湖。扁舟：小舟，小船。春秋末年，范蠡辞别越王勾践，"乘扁舟浮于江湖"（《史记·货殖列传》）。

【译文】

弃我而去的，昨天已不可挽留，扰乱我心绪的，今天使我极为烦忧。万里长风吹送南归的鸿雁，面对此景，正可以登上高楼开怀畅饮。你的文章就像汉代文学作品一般超侒不群。而我的诗风，也像谢朓那样清新秀丽。我们都满怀豪情逸兴，飞跃的神思像要腾空而上高高的青天，去摘取那皎洁的明月。好像抽出宝刀去砍流水一样，水不但没有被斩断，反而流得更湍急了。我举起酒杯痛饮，本想借酒消去烦忧，结果反倒愁上加愁。啊！人生在世竟然如此不称心如意，还不如明天就披散了头发，乘一只小舟在江湖之上自在地漂流（退隐江湖）罢了。

【解析】

适当让步好说话

"昨日之日"与"今日之日"，是指许许多多个弃我而去的"昨日"和接踵而至的"今日"。也就是说，每一天都深感日月不居，时光难驻，心烦意乱，忧愤郁悒。

日常生活中我们也都会像诗仙李白一样遇到烦恼，会有心情不好的时候，这就要求我们用智慧去面对，需要有一种克制、理性的态度，也需要有一个大度、宽容的胸怀。

人要有远大的眼光，有洞察世界体悟人生的智慧。有了这种眼光，就不会局限于生活的细枝末节之上，从而处理夫妻关系就会从容不迫、得心应手。有了这种智慧，就能化险为夷，化冲突为和解，用一种轻松、幽默的办法解决一些难题。当你的爱人发火时，你该怎么办？下面讲几点意见，供你参考。

第一，要竭力使自己的情绪冷静下来。控制自己，冷静息怒，这样随着时间的推移，愤怒会在你心中慢慢融化。有句谚语说得好："时间能医治一切创伤，时间也能吹熄一切怒火。"

第二，要宽忍为怀。当你受到爱人的"无礼"时，不要把弦绷得太紧，要豁达大度，暂且退避三舍。理智的让步不仅对自己有好处，也能避免把事态搞得更僵。

第三，善于用幽默。当对方发火时，你要善于克制自己冲动的感情，不要针锋相对。你可以说些宽慰、诙谐、逗趣的话来缓和紧张的气氛，这可以避免矛盾的激化和升级。

第四，以柔克刚。如果夫妻俩，一个急躁，一个柔顺，那就不容易冲突起来。古语说"良言一句三冬暖，恶语伤人六月寒"。夫妻之间发生矛盾时，千万不要用尖酸、刻薄、讽刺的话语去伤害对方，否则自己痛快了，对方却好几天缓不过劲来。为了加速感情的恢复，还可以试着为对方多做些事情。这样做会出乎对方的意料，往往能使对方做出相应的热情回报。

第五，要设身处地地为对方着想，要将心比心。夫妻之间要"道义相砥，过失相规"，在道义上互相砥砺，在过失上相互规劝。话要说到点子上，就能使爱人消气动心，言归于好。

第六，学会退让。两个长久生活在一起的人总有相互顶撞的时候。如果你不想损伤对方的自尊心，你就必须学会说："很抱歉"。夫妻吵架无输赢之分，谁是谁非不可能明明白白。有时只不过是做某一个"选择"，而这个"选择"往往来一方的让步。吵架时间不要长，吵得越久越伤感情。尽量主动打破僵局，不要把主动和对方说话看成是"屈服"。

当双方都开不了口时，可以装着不在意地向对方发出某种和解的"信息"。而另一方也要及时改变态度，接受这一"信息"，并及时作出反应。

"战斗"的艺术。俗话说：勺子没有不碰锅沿的。恩爱夫妻也一样，两人共处的时间长了，难免会遇到不快的事，不过我们看到不少夫妇却越吵越亲密，这又是为什么呢？问题很简单，就是由于他们懂得并掌握了"战斗"的艺术，因而巧妙地度过了"吵架"这一关。这种艺术包括些什么呢？

察言观色"第一回"。婚后第一次吵架是互见"庐山真面目"的一次机会，印象最深，可以借此深入地了解对方，知道对方对什么最敏感，对什么最记恨，以及他（她）的心理承受能力。

允许对方偶尔生气。如果你明了彼此间爱慕的一对夫妻不免会有嫉妒、烦恼和生气的事情发生的话，那么当这些情绪来临时，你就不会惊惶失措，因为这并不意味着他或她已经"没有感情"了。也许你的配偶是因为上司的缘故而情绪低落，没有向你表示绵绵之情，但即使这暂时的不快不是你的过错，你也应该问："亲爱的，我做了什么事惹你生气了？"如果回答是否定的，你就再问："那么，我能为你分忧吗？"如果对方不需要，你就不必打扰。要知道，这些问候是你给予他（她）的最好的安慰。

以冷对热。冷，就是冷处理；热，就是头脑发热。以冷对热的关键，就是你吵我听。在一方感情激动、控制不住自己的时候，任他（她）发火，任他（她）暴跳如雷，不去理睬他（她）。"一只碗不响，两只碗叮当"，一个人吵，就吵不起来，等对方情绪平和以后，再和他（她）慢慢分说。

说话要有分寸。如果对方实在不像话，不得不顶他几句，这时难免发生争吵。但是即使争吵，说话也要掌握分寸，不能说绝情话，不能讥笑对方的某些缺陷或揭对方的"伤疤"，更不能在一时气愤之下，破口大骂，不计后果。比如有的人吵架时言语不留余地："你是不是管得太多了？""我要你怎么干你就得怎么干！""如果你真的爱我……"等等，这类话咄咄逼人，很容易引发更大的冲突。"利刀割体疮犹合，恶语伤人恨不消"，如果说了绝情话，关系就很难平复。

以"我"开头。如果一方想表达自己某种强烈愿望，就直说"我想……"，比如妻子责怪丈夫好久未带自己上餐馆，她就不妨直说："我想明天到外面吃饭。"而不要说："看人家小王，每周至少带爱人上一次饭店，而你呢？"如果这样说，简单的事情往往就复杂化了。

轮流发言。如若双方都能克制一点，让对方把话说完，不抢白，那么大多数争吵不会白热化，也就容易和解。

就事论事。为了哪件事吵，讲清这件事就行了，不要上纲上线，也不要无限扩大。不要随便给对方扣上什么"自私"、"品质恶劣"、"卑鄙无耻"等帽子，否则，就把事情搞得太严重了。另外，对事情也切忌扩大化，如果从这件事又提及以前的事，从对配偶不满又拉扯到他的父母兄弟姐妹身上去，就会把事情搞得越来越复杂。

绝不动手。"君子动口不动手"，就是说不论争吵时情绪多么激动，一不能摔东西，二不能动手打人。有的夫妻在争吵时，为表示愤怒，常常把锅碗瓢盆摔得稀里哗啦，这是很愚蠢的。物品何辜？摔坏了以后还要花钱买，何必呢？至于打人，就更不应该了，这不仅为法律所不允许，而且会使"战争"马上"升级"，弄得不可收拾。这是千万要警惕的，否则后果不堪设想。

不可离家出走。夫妻双方在激烈争吵以后，千万不要一走了之。一位女士说得好："我告诉他，我被气疯了，但我什么地方也不会去。因为夫妻吵架并不意味着婚姻将会破裂，我还是你的妻子，你还是我的丈夫，为什么我要离开自己的家呢？"

24小时内结束战斗。不少夫妻在争吵过程中，总有一种心理，就是都要以自己"有理"来压服对方，结果谁也不服谁，反而越说越有气。其实，夫妻之间的争吵，一般没有什么原则问题，许多是是非非缠在一起，也不易分清，特别是在头脑发热、情绪激动时更不易讲清。如果争吵了一定时间和一定程度，发现这样下去还不能解决问题，那么有一方就要及时刹车，并提示对方该休战了。这并不是屈服、投降，而是表示冷静、理智。可以用幽默打破僵局，说声："我真的口渴了。要不要也给你沏杯茶？"或者一方出去，到户外转转。

"外交关系"不中断。许多夫妻争吵以后心中十分不快，互不理睬，中断了"外交关系"。但是双方还是生活在一起，这是十分别扭的，同时也进一步伤害了感情。对这种情况，过两天就会感到后悔，想打破僵局，恢复"外交关系"，又难于主动开口，这就是"作茧自缚"。因此，不论争吵多么激烈，在"停火"以后，照常说话，夫妻还是夫妻，该怎么过还怎么过，这才是正常的。

【口才举例】

例1：

从握拳而来，到撒手而去，生命完成了一个过程。过程里是日子，日子里是"理想"——童年的梦想，少年的猜想，青年的胡思乱想，中年的什么都不敢想，暮年的什么都懒得想——当生命在岁月中慢慢老去时，理想也随之凋谢。如果说盘点成就就使人兴奋的话，那么生命的衰老却让人沮丧。"弃我去者，昨日之日不可留；乱我心者，今日之日多烦忧。"好年华是留不住的，能够留住的也许只有心中的一份仁爱情怀，那是一抹春日的暖阳，让我们远离烦忧，安详、快乐地活着。

例2：

中国古人也说"弃我去者，昨日之日不可留；乱我心者，今日之日多烦忧"。今天，我们虽然已经进入21世纪，但也未摆脱古人那悠长的烦恼。一首现代诗可以为证："人间有的是欢乐无数，但我们大都记不住。我们心中记得住的，总是那些过去的痛苦。为什么岁月如浪滔滔，淘得尽千古风流人物，却淘不尽几丝隐隐地作痛。"有一首歌曲也唱到："欢乐的日子不再来，让我们为爱情干杯。青春像一只小鸟，飞去不再飞回。"有位哲学家甚至断言，幸福的内涵就是摆脱痛苦："任何幸福的生活，不应以快乐多少来衡量它，而应当以脱离苦恼的限度——即脱离积极之恶事的限度来衡量它。"

无边落木萧萧下，不尽长江滚滚来——珍惜眼前的幸福

【出处】杜甫《登高》

【原诗】

风急天高猿啸哀，渚清沙白鸟飞回。

无边落木萧萧下，不尽长江滚滚来。

万里悲秋常作客，百年多病独登台。

艰难苦恨繁霜鬓，潦倒新停浊酒杯。

【注释】

啸哀：指猿的叫声凄厉。

渚：水中的小洲；水中的小块陆地。

鸟飞回：鸟在急风中飞舞盘旋。回：回旋。

落木：指秋天飘落的树叶。

萧萧：模拟草木飘落的声音。

万里：指远离故乡。

常作客：长期漂泊他乡。

百年：犹言一生，这里借指晚年。

艰难：兼指国运和自身命运。

苦恨：极恨，极其遗憾。苦，极。

繁霜鬓：增多了白发，如鬓边着霜雪。繁，这里作动词，增多。

潦倒：衰颓，失意。这里指衰老多病，志不得伸。

新停：刚刚停止。杜甫晚年因病戒酒，所以说"新停"。

【译文】

风急天高猿猴啼叫显得十分悲哀，水清沙白的河洲上有鸟儿在盘旋。

无边无际的树木萧萧地飘下落叶，望不到头的长江水滚滚奔腾而来。

悲对秋景感慨万里漂泊常年为客，一生当中疾病缠身今日独上高台。

历尽了艰难苦恨白发长满了双鬓，衰颓满心偏又暂停了浇愁的酒杯。

【解析】

珍惜眼前的幸福

落叶飘零，无边无际，纷纷扬扬，萧萧而下；奔流不尽的长江，汹涌澎湃，滚滚奔腾而来。颔联为千古名句，写秋天肃穆萧杀、空旷辽阔的景色，一句仰视，一句俯视，有疏宕之气。"无边"，放大了落叶的阵势，"萧萧下"，又加快了飘落的速度。在写景的同时，深沉地抒发了自己的情怀，传达出时光易逝，壮志难酬的感怆。它的境界非常壮阔，对人们的触动不限于岁暮的感伤，同时让人想到生命的消逝与有限。

因为时光易逝，所以我们要和睦相处，珍惜眼前的幸福。假如你要维持家庭生活的幸福、快乐，就要学会和睦相处的说话艺术。

情感对一个家庭影响很大，丧失了它，就会造成悲痛、忧郁，甚至家庭破裂。所以，我们要想有家庭天伦亲情，就要学会多积感情，少生是非，多些谅解，少些批评，家才能成为幸福的港湾。

在很多婚姻矛盾中，并非所有的家庭都是因为一些重大的事件而引起的，相反，往往是由于一些微不足道的琐事。

在我们的婚姻生活中，这样的例子并不少见，细细想来，当然是以小失大，得不偿失的。我们不得不说，他们实在有点小心眼，太在意身边那些琐事了。

有一对夫妇，吃饭闲谈。妻子兴致所至，一不小心冒出一句难听的话来。不料丈夫心中不快，与妻子争吵起来，直至掀翻了饭桌，拂袖而去。

比如，在有些人那里，别人说的话，他们喜欢句句琢磨，对别人的过错更是加倍抱怨；对自己的得失喜欢耿耿于怀，对于周围的一切都易于敏感，而且总是曲解和夸张外来信息。这种人其实是在用一种狭隘、幼稚的认知方式，为自己营造着可怕的心灵监狱，这是十足的自寻烦恼。他们不仅使自己活得很累，而且也使周围的人活得很无奈，于是他们给自己编织了一个痛苦的人生。

要知道，人生中这种过于在意和计较的毛病一旦养成，天长日久，许多小烦恼就会铸成大烦恼。

其实，在这一点上，古代的智者们早已有了清醒而深刻的认识，早在两千多年前，雅典的政治家伯里克利斯就向人们发出振聋发聩的警告："注意啊，先生们，我们太多地纠缠小事了！"法国作家莫鲁瓦更是深刻地指出："我们常常为一些应当迅速忘掉的微不足道的小事所干扰而失去理智，我们活在这个世界上只有几十个年头，然而我们却为纠缠无聊琐事而白白浪费了许多宝贵时光。"这话实在发人深思。过于在意琐事的毛病严重影响了我们的生活质量，使生活失去光彩。显然，这是一种最愚蠢的选择。

其实，有些事是否能引来麻烦和烦恼，完全取决于我们自己如何看待和处理它。所谓事在人为，结果就大相径庭，这就需要我们首先学会大度，用包容的心态去对待身边的人。

大度一点，就是别总拿什么都当回事，别去钻牛角尖，别事事"较真"；别把那些不值得一提的鸡毛蒜皮的小事放在心上；别过于看重名与利的得失；别为一点小事而着急上火，动辄大喊大叫，以至因小失大，后悔莫及；别那么多疑敏感，总是曲解别人的意思；别夸大事实，制造假想敌；别把与你爱人接触的异性都认为是"第三者"之列而暗暗仇视之；也别像林黛玉那样见花落泪、听曲伤心、多愁善感，总是顾影自怜。要知道，人生有时真的需要一点大度。

大度一点，也是在给自己设一道心理保护防线。不仅不去主动制造烦恼的信息来自我刺激，而且即使面对一些真正的负面信息、不愉快的事情，也要处之泰然，置若罔闻，不屑一顾，做到"身稳如山岳，心静似止水"，"任凭风浪起，稳坐钓鱼台"。

这既是一种自我保护的妙法，也是一种坚守目标、排除干扰的妙策。我们的精力毕竟有限，假如处处纠缠琐事，被小事所累，我们一生必将一事无成。

大度一点，也是一种豁达、大量与宽容。海纳百川，有容乃大。有宽广的胸怀和气度，是很容易告别琐屑与平庸的。而当你实现豁达与宽容，自然会产生轻松幽默，从而洋溢出一种性格的魅力。

大度一点，最终体现的是一种修养，一种高贵的人格，一种人生大智慧。那些凡事都与人计较、锱铢必争的人，自以为很聪明，其实是以小聪明做蠢事，占小便宜惹大烦恼；而不在意，乃是不争，无为之为，大智若愚，其乐无穷！

大度一点，是超越了自我的人，也是活得潇洒的人。因为免了琐事的羁绊和缠绕，也就使自己获得了解放，自有一片自由的天地任你驰骋。

当然，大度一点并不等于逃避现实，不是麻木不仁，不是消极颓废处事的态度；不是什么都冷若冰霜、无动于衷的"木头人"。而是一种洒脱、豁达、飘逸的生活策略。倘能如此，自然会拥有一个幸福美妙的婚姻的。

【口才举例】

例1：

电视指南网站载文介绍了中国电视剧制作中心，文章最后总结说："无边落木萧萧下，不尽长江滚滚来。"迈入21世纪的中国，众多电视剧生产机构之间的竞争已经达到了白热化的程度，电视剧市场化已成必然趋势。随着中国加入WTO和互联网等新兴媒体的普及，观众的欣赏口味也越来越高。我们只有拍出更多好戏，才能在激烈的竞争中永远立于不败之地。毫无疑问，中国电视剧制作中心将坚持品牌战略，以高屋建瓴的气概，放眼全局，立足市场，为真正繁荣中国电视剧文化产业，作出永远不懈的努力。

例2：

尹黎云在其《中国人的姓名文化与命名艺术》一书的自序中，谈到中国传统文化正在面临被遗弃的危机。他说：

记得十几年前，我还在某机关工作。有一次接电话，对方问："请问贵姓？"我答曰："免贵姓尹。"周围顿时一片哧哧笑声。我也笑了，是愕然的笑。记得20年前，我回胶东探亲，收到一封友人来信。信末说："请代向家父问好。"我又笑了，也是愕然的笑。笑毕，心头掠过一丝悲哀。中国传统文化与现代中国人难道真的那么隔膜吗？难道我们真的面临着"无边落木萧萧下，不尽长江滚滚来"的境地吗？我不由得叹道。望望窗外一幢幢拔地而起的高楼大厦，看看眼前一页页滚动而过的电脑画面，我突然意识到，中国传统文化好像一尊沉甸甸的陶鼎，有可能从我们手中摔下，摔个粉身碎骨。那碎片在将来或许可以陈列在博物馆里，甚而至于价值连城，可是又有什么用处呢？

例3：

某网络在介绍峨眉山及其周边旅游景点时说：

有"峨眉天下秀"之称的峨眉山为中国佛教四大名山之一，因有两山峰相对如眉得名。全山纵横200多公里，顶峰万佛顶海拔3 099米，雄浑秀丽，气象万千，山上寺庙众多，浓荫密布，云雾缭绕。24座古刹依山取势，各具特色。在半山赏月，峰如峨眉，月如金盘，别有一番静谧和奇俏。观方池秋月，波影融融，来水漱玉，去波寻珠。白水秋风，圣积晚钟，双桥清香，灵岩叠翠……一处又一处的胜景让人浮想联翩。特别是金顶的"峨眉四绝"——日出、云海、佛光、圣灯和沿途可见的峨眉猴群更别有情趣。下了峨眉山，可游乐山大佛；距乐山城北23公里，可游平羌三峡；过奉节，可游长江三峡，感受朗月映照下的"无边落木萧下，不尽长江滚滚来"的壮阔。

在天愿作比翼鸟，在地愿为连理枝——要想爱得久，就得会说话

【出处】白居易《长恨歌》

【原诗】

原诗过长，取其中两句。

七月七日长生殿，夜半无人私语时。

在天愿作比翼鸟，在地愿为连理枝。

【注释】

长生殿：在骊山华清宫内，天宝元年（742）造。

比翼鸟：传说中的鸟名，据说只有一目一翼，雌雄并在一起才能飞。

连理枝：两株树木树干相抱。古人常用此二物比喻情侣相爱、永不分离。

【译文】

当年七月七日长生殿中，夜半无人，我们共起山盟海誓。在天愿为

读唐诗学说话

比翼双飞鸟，在地愿为并生连理枝。

【解析】

要想爱得久，就得会说话

农历七月初七，是我国古代的"情人节"，传说牛郎和织女会在年那天晚上踏上鹊桥相会。唐明皇和杨贵妃就是在这样的夜晚，神情无限地发表了爱情宣言：我们百年以后，如果在天上但愿能成为一对比翼双飞的鸟儿，如果在地下但愿能成为联结在一起的枝条。现在用来形容年轻男女之间的爱情坚贞不渝。

两个人天天相处，时时不离，你不想说也得说。恋爱的人心思敏感，并且由于爱人之间的特殊心理，如"心上人"心理、"自私"心理、"随意"心理等，使爱人之间的谈话成了最轻松同时又是最困难的谈话。也许一句很随意的话，就会在你们的感情世界里掀起风浪。所以，爱人之间你要懂得怎么说话。许多夫妻不能像知己一般相处，他们总是用辱骂、奚落和批评来对待对方。你最好是说"我真高兴你能用心听我说话"，而不是"你从来就不听我说"。婚姻专家建议，要留心那些关键的品质，如仁慈和责任心，而不要总是去挑剔对方的缺点。要分清什么是可以容忍的小缺点，什么是对婚姻至关重要的大问题。

狄斯累利在公职生活中最难缠的对手是威廉·尤尔特·格莱斯顿。这两位对于每一件能够争辩的事物都相互冲突，但他们却有一个相同的地方：他们的私生活都充满幸福和欢乐。试想一下，这位英国最威严的首相格莱斯顿，轻握着他夫人的玉手，和她在火炉边的地毯上跳着舞的场景是多么的幸福啊！在公开场合中，格莱斯顿是一位可畏的敌人。但在家中，他永远不批评。当他到楼下吃早饭的时候，看到的却是全家的人还在睡觉，他就以和婉的方式来表示他的不满。他提高了声音，唱着不知其名的圣歌，声音充满整个屋子，以告诉其他家里的人，全英国最忙的人已经自己一个人在楼下等着吃早饭了。他保持着外交家的风度，体谅人的心意，并理智地控制自己，不对家事有所批评。

从上面的例子我们可以看出，夫妻之间的相处要讲究艺术。在夫妻语言沟通的过程中，委婉是一种颇有奇效的黏合剂。委婉是一种以坦诚开放的沟通来对待对方的方式，同时，也尊重他人的感受，不作无谓的伤害。委婉意味着依赖他人，尊重他人的感受。当然，委婉并不意味着永远顺应对方的一切意思，特别是当对方的作为令人不能接受时。否则，就会导致不满和愤怒情绪的累积，那样，总有一天会爆发而严重挫伤双方的感情。

其实，夫妻对话也是大有学问的，同样的意思用不同的语气和方式表达出来，效果会大不相同。

1. 婉转表达

比如，妻子说："我不漂亮，你应该找个漂亮的女人。"丈夫如果直说："是的，我是应该找个比你漂亮的。"那么妻子一定很伤心。但是如果丈夫说："我如果真找了个漂亮的，就不一定能碰上你这么贤惠的。"这话既不违心，又能使妻子得到安慰，是一种比较好的表达方法。

2. 把批评变成表扬

例如，妻子批评丈夫："你对孩子太不关心了！"这往往会使丈夫不能接受："我怎么不关心了？"如果换一种积极性的说法："你对孩子比以前关心多了，如果再能多分点心，我就更显得年轻了。"这样的话，自然不会让丈夫反感。

3. 不要伤自尊

如果妻子这样说："你还能升职？除非太阳从西边出来！"这话太伤对方自尊心了。

4. 不要伤及无辜

有人这样指责对方："你怎么和你爸爸一样，一天到晚抽个没完，这屋里都是烟，就不想想别人了？"光是谴责对方，这话说得就够重了，还要株连到对方的爸爸，这就更不妥当了。

5. 絮叨最招人烦

有的人几次三番地重复同一句话，比如总是对爱人说："我爱你"怎样怎样，对方听多了，不仅产生不了共鸣，反而会感到厌烦。俗话说："话多了不甜，胶多了不黏"正是这个道理。

6. 幽默是最好的良药。

比如对方生气了，另一方说："你看，你的嘴快能挂一个瓶子了！"对方可能就会消掉怒气，使气氛缓和过来。

7. 要征求对方的意见

夫妻之间对话，尽量不要说"你听我说""你懂吗""必须听我的"这类没有协商色彩的话，而应该多说"你看呢？""这样行吗？"一类语言，使双方产生相互平等、相互尊重的感觉。

8. 礼貌用语不可少

在家中也要使用"请""对不起""谢谢""再见"之类的语言。这样会使夫妻双方有"相敬如宾"的感觉，这也有助于养成讲究文明礼貌的习惯。

【口才举例】

例1：

张明和李娜是一对新婚夫妇，在他们的结婚典礼上证婚人致辞道：

今天是张明和李娜大喜的日子：经过五年的风风雨雨，他们终于走到了一起。作为证婚人，我十分高兴。五年里，我见证了他们由相知到相恋的过程，他们相依相恋、互帮互助，共同学习、共同进步。今天，他们终于迈进了婚姻的殿堂，进入了他们人生的新阶段。在此，我谨代表我个人，向他们表示祝贺，也希望在场的亲朋与我一同为他们祝福。祝他们"在天愿作比翼鸟，在地愿为连理枝。"相亲相爱，白头到老！

例2：

马琳在与朋友谈论自己的爱情标准时说：

你曾经不止一次地问我在择偶上的标准，其实回答你很简单。我的一位同事说过，标准有的时候很简单，但是真正能够做到就难上加难了。应该说，对于不同的人，择偶的标准也是不同的。有追求外表的，有追求名声地位的，有追求金钱的，有追求价值观的。但是我所追求的，就是对爱情的忠诚、专一，就是"在天愿作比翼鸟，在地愿为连理枝"，即双方必须以诚相待，生死不渝。这样的人才配做我的爱人！

一骑红尘妃子笑，无人知是荔枝来——浪漫表达你的爱

【出处】杜牧《过华清宫三首·其一》

【原诗】

长安回望绣成堆，山顶千门次第开。

一骑红尘妃子笑，无人知是荔枝来。

【注释】

华清宫：《元和郡县志》："华清宫在骊山上，开元十一年初置温泉宫。天宝六年改为华清宫。又造长生殿，名为集灵台，以祀神也。"

绣成堆：骊山右侧有东绣岭，左侧有西绣岭。唐玄宗在岭上广种林木花卉，郁郁葱葱。

千门：形容山顶宫殿壮丽，门户众多。次第：依次。

红尘：这里指飞扬的尘土。

妃子：指杨贵妃。

知是：一作"知道"。

【译文】

在长安回头远望骊山宛如一堆堆锦绣，山顶上华清宫千重门依次打开。一骑驰来烟尘滚滚妃子欢心一笑，无人知道是南方送了荔枝鲜果来。

【解析】

浪漫表达你的爱

这首诗选取为贵妃飞骑送荔枝这一件事，本意是揭露统治者为满足一己口腹之欲，竟不惜兴师动众，劳民伤财，有力地鞭挞了唐玄宗与杨贵妃的骄奢淫侈。但就爱情本身的角度看，也不失为一个绝妙的浪漫爱情故事。

爱情是需要不断更新创造的。不更新，不创造，爱情之花同样会凋谢，温馨幸福的小家庭就会失去爱的光泽。不时地来点浪漫，滋润一下干渴的爱情，那么你的婚姻也能保鲜。

很多人认为，婚前要浪漫，结了婚就要实际点，要承担一份责任，

要面对现实社会的压力。这边孩子哭着，两人哪有心思去点着红蜡烛喝红酒；那边老人病着，又哪有心情手牵着手去雨中漫步。生活是那么严酷无情，风花雪月毕竟不能当饭吃。其实不然，浪漫是水，渗透到生活中每一处，一点一滴，汇成涓涓细流。

婚姻生活中，有时最能打动人心的爱情浪漫曲，只是简单的日常小事。有些绝妙的爱情表露既不费时，也不费钱，却能让对方的情感得到满足。

"我能想到最浪漫的事，就是和你一起慢慢变老，直到老得哪儿也去不了，我依然是你手心里的宝。"浪漫就是如此平凡但却迷人。

如果丈夫为妻子做了一些表示：我很重视你的建议、我很理解你的感觉、我知道你喜欢什么、为你做事我很高兴、有我在身边你并不孤独等小事，那么他就直接满足了妻子的浪漫需求，妻子就会深深地感到自己的确是被人所爱的。而妻子对丈夫的一个赞赏、一份满足，同样会使丈夫深切地感受到浪漫的温情。

在平淡的婚姻生活中，不妨常给对方一个惊喜，来一次浪漫，调节一下生活的气氛：一年一度的情人节是不够的，不仅应该在情人节向你的爱人表达感情，更应该在一年中的每一天都给爱人一份浪漫的爱。

纪念日不一定非要有个特别的理由才能成立，随时发挥你的想象力创造庆祝的理由。不管是雨天、节日，或是好不容易排了2个小时买到演唱会的门票，都可以是一个浪漫一下的好理由。

最重要的结婚纪念日绝对不能遗忘，尤其是绅士们，在这一天要让彼此都回想起最初心跳的感觉，这是最好的浪漫方式。你还可以动手做一个倒数的日历，静静等待你们结婚周年的纪念日。

一个简单的拥抱有时会使所有的语言黯然失色，没有什么能比伸出双臂紧紧地拥抱更能表达真挚感情，轻轻的一个拥抱能够融化一颗层层防御的心。当你用他最喜欢的杯子为他斟上一杯香醇的咖啡时，别忘了多加上一个体贴的拥抱。这可比糖更让他甜在心里呢！

拿出小学生写日记的劲头，就从她的这个生日开始，每天偷偷记录关于她的事情，到她的下一个生日时，捧到她的面前，分量重过千金，她能不感动？

大冬天的夜晚，钻冷被窝的感觉是最恐怖的。你早睡一会儿，躺在她的位置上给她暖被窝，这是最贴心的浪漫，就算那之前你们之间有过争吵，也势必转危为安了。

爱人晚归时，虽然可以不必等她一起入睡，但切记要留下一盏灯，照亮她回来时的路。她从黑漆漆的楼道里摸索到家门口，看到这盏特意为她点亮的灯，那种"家"的感觉会特别真实和强烈，是最容易打动人心的浪漫。

安排一个别出心裁的约会来为你们的感情打打气。或者带着心爱的他，在热情的周末出走，找间悠闲的度假饭店，好好地浪漫一下；或者找个阳光明媚的假日，来次"只有情爱"的野餐。

当你急着出门时，不要忘了临别时的匆匆一吻。临别一吻能把你们彼此的心紧紧地系住，让你们一整天都沉浸在甜甜的亲密中，好像从没分开过似的。

偶尔为他煮顿丰盛的晚餐或是同他一起去他最喜欢的餐厅，精心地营造一室的浪漫，冰镇一瓶陈酿红酒，再点上带有香氛的蜡烛，随着飘来的音乐，让累了一天的心上人，有一个如历仙境的惊喜。

已婚夫妻的情话，并不在过多地使用爱的字眼，但要处处流露出爱的信息，这是夫妻间互相关心、互相爱护、两情相悦的自然流露。可试从以下三方面做起：向对方表示自己的爱慕之情，赞美对方的身体和服饰，夸奖对方的行为。"甜言蜜语"会使人得到情感上的满足，是恩爱夫妻的感情纽带。

调情不是热恋中的情侣专有的特权。婚姻中的爱人们拥有更多理直气壮的理由。你大可牵起他的手或是紧紧地搂着他，按摩他紧绷的肩膀，顺势在他颈后磨蹭，或是以视觉、听觉或味觉抓住他的注意力，让他的双眼在你的身上多停留几秒。浪漫，就从分享亲密时刻开始。

【口才举例】

小张的好朋友从南方回家看望佳人，因此小张邀请他们到家里来为其接风洗尘，谈笑是必不可少的：

"你这可是'一骑红尘佳人笑'呀！"小张说。

"对，只是'无人知是荔枝来'呀！"朋友说。

女友娇气地捶着他说："你这臭荔枝，再过几天就变质了……"

"哈哈，我保质期长着呢……"

身无彩凤双飞翼，心有灵犀一点通——互有好感时要大胆开口

【出处】李商隐《无题》

【原诗】

昨夜星辰昨夜风，画楼西畔桂堂东。

身无彩凤双飞翼，心有灵犀一点通。

隔座送钩春酒暖，分曹射覆蜡灯红。

嗟余听鼓应官去，走马兰台类转蓬。

【注释】

画楼、桂堂：都是比喻富贵人家的屋舍。

灵犀：旧说犀牛有神异，角中有白纹如线，直通两头。

送钩：也称藏钩。古代腊日的一种游戏，分二曹以较胜负。把钩互相传送后，藏于一人手中，令人猜。

分曹：分组。

射覆：在覆器下放着东西令人猜。分曹、射覆未必是实指，只是借喻宴会时的热闹。

鼓：指更鼓。

应官：犹上班。

兰台：即秘书省，掌管图书秘籍。李商隐曾任秘书省正字。这句从字面看，是参加宴会后，随即骑马到兰台，类似蓬草之飞转，实则也隐含自伤飘零意。

【译文】

昨夜星光灿烂，夜半却有习习凉风；我们酒筵设在画楼西畔、桂堂之东。身上无彩凤的双翼，不能比翼齐飞；内心却像灵犀一样，感情息息相通。互相猜钩嬉戏，隔座对饮春酒暖心；分组来行酒令，决一胜负

烛光泛红。可叹呵，听到五更鼓应该上朝点卯；策马赶到兰台，像随风飘转的蓬蒿。

【解析】

互有好感时要大胆开口

"身无彩凤双飞翼"写怀想之切、相思之苦：恨自己身上没有五彩凤凰一样的双翅，可以飞到爱人身边。"心有灵犀一点通"写相知之深：彼此的心意却像灵异的犀牛角一样，息息相通。"身无"与"心有"，一外一内，一悲一喜，矛盾而奇妙地统一在一体，痛苦中有甜蜜，寂寞中有期待，相思的苦恼与心心相印的欣慰融合在一起，将那种深深相爱而又不能长相厮守的恋人的复杂微妙的心态刻画得细致入微、惟妙惟肖。

现实生活中，有许多男孩不敢尝试，担心遭到女孩子的拒绝。的确，我们有时碰到一个人很想跟她交往，但又不敢开口。可是许多人就有这种和陌生人攀谈的本领，这种本领就是把实话虚说以探对方的动静。

《红楼梦》中，贾宝玉与林黛玉一见钟情，彼此情投意合。但他们却在长期的交往中，关注、猜疑、想象对方的言谈举止所包含的意味。后来还是贾宝玉用西厢妙词来传情达意，惊动芳心。看似戏语，实是一种拐弯抹角的求爱：

黛玉把花具放下，接过《西厢记》来瞧，从头看去，越看越爱，一顿饭时，已看了好几出了。但觉词名警人，余香满口。一看，只管出神，心内还默默记诵。宝玉笑道："妹妹，你说好不好？"黛玉笑着点头儿。宝玉笑道："我就是那个'多愁多病'的身，你就是那个'倾国倾城的貌'。"黛玉听了不觉带腮连耳的通红了。登时竖起两道似蹙非蹙的眉，瞪了一双似睁非睁的眼，桃腮带怒，薄而含嗔，指着宝玉道："你这该死的，胡说了！……"

如果对方的文化素质与领悟能力比较强，可以不显山露水，把你的情感若隐若现地包含在彼此的谈话之中，倍觉爱情的神秘与甜蜜，很有情趣。

有位小伙子在单位的运动会上中了头奖，得了一套微波炉。小

读唐诗学说话

伙子高兴地告诉心上人这个消息，并提议说："我们搞个家宴，怎样？""对，应该祝贺你才对呀！"姑娘兴奋地说。"可我不会做菜，咋办？"小伙子显得困惑起来。"我可以试试呀。"姑娘毛遂自荐。"那太好了！如果我能经常吃到你做的菜，那该多好啊！""只要你不嫌弃我做得不好，我答应你就是了。"这位姑娘终于憋出了一句暗示性妙语。这样，一桩恋情在举手之间便搞定了。

如果一开始就表达你的爱意，而且还很直白，那就不会取得良好的效果。

一男孩与他女友才会面两次，就心血来潮写了一封20余页的情书。开头便是"我最最亲爱的……"整封信以"我的心肝、我的宝贝……"贯穿，让姑娘读后脸红肉麻。姑娘透过这洋溢着过分热情的信的字里行间，感到小伙子不够庄重，太轻浮，于是给恋爱画上了"休止符"。

【口才举例】

例1：

李老师是老年大学的油画教师，她在讲述其创作经历时说：

绘画是需要灵感的。大家不要以为只有画家才会有灵感，其实我们每个人都需要用灵感去创作。我的每一幅作品，都不是关在屋子里想出来的，而是忽然而来的一股灵感促使我完成的。有一年我心情很差，创作也没有思路，这种苦闷的状态一直延续了半年。后来我到了湘西的凤凰古城，那云缭烟绕的山和水啊，不就是活生生的沈从文笔下的边城么？压抑半年的心情顿时开朗了，思路也打开了。那种感觉，真好比是"心有灵犀一点通。"我急忙拿起画笔，一口气画完。我的心好像融化在山水之间了。

例2：

情人节来临，晶晶给男朋友发了一条微信，里面写道：

我们的相识，是上天安排、命中注定的。我们的相识，说明了我们之间是有缘分的。人们都说如果两个人相爱，就会"心有灵犀一点通"，往往一方思念对方，另一方就会感应到。我们之间就有这样的默契。你说你不爱我是假的，我说我爱你也不是假。你高兴的时候，我的心也跟着你开心；你难过的时候，我的心也随着你而不好过。在没有你在我身边的日子里，我感觉很难过的时候，我知道你也不开心。因为每当我难过的时候，接到你的电话时，你的声音便很低沉。我开心的时候，我知道你此刻也在陪着我开心。因为每当我高兴的时候，电话中总是传来你很轻松的声音……

例3：

谈起自己对舞蹈的迷恋和执着，舞蹈家文青曾说：

对我来说，每次化完妆，舞台还是一个陌生的、令人害怕的地方。可音乐一起，我的灵魂就感到了触动。那一刻，身体仿佛就在飞速旋转的时空中运动，似流水绵延不断。那时的我，是陶醉的，我感觉到了自己舞动的身影和永恒的美丽。一舞过后，我听到观众雷鸣般的掌声，一份自信便油然而生。

二十多年的舞蹈生涯，让我的性格变得平静了许多。我常常是"我舞我沉迷，我舞我陶醉"。在陶醉中，我会感到自己已经与角色完全融为了一体。此时，我能真正深刻地体会到"身无彩凤双飞翼，心有灵犀一点通"的那份灵感……

东边日出西边雨，道是无晴却有晴——夫妻间要保留一点神秘感

【出处】刘禹锡《竹枝词二首·其一》

【原诗】

杨柳青青江水平，闻郎江上唱歌声。

东边日出西边雨，道是无晴却有晴。

【注释】

竹枝词：乐府近代曲名。又名《竹枝》。原为四川东部一带民歌，唐代诗人刘禹锡根据民歌创作新词，多写男女爱情和三峡的风情，流传甚广。后代诗人多以《竹枝词》为题写爱情和乡土风俗。其形式为七言绝句。

晴：与"情"谐音。《全唐诗》也写作"情"。

【译文】

江边杨柳青青，江上水面平静，忽然听见江面上传来情郎的歌声。天空中东边出着太阳，西边却下着雨，说不是晴天吧却还有晴天（说他没有情意吧又有点儿情意）。

【解析】

夫妻间要保留一点神秘感

这是一首模拟民间情歌的爱情诗，它描写了一位初恋少女的复杂心理。最后一句中的"晴"字是"情"的谐音字，"有晴""无晴"即为"有情""无情"。因而此句表面上是在说天气，实际表达的却是少女对情郎心理的猜测与揣摩，这种似有还无会给人一种神秘感。许多婚姻方面的专家认为，如果你真正爱对方的话，有时对一些特定的想法和感受反倒要秘而不宣，甚至有一点善意的谎言，保留一点神秘感。

有一对老夫妻，结婚四十多年了，感情一直很好。丈夫老向外人夸奖妻子的蛋糕烤得好。有一天，邻居家的主妇向老太太请教烤蛋糕的秘诀。老太太告诉了她一家蛋糕店的名字，说："其实我的蛋糕都是从这家店里买的，只是我的先生并不知道。夫妻之间有时也需保留一些小秘密。"

那么，什么话该告诉你所爱的人、什么话不该告诉他、什么时候才能告诉呢？对此有下列建议，你可以从中检验自己爱情和诚实的睿智。

不要指出配偶的一些无法补救的缺点。例如一位妻子的腿短些，她问丈夫："你是否希望我是个长腿的姑娘？"她说的不错。可她的丈夫如果照实回答肯定会伤她的心，因为身材矮小是天生的，无法补救。因而丈夫可以将事实修饰一番来满足妻子的愿望。他可以这样说："如果我想找个高个的，我早就和那样的女人结婚了。而实际上并非如此，我娶了你，我就爱你这样。"这样回答肯定会让妻子满意，因为丈夫强调了他更爱妻子具有的比长腿更有魅力的特质。

但是，对于一些可以改正的坏习惯或坏毛病，你应该告诉爱人，但要注意选择适当的时机和方式。不要当众指责他，这会有伤他的自尊心，从而引起爱人的不满；不要在亲密的时候说，这样会破坏气氛，容易伤害感情；也不要在对方心情不好的时候说，这等于是火上浇油，只会使爱人心情更不好；不要在两个人激烈争吵的时候说，因为争吵时人最容易冲动，这时候指出对方的毛病，只会越吵越厉害。告诉对方缺点时，态度要诚恳，不要让对方以为你在挑爱人的刺儿，或者你看不起爱人；要让对方觉得你是在关心他（她）、是把他（她）当作一个亲密的人才说这些，而且要帮助他（她）改正。

还有一些话，把它藏在你内心的深处，它使你感到内疚和压抑，你想把它告诉配偶。如果把这些话说出来，可以减轻你内心的负担，同时也不会给你的配偶造成心理压力，那么你不妨说出来；如果说出来，虽然能减轻你心里的痛苦，但也会给你的配偶带来负担，那你就权衡一下，看是不是值得这么做，是否会伤害夫妻感情。可是如果这些话你说出来了，既不能减轻你自己的负担，又会给配偶带来压力，那么你最好保持缄默。例如，丈夫曾有过一段婚外情，现已结束，但他仍然深感内疚，他想把一切告诉妻子以求得其宽恕。可有的专家认为，丈夫最好独自承受这份精神负担，或是寻求心理医生的帮助，把负担分给妻子是不明智的，同时也是不公平的。

保密造成的隔阂令人痛心，但如果说明某事仅仅是为了减轻自己的负担，而不管对配偶的影响，那么缄默可能是更负责任的表现。生活告诉我们，有些隐私，只要悔过自新，就没有必要"曝光"。

可见，问题不在于是否诚实，而在于诚实的时间和方式，以及怎样做才最能表达你对配偶的爱。

其实，夫妻之间存在点隐私，各自在心灵的某一处保留一片绿洲，使夫妻关系保留一点神秘感，更能增加彼此的吸引力，使婚姻更幸福、更美满。

通常，人们认为女性更容易保留隐私。在夫妻关系中，妻子固然会有不少隐私，不愿向丈夫透露；而丈夫也有自己的秘密，是属于女性莫问的范围。

丈夫通常对妻子隐瞒自己的秘密。这些秘密，往往是那些足以损害他们大丈夫形象的事情。

关于对事业和工作所产生的焦虑，绝大多数男性都以事业和工作上的成就作为个人形象评价的标准。因此，在妻子面前他们只夸耀自己事业上的成就。但是，私下里，他们对自己的本领并不如表面上所炫耀的那么信心十足。他们经常怀着一种恐惧感，生怕自己的表现不如他人，但是这种恐惧感，他们绝不会向妻子透露，以免损害自己的男子汉形象。

其实，这种隐瞒是没有必要的。据调查，大多数已婚妇女承认，她们希望丈夫能告诉自己在工作中遇到的麻烦、事业上的不顺心甚至失败，她们愿意分担丈夫对事业的担忧和恐惧。她们并不认为这有损他们的男子汉形象；相反，对于他们敢于承认失败，妻子们认为这是一种有勇气的表现。同时，她们认为能为丈夫分担忧愁是两人亲密关系的一种表现，更能促进婚姻美满。

经常听到有的妻子说："我家那位虽然话不多，可很有见地，一句能顶十句。"如果她知道了丈夫"话不多"的真正原因以及在说出"能顶十句"的那一句前要经过多么痛苦的思索，她恐怕不会再用"很有见地"来评价了。

所以，"沉默是金"和"好男不与女斗"这些话，肯定是男人们想出来的。有的男人尽管外表一副铁汉本色，其实情感相当脆弱，在情绪方面依赖性极强。不过，丈夫大多数不愿意让妻子知道这种弱点，因此，他们在情感和情绪方面都故意表现出冷漠，不轻易表达内心的真实感受，以免暴露弱点。对这一点，妻子们有不同的评价。

有的妻子认为，男人就应该像男人，"男儿有泪不轻弹"，这才是英雄本色。更何况，妻子们把丈夫看作是自己终生的依靠，当然希望丈夫是个汉子，为自己遮风挡雨，做自己避风的港湾。

有的妻子却不这么想。她们认为丈夫向妻子表达他们的情绪和感受是很正常的，也是必要的。这不会使她们觉得丈夫软弱，不会损害丈夫的形象。丈夫在妻子面前自然地流露出自己的喜怒哀乐，会让妻子觉得丈夫是有血有肉的真男儿，会让妻子了解到"男人更需要关怀"。台湾一位著名女作家在谈到她丈夫时说："爱他，只是因为透过一切外表掩盖的东西，看出他不过是一个孩子，一个需要有人疼的孩子。"可见，有时丈夫在妻子面前流露出自己的情感，让妻子知道自己也需要关怀，并不会让妻子看不起，反而会使妻子更爱他、更疼他。

在处理夫妻关系问题上，最重要的一点是把握好"度"，夫妻间应做到既有适当的"透明度"，又有适当"隐秘区"，这样才能使夫妻关系保留一点神秘感，增加双方的吸引力。

【口才举例】

例1：

电视台对奥运会的链球比赛进行了转播，解说员在一旁解说：

从前一天夜里开始，淅淅沥沥的小雨就下了起来，到傍晚时分越下越大。

当人们担心比赛是否会因此而向后推延时，赛场上响起了开场的音乐声。走进一看真是让人惊讶：场内的上座率依然保持在八成以上。观众们穿着雨衣、打着雨伞，运动员们按部就班地进行着准备工作。大雨没有将人们对比赛的热情浇灭……

刚才，大家看到了，似乎是人们的真诚打动了"老天"。男子链球比赛刚宣布开始，大雨就止住了！大家可以看到，彩虹伴着晚霞笼罩在赫尔辛基奥林匹克体育场的上空。这让我想起了中国的一句古诗，"东边日出西边雨，道是无晴却有晴"……

例2：

蒋妮已经二十五六岁了，亲戚朋友都很关心她的个人问题。当舅舅问起最近的情况时，蒋妮回答说：

我现在嘛，对象倒是处了一个，但进展到什么程度我也说不准，心里总感觉是"东边日出西边雨，道是无晴却有晴"。我有点看不透对方，不知他对我究竟是怎样的想法，看来还要再观察一下才能说准。

例3：

沈娜是个急脾气，这天她陪丈夫去商场买衣服，丈夫老是拿不定主意。她忍不住说：

你出来买东西能不能有点主心骨？你看刚才看那件衣服时你那个态

度，一会儿说颜色不好，一会儿又说款式漂亮；一会儿嫌贵，一会儿又喜欢那个牌子。"东边日出西边雨"的，你到底喜不喜欢？明确给个说法呀！

第六章 读唐诗，学婚恋口才

第七章

读唐诗，学谈判口才

唐朝文人绝不是弱不禁风的、手无缚鸡之力的形象。他们热衷于投笔从戎，建功立业，也因此写下了气盖山河的边塞诗。谈判桌是一个没有硝烟的战场，当你坐在谈判桌前，谈判陷入僵局无法进行时，一句恰到好处的诗词，能让你的谈判进程柳暗花明。

欲穷千里目，更上一层楼——谈判时要调整好心态

【出处】王之涣《登鹳雀楼》

【原诗】

白日依山尽，黄河入海流。

欲穷千里目，更上一层楼。

【注释】

鹳雀楼：旧址在山西永济市，楼高三层，前对中条山，下临黄河。传说常有鹳雀在此停留，故有此名。

白日：太阳。

依：依傍。

尽：消失。这句话是说太阳依傍山峦沉落。

欲：想要得到某种东西或达到某种目的的愿望，但也有希望、想要的意思。

穷：尽，使达到极点。

千里目：眼界宽阔。

更：替、换。（不是通常理解的"再"的意思）

【译文】

夕阳依傍着西山慢慢地沉没，滔滔黄河朝着东海汹涌奔流。

若想把千里的风光景物看够，那就要登上更高的一层城楼。

【解析】

谈判时要调整好心态

"欲穷千里目"，写诗人一种无止境探求的愿望，还想看得更远，看到目力所能达到的地方，唯一的办法就是要站得更高些，"更上一层楼"。"千里""一层"，都是虚数，是诗人想象中纵横两方面的空间。"欲穷""更上"中包含了多少希望，多少憧憬。后来人们用来形容高瞻远瞩的战略眼光。

谈判是双方利益的较量，是语言驾驭能力的表现，更是双方心态和眼光的较量。谈判要有缜密的逻辑思维能力，不能给对方留下任何可乘之机，否则，就是失败。

在商务谈判中，谈判者要把自己的思想通过有声语言，准确地传达给对方，使对方在心灵深处引起良好的反应，这不仅需要高超的驾驭语言的能力，良好的心理素质，而且需要缜密的逻辑思维能力。所以，谈判是思想、语言、自身修养各方面的有机统一。确切地说，谈判是一种面对对方的思维活动，是使用思想感情进行创作的过程，这一过程首先是借助于对方所能理解的语言来完成的。所以，为了提高谈判的成功率，谈判者必须注意从语言、逻辑和心理素质三方面训练自己。

1. 谈判中的语言艺术

在谈判中，语言表达能力至关重要，通过叙事清晰，论据充分的语言表达，往往能够有力地说服对方，达成相互之间的谅解，发现双方的共同目标和利益，取得谈判的成功。萨道义说："谈判技巧的最大秘诀之一，就是善于将自己要说服对方的观点一点一滴地渗进对方的头脑中去。"也就是说，从不同的角度，运用有说服力的语言，向对方说明自己的观点和意见，阐明双方的利益，使对方明白这些观点和建议对双方都是有益的。

我国一家进出口公司在与东欧一家集装箱公司谈判中，因价格问题出现了僵局，对方希望向我国出口集装箱，但认为我方开价太低，因而僵持不下。我方代表面对僵局不慌张、不气馁，针对对方瞄准了中国这个大市场的急切心理，首先简述了我国改革开放的形势变化，以及货物运输量日益增长、急需大量集装箱的国情，表示了愿意继续与对方合作的诚意。同时，也实事求是地讲述了我国各方面都在建设，经济上不宽裕的实情。如果对方在价格上适当优惠的话，我们还将从贵公司进口更多的产品，今后合作的前景还十分广阔。通过几轮谈判，最终达成了协议。可见语言表达的成功与否，在谈判中十分重要。

2. 谈判中的逻辑艺术

正确认识逻辑在谈判中的作用，并巧妙运用好逻辑这个思维工具是很重要的。谈判者的实际力量包括两个方面，一是物质力量，一是精神力量。物质力量是客观的，而精神力量虽带有主观成分，但在谈判中往往具有决定性作用。因为它是谈判者自觉能动性的反映。古今中外的许多谈判实例都说明了这一点。例如，战国时期，楚国的蔺相如只身入虎穴，在秦王面前，凭着高超的谈判技巧，击败了秦王夺取和氏璧的阴谋。这些卓越的谈判高手之所以成功，其重要的原因便是他们将谈判中的逻辑因素和谈判的内容、时机等巧妙地融为一体，充分发挥了人的主观能动作用，使抽象的真理在对方面前呈现为"立体"形象，从而具有很强的说服力和吸引力。

假如你到一个统一价格的国营商店去买一件高级时装，要售货员将标价降为九五折出售，这显然是办不到的。可是换一个地点你的建议就不一定行不通了。如果你到一家缺乏现金的个体户商店，店主很可能十分乐意薄利多销，收入现金去周转。所以，如果你善于运用逻辑方法去观察，去调查研究，去合理地判断、推理，就能预测谈判中可能发生的具体情况。要想使该谈判成功，你必须了解对方需要，然后帮助他达到目的。如果某人在一次谈判中说："这是我的最低价了。"你不要以为这是个绝话。你要推测：这是表面最低价，还是真实最低价？因为这可能是对方的一种策略。这时你必须运用各种逻辑艺术手段，进行探测、分析，作出决策。

谈判中的言语不但是思想的媒介，而且是思维的一种有效的工具。语言与思维紧密联系在一起。谈判中的语词、词句、句群与概念、判断、推理相对应，谈判要求用词准确，逻辑要求概念明确，二者互为表里。谈判要求句子通畅、完整、正确，实际就是逻辑的判断恰当。谈判要求正确组织复句和句群，也就是要求合乎逻辑地推理。概念明确、判断恰当：推理合乎逻辑是谈判语言正确表达的基础。具有说服力的成功谈判，总是包含着无懈可击的逻辑性。

3. 谈判者的心理素质

在谈判中，谈判者的心理素质是否过硬，对谈判的成功与否起着重要的作用。学会忍耐则是对谈判者心理素质的最基本要求。比如，对方提出出了意料的苛刻条件；对方的态度极不友好；对方为压倒他人而不择手段。在这些情况下，是考验一个谈判者忍耐的基本功的时候。如若不忍，立即就会使谈判呈现出紧张状态，甚至使谈判中断。所以，为了谈判的成功，必须学会忍耐。

适可而止是一种忍耐。在谈判中，对于谈判者来说，最重要的是要懂得该在什么时候去取得某种利益，同时要懂得该在什么时候放弃某种利益。

设身处地地为对方考虑，是学习忍耐的一种方法。谈判中，双方毫无疑问地要首先考虑自己的利益，都想在利益上占据优势。为此，双方可能争持不下，弄得面红耳赤，往往使问题得不到恰当的解决。但是，如能设身处地地为对方想一想，矛盾也许就能有所缓和，使谈判出现转机。

总之，学会忍耐不仅是谈判者的一种手段，而且也是谈判者是否成熟的标志。

【口才举例】

例1：

蒙蒙期末考试是班上的第一名，老师在其成绩单上写下评语：

蒙蒙成绩一直名列前茅，这次又是第一名，让人高兴。蒙蒙也是一个很懂礼貌的孩子，团结同学，心地善良，同情弱小；身为班长，发挥了协同老师管理班集体的作用；积极参加课外活动，在活动的组织当中能显出克服困难和协调组织成员的能力，很难得。当然，蒙蒙有时候脾气有些大，不是很听从劝说，不过我们相信蒙蒙下学期能够改正这个小缺点。"欲穷千里目，更上一层楼。"希望蒙蒙在以后的学习中再接再厉，争取更大的进步！

例2：

某电视台主持人最早主持娱乐节目，后来转而主持社会评论方面的节目。有人问她为什么要放弃轻车熟路而走进不太擅长的领域，她回答说：

"欲穷千里目，更上一层楼。"在一个山头上看到美丽的风景，但只能看到一个角度的风景，如果能登上另一个山头，看到的将是另一个角度的美景。娱乐节目我已经做了十年，经历了很多很风光很气派的场合，见识了很多很华丽很热闹的场面，确实激动人心——那是很多人都想挤进去的地方。但是就我个人而言，我已经对此很厌倦了。我想体验另一种生活，一种冷静睿智的生活，所以我选择了这个专门剖析社会现象的栏目。刚刚起步，做得也不是很好，但很多观众不计较，继续支持我，我很感动。相信我会熟悉这个节目，相信我一定能做得很好。

例3：

小艺已经是某公司的财务总监，但她却放弃条件优越的工作去念研究生了。新结识的室友问小艺是怎样想的，她回答说：

用一句古诗来表达吧，叫作"欲穷千里目，更上一层楼"。我来读书只是想提升自己，充实自己，让脑袋里的东西多一些。工作虽然很好，但有时候觉得力不从心，感到知识储备稍微欠缺了一点。如果在学校跟着老师再静心钻研几年，可能以后会有更好的发展。再说，我也有些累，可以趁此机会休息几年，调节一下。钱是挣不完的，也没有必要挣那么多堆在屋子里欣赏，所以人没有必要活得太累……

君不见黄河之水天上来，奔流到海不复回——在和谐的氛围里开始谈判

【出处】李白《将进酒》

【原诗】

君不见黄河之水天上来，奔流到海不复回。

君不见高堂明镜悲白发，朝如青丝暮成雪。

人生得意须尽欢，莫使金樽空对月。

天生我材必有用，千金散尽还复来。

烹羊宰牛且为乐，会须一饮三百杯。

岑夫子，丹丘生，将进酒，杯莫停。

与君歌一曲，请君为我倾耳听。

钟鼓馔玉不足贵，但愿长醉不复醒。

古来圣贤皆寂寞，惟有饮者留其名。

陈王昔时宴平乐，斗酒十千恣欢谑。

主人何为言少钱，径须沽取对君酌。

五花马，千金裘，

呼儿将出换美酒，与尔同销万古愁。

【注释】

将进酒：属乐府旧题。将：请。

君不见：乐府中常用的一种夸语。

天上来：黄河发源于青海，因那里地势极高，故称。

高堂：房屋的正室厅堂。一说指父母。一作"床头"。

青丝：喻柔软的黑发。一作"青云"。

成雪：一作"如雪"。

得意：适意高兴的时候。

金樽：中国古代的盛酒器具。

会须：正应当。

岑夫子：岑勋。丹丘生：元丹丘。二人均为李白的好友。

杯莫停：一作"君莫停"。

与君：给你们，为你们。君，指岑、元二人。

倾耳听：一作"侧耳听"。

钟鼓：富贵人家宴会中奏乐使用的乐器。

馔玉：形容食物如玉一样精美。

不复醒：也有版本为"不用醒"或"不愿醒"。

陈王：指陈思王曹植。

平乐：观名。在洛阳西门外，为汉代富豪显贵的娱乐场所。

恣：纵情任意。

谑：戏。言少钱：一作"言钱少"。

径须：干脆，只管。沽：买。

五花马：指名贵的马。一说毛色作五花纹，一说颈上长毛修剪成五瓣。

尔：你。销：同"消"。

【译文】

你难道看不见那黄河之水从天上奔腾而来，波涛翻滚直奔东海，从不再往回流。你难道看不见那年迈的父母，对着明镜悲叹自己的白发，早晨还是满头的黑发，怎么才到傍晚就变成了雪白一片。（所以）人生得意之时就应当纵情欢乐，不要让这金杯无酒空对明月。每个人的出生都一定有自己的价值和意义，黄金千两（就算）一挥而尽，它也还是能够再得来。我们烹羊宰牛姑且作乐，（今天）一次性痛快地饮三百杯也不为多！岑夫子、丹丘生啊！快喝酒吧！不要停下来。让我来为你们高歌一曲，请你们为我倾耳细听：整天吃山珍海味的豪华生活有何珍贵，只希望醉生梦死而不愿清醒。 自古以来圣贤无不是冷落寂寞的，只有那会喝酒的人才能够留传美名。陈王曹植当年宴设平乐观的事迹你可知道，斗酒万千也豪饮，让宾主尽情欢乐。主人呀，你为何说钱不多？只管买酒来让我们一起痛饮。那些什么名贵的五花良马，昂贵的千金狐裘，把你的小儿喊出来，都让他拿去换美酒来吧，让我们一起来消除这无穷无尽的万古长愁！

【解析】

在和谐的氛围里开始谈判

人们常说"虎头蛇尾"，这一方面说明有的人做事缺乏恒心，做事有头无尾，但另一方面也说明"好的开始是成功的一半"。就谈判而言，如果在谈判一开始就形成良好的气氛，双方就容易沟通，便于协商。所以每个谈判者都喜欢在一个良好的气氛中进行谈判。

谈判能否取得成功，在很大程度上取决于谈判的氛围。一位专家曾这样说："一个老谋深算的人应该对任何人都不说威胁之词，不发辱骂之言，因为二者都不能削弱敌手的力量。威胁会使他们更加谨慎，使谈判更艰难；辱骂会增加他们的怨恨，并使他们耿耿于怀，以言辞伤害你。"

在谈判进程中，应始终如一地与洽谈对手以礼相待，事事表现出真诚的敬意。坚持平等协商，没有高低贵贱之分，相互尊重。不允许仗势压人、以大欺小。如果在谈判开始时有关各方在地位上便不平等，那么是很难达成让各方心悦诚服的协议的。同时，要求各方在洽谈中要通过协商，即相互商量，求得谅解，而不是通过强制、欺骗来达成一致。要明确各方之间的关系，要做到人与事分别而论，谈判桌上是对手，谈判桌外是朋友。

对谈判氛围的把握与控制，依赖于谈判的礼节。当然，遵从谈判的礼节也不一定能取得谈判的成功，但至少可以给人留有余地，为以后再谈判创造条件。

在谈判过程中，要将"礼仪"摆在首位。在任何情况下，都应本着心平气和、彬彬有礼、互敬互爱的原则与谈判对手相处。即使产生利害冲突，也要时刻保持绅士风度。最好是站在对方立场上考虑问题，这样对出现双赢的局面有很大帮助。

谈判不同于决一胜负的比赛。如果纯粹以一决雌雄的态度展开谈判，谈判者势必要竭力压倒对方，以达到自己单方面期望的目标，即使善于巧言令色，也要冒一败涂地的风险。因为策动人们谈判的动力是"需要"，双方的需要和对需要的满足是谈判的共同基础，对于共同利益的追求是取得一致的巨大动力。因此，真正成功的谈判，每一方都是胜者。

一般说来，谈判可分为合作性谈判和竞争性谈判两大类型。不管是哪种类型的谈判都必须和"言"悦色"烧热炉灶"，以创造融洽气氛，沟通谈判双方，建立相互信任的人际关系。以下几种方法对谈判者可能会有所帮助。

1. 言谈举止礼貌

有个美国人到曼哈顿出差，想在报摊上买份报纸，发现未带零钱，只好递过10元整钞对报贩说："找钱吧！"谁知报贩很不高兴地回答道："先生，我可不是在上下班时来替人找零钱的。"这时，等在马路对面的朋友想换种说话方式来碰碰运气。他过来对报贩说："先生，对不起，不知你是否愿意帮助我解决这个困难，我是外地来的，想买份这儿的报纸，但只有一张10元的钞票，该怎么办？"结果，报贩毫不犹豫地把一份报递给了他，并且友好地说："拿去吧，等有了零钱再给我。"后者的成功在于礼貌待人，语言暖心，满足了对方"获得尊重的需要"，终于取得了对方的合作。

谈判之初，谈判双方接触的第一印象十分重要，言谈举止要尽可能营造出友好、轻松的良好谈判气氛。做自我介绍时要自然大方，不可露傲慢之意。被介绍到的人应起立并微笑示意。询问对方要客气，如有名片，要双手接递。介绍完毕，可选择双方共同感兴趣的话题进行交谈。稍作寒暄，以沟通感情，创造温和气氛。谈判之初的姿态动作也对谈判气氛起着重大作用，目光注视对方时，应停留于对方双眼至前额的三角区域正方，切忌双臂在胸前交叉。谈判之初的重要任务是摸清对方的底细，因此要认真听对方谈话，细心观察对方举止表情，并适当给予回应，这样既可了解对方意图，又可表现出尊重与礼貌。

2.改变人称，勿加评判

在谈判过程中，即使你的意见是正确的，也不要轻易对对手的行为和动机妄加评判，因为如果谈判失误，将会造成对立而难以合作。如发现对方对某项统计资料的计算方式不合理时，就贸然评论说："你对增长率的计算方式全都错了。"对方听了，显然一下难以接受。如果将这句话改变人称并换一种表述方式，其效果就大相径庭了："我的统计结果和你的有所不同，我是这样计算的……"对方听后就不会产生反感了。

这种方法的诀窍是：将"你"换成"我"，将评判的口吻改成自我感受的口吻。在一般的场合又应注意尽量避免使用以"我"为中心的提示语，诸如"我认为……""依我看……""我的看法是……""我早就这么认为……"，上述每一句开头的"我"都可改为礼貌用语"您"。

3.多用肯定，委婉拒绝

在适当的时候采用适当的方式肯定对方。若对方观点与己方一致或相接近时，或对方的要求属我方谈判计划中可作让步的问题，我方应抓住机会，中肯地肯定这些共同点和想法。同时，还应及时补充、延伸双方一致的论点，引导、鼓励对方畅所欲言，使谈判逼近目标。

如果在谈判中不同意对方的观点时，不要直接用"不"这个具有强烈对抗色彩的字眼。

即使对方态度粗暴，也应和颜悦色地用肯定的句型来表述否定的意思。比如，当对方情绪激动、措辞逆耳时，也不要指责说："你这样发火是没有道理的。"而应换之以肯定句说："我完全理解你的感情。"这样说既婉转地暗示"我并不赞成你这么做"，又使对方听了十分悦耳，对你的好感油然而生。

当谈判陷入僵局时，也不要使用否定对方的任何字眼，而要不失风度地说："在目前情况下，我们最多也只能做到这一步了。"

有时为了不冒犯对方，可适当运用"转折"技巧，即先予肯定、宽慰，再转折、委婉地否定并阐明自己的难处。如"是呀，可是……""我理解你的处境，但是……""我完全懂得你的意思，也完全赞成你的意见，但是……"这种貌似赞成，实则什么也没接受的表达方式，体现了"将心比心"这一古老的心理战术。它表示了对于对方的同情和理解，而赢得的却是"但是"以后所包含的内容。

【口才举例】

例1：

课堂上，头发花白的老教授对下面几百号学生说：

我们多读点史书吧。"君不见黄河之水天上来，奔流到海不复回。"帝王将相、英雄侠客、文人墨客、巾帼佳人在时间的淘洗下只剩下薄薄的几页白纸黑字，厚重的过去全部浓缩在一本书里头，想一想，那应该是多么让人着迷，多么让人神往的记忆！要知道一个人没有记忆是悲哀的，一个民族没有记忆是耻辱的，我们又怎能做一个没有记忆的人呢？

例2：

老刘十年前从机关跳槽出来在外打拼，至今也没有什么成就，朋友们很为他惋惜。他却这样回答：

"君不见黄河之水天上来，奔流到海不复回。"世界上哪有回头的河流呢？不是所有的鸟儿都可以锁在笼子里，不是所有飞出去的鸟儿都会眷念过去的锦衣玉食。离开那了无生机的机关，我的心灵得到了极大的自由。现在在外面闯荡，自然没有过去那样舒适安逸，但这样的生活让我更有活力，让我觉得自己是一个能够思考并为自己做主的人！

例3：

大学同学聚会时，20年不见的老同学感慨无限。当了作家的大成说：人到中年，才真正知道"压力"为何物；更明白了在岁月的匆匆步履中，自己已被无情地判定了这一生的归宿——你会发现，很多事情我们都无法自己去做主了。"君不见黄河之水天上来，奔流到海不复回。"时光迅疾流逝，我们的双手都无法遮挽。我们所能做的，就是尽可能珍惜所剩下的宝贵时间。

过去的赶不上也追不回，将来还是值得去奋斗的。

儿童相见不相识，笑问客从何处来——投石问路，摸清底细

【出处】 贺知章《回乡偶书二首·其一》

【原诗】

少小离家老大回，乡音无改鬓毛衰。

儿童相见不相识，笑问客从何处来。

【注释】

偶书：随便写的。偶：说明诗写作得很偶然，是随时有所见、有所感就写下来的。

少小离家：贺知章三十七岁中进士，在此以前就离开家乡。

老大：年纪大了。贺知章回乡时已年逾八十。

乡音：家乡的口音。

无改：没什么变化。一作"难改"。

鬓毛衰：指鬓毛减少，疏落。鬓毛：额角边靠近耳朵的头发。一作"面毛"。衰：减少，疏落。

相见：即看见我。相：带有指代性的副词。

不相识：即不认识我。

笑问：一本作"却问"，一本作"借问"。

【译文】

我在年少时离开家乡，到了迟暮之年才回来。我的乡音虽未改变，但鬓角的毛发却已经疏落。儿童们看见我，没有一个认识的。他们笑着询问：这客人是从哪里来的呀？

【解析】

投石问路，摸清底细

"笑问客从何处来"，在儿童，这只是淡淡的一问，言尽而意止；在诗人，却成了重重的一击，引出了他的无穷感慨，自己的老迈衰颓与反主为宾的悲哀，尽都包含在这看似平淡的一问中了。

问也是一种学问，谈判中应该适当地进行提问，这是发现对方需要的一种重要手段。商务谈判中常运用"问"作为摸清对方需要，掌握对

方心理，表达自己感情的手段。在谈判中，发问是使自己"多听少说"的一种有效方法。问能引起他人注意的问题，促使谈判顺利进行；问能获取所需信息的问题，以此摸清对手底细；问能引起对方思考的问题，控制对方思考的方向；问能引导对方做出结论的问题，达到己方的目的；问有已知答案的问题，用以证明对方的诚实与可信度。

有一位教徒问神甫："我可以在祈祷时抽烟吗？"他的请求遭到神甫的严厉斥责。而另一位教徒又去问神甫："我可以吸烟时祈祷吗？"后一个教徒的请求却得到允许，悠闲地抽起了烟。这两个教徒发问的目的和内容完全相同，只是谈判语言表达方式不同，但得到的结果却相反。由此看来，技巧高明的发问能赢得期望的谈判效果。

谈判的语言技巧在营销谈判中运用得好可带来营业额的高增长。

某商场休息室里经营咖啡和牛奶，刚开始服务员总是问顾客："先生，喝咖啡吗？"或者是"先生，喝牛奶吗？"其销售额平平。后来，老板要求服务员换一种问法，"先生，喝咖啡还是牛奶？"结果其销售额大增。原因在于，第一种问法，容易得到否定回答，而后一种是选择式，大多数情况下，顾客会选第一种。

如何"问"是很有讲究的，重视和灵活运用发问的技巧，不仅可以引起双方的讨论，获取信息，而且还可以控制谈判的方向。到底哪些问题可以问，哪些问题不可以问，为了达到某一个目的应该怎样问，以及问的时机、场合、环境等，应了解和掌握下面一些基本常识和技巧。

1. 做好准备

应该预先准备好问题，最好是一些对方不能够迅速想出适当答案的问题，以期收到意想不到的效果。同时，预先有所准备也可预防对方反问。

有经验的谈判人员，往往是先提出一些看上去很一般，并且比较容易回答的问题，而这个问题恰恰是随后所要提出的比较重要的问题的前奏。这时，如果对方思想比较松懈，我们突然提出较为重要的问题，其结果往往是使对方措手不及，收到意想不到之效。因为，对方很可能在回答无关紧要的问题时即已暴露其思想，这时再让对方回答重要问题，对方只好按照原来的思路来回答问题，或许这个答案正是我们所需要的。

2. 先听后问

在对方发言时，如果自己脑中闪现出疑问，千万不要中止倾听对方的谈话而急于提出问题，这时可先把问题记录下来，等待对方讲完后，有合适的时机再提出问题。

同时，在倾听对方发言时，可能会出现马上就想反问的念头，切记这时不可急于提出自己的看法，因为这样做不但影响倾听对方的下文，而且会暴露自己的意图，这样对方可能会马上调整其后边的讲话内容，从而使自己可能丢掉本应听取到的信息。

3. 避免刁难问题

要避免提出那些可能会阻碍对方让步的刁难问题，这些问题会明显影响谈判效果。事实上，这类问题往往只会给谈判的结局带来麻烦。提问时，不仅要考虑自己的退路，同时也要考虑对方的退路，要把握好时机和火候。

4. 等待时机，继续追问

如果对方的答案不够完善，甚至回避不答，这时不要强迫追问，而是要有耐心和毅力，等待时机到来时，再继续追问，这样做以示对对方的尊重，同时再继续回答对方问题也是对方的义务和责任，因为时机成熟时，对方也不可推卸。

5. 提出已有答案的问题

在适当的时候，可以将一个已经发生，并且答案也是大家都知道的问题提出来，验证一下对方的诚实程度及其处理事物的态度。同时，这样做也可给对方一个暗示，即我们对整个交易的行情是了解的，有关对方的信息我们也是掌握很充分的。这样做可以帮助我们进行下一步的合作决策。

6. 适可而止

不要以法官的态度来询问对方，也不要问起问题来接连不断。

如果像法官一样询问谈判对方，会造成对方的敌对与防范的心理和情绪。因为双方谈判绝不等同于法庭上的审问，需要双方心平气和地提出和回答问题，另外，重复连续地发问往往会导致对方的厌倦、乏味而不愿回答，有时即使回答也是马马虎虎，甚至答非所问。

7. 耐心等待回答

当我们提出问题后，应闭口不言，专心致志地等待对方做出回答。如果这时对方也是沉默不语，则无形中给对方施加了一种压力。这时，我们应保持沉默，因为问题是由我们提出的，对方就必须以回答问题的方式打破沉默，或者说打破沉默的责任将由对方来承担。

8. 态度要诚恳

如果我们提出某一问题而对方不感兴趣，或是态度谨慎而不愿展开回答时，我们可以转换一个角度，并且用十分诚恳的态度来问对方，以此来激发对方回答的兴趣。这样做会使对方乐于回答，也有利于谈判者彼此感情上沟通，有利于谈判的顺利进行。

9. 问题要简短

在谈判过程中，提出的问题越短越好，而由问句引出的回答则是越长越好。因此，我们应尽量用简短的句式来向对方提问。因为当我们提问的话比对方回答的话还长时，我们就将处于被动的地位，这种提问是失败的。

提出问题是很有力量的谈判工具，因此在应用时必须审慎明确。问题决定讨论或辩论的方向，适当的发问常能引导谈判的结果。

【口才举例】

例1：

一位台湾诗人到大陆演讲时这样表述了自己的思乡情怀：

故乡的歌是一支清远的笛，总在有月亮的晚上响起。故乡的面貌却是一种模糊的惆怅，仿佛雾里的挥手别离。别离后，乡愁是一棵没有年轮的树，永不老去。一首《乡愁》会在多少个月明之夜被多少人诵读！如今，我虽身处台湾，离别故乡多年，然而空间与时间的遥远并未阻断我对故乡的思念。

多少未归的游子并非遗弃了挂念，而是不忍面对"儿童相见不相识，笑问客从何处来"的尴尬与物是人非的凄凉。离乡多年的漂泊者，可能愈行愈远，但心里却永远将自身同故土紧密地联系在一起……

例2：

2005年10月29日，国民党政府代总统李宗仁的侄子、美籍华人李伦圆，回到家乡祭祖省亲、捐资助学，并捐赠李宗仁的遗物。在返回美国之前，他感慨颇深地说：

这是我自1947年秋天阔别家乡58年后第一次回到故里。离乡时我年方15，今年已经73岁了。将近一个甲子啊！"儿童相见不相识，笑问客从何处来。"这次回来，我受到了家乡亲人的热烈欢迎。每到一处，都变化很大，不认得了；每遇到一个人，不管认不认识，他们都会像老熟人一样，用熟练的家乡话和我打招呼，认真听我述说别后的离情和思念。

例3：

小玉6岁时随父母搬进省城，而今已是3岁孩子的母亲。这一天，她带着孩子回到家乡，找到了儿时的朋友小珍：

小玉：你是小珍吧，咱们小时候常在一起玩哟！

小珍：你是谁呀，我还真认不出你了。

小玉：我是小玉呀，小时候咱们常常一块去村边的小河里捉虾，你都不记得了？

小珍：噢，小玉，想起来了，那会儿咱俩可是最要好的！你看我这记性，这不成"儿童相见不相识，笑问客从何处来"了吗？

雨落不上天，水覆难再收——一言既出，绝不改口

【出处】李白《妾薄命》

【原诗】

汉帝重阿娇，贮之黄金屋。

咳唾落九天，随风生珠玉。

宠极爱还歇，妒深情却疏。

长门一步地，不肯暂回车。

雨落不上天，水覆难再收。

君情与妾意，各自东西流。

昔日芙蓉花，今成断根草。

以色事他人，能得几时好。

【注释】

"汉帝"两句：汉武帝曾有语："若得阿娇作妇，必作金屋贮之。"

"咳唾"两句：这里化用的是《庄子》里的故事。《庄子·秋水》中有："子不见夫唾者乎？喷则大者如珠，小者如雾，杂而下者不可胜数也。"

水覆难再收：传说姜太公的妻子马氏，不堪太公的贫困而离开了他。到太公富贵的时候，她又回来找太公请求和好。太公取了一盆水泼在地上，令其收之，不得，太公就对她说："若言离更合，覆水定难收。"

君：指汉武帝。

妾：指阿娇。

断根草：比喻失宠。

【译文】

汉武帝曾经十分宠爱阿娇，为她筑造金屋让她居住。武帝对她娇宠万分，即使她的唾沫落下，也会被看作像珠玉那样珍贵。娇宠到极点，恩爱也就停歇了，武帝对她的情意渐渐停歇淡薄。阿娇被贬长门后，即使与武帝的寝宫相距很近，武帝也不肯回车，在阿娇那里暂时停留。雨落之后再不会飞上天空，覆水也难再收回。武帝与阿娇的情意，各自东西。往日美丽的芙蓉花，今日成为凄凉的断根之草。如果凭借姿色侍奉他人，相好的日子是十分短暂的。

【解析】

一言既出，绝不改口

关于覆水难收有这样一个典故：

商朝末年，有个足智多谋的人物，姓姜名尚，字子牙，人称姜太公。因先祖封于吕，又名吕尚。他辅佐周文王、周武王攻灭商朝，建立周朝，立了大功。后来封在齐，是春秋时齐国的始祖。

姜太公曾在商朝当过官，因为不满纣王的残暴统治，弃官而走，隐居在陕西渭水河边一个比较偏僻的地方。为了取得周族的领袖姬昌（即周文王）的重用，他经常在小河边用不挂鱼饵的直钩，装模作样地钓鱼。姜太公整天钓鱼，家里的生计发生了问题，他的妻子马氏嫌他穷，没有出息，不愿再和他共同生活，要离开他。姜太公一再劝说她别这样做，并说有朝一日他定会得到富贵。但马氏认为他在说空话骗她，无论如何不相信。姜太公无可奈何，只好让她离去。

后来，姜太公终于取得周文王的信任和重用，又帮助周武王联合各诸侯攻灭商朝，建立西周王朝。马氏见他又富贵又有地位，懊悔当初离开了他，便找到姜太公请求与他恢复夫妻关系。

姜太公已看透了马氏的为人，不想和她恢复夫妻关系，便把一盆水泼在地上，叫马氏把水收起来。马氏赶紧趴在地上去取水，但只能收到一些泥浆。于是姜太公冷冷地对她说："你已离我而去，就不能再合在一块儿。这好比泼到地上的水，难以再收回来了！"

后来人们用"覆水难收"形容说过的话、做过的事都既成事实，无法收回或更改。

君子一言，驷马难追。谈判的原则就是说出的话不能收回，所以出口要慎重，说出了就不要后悔，积极寻找解决措施。

有一次，一位小伙子到小摊上去买一套运动服。

小伙子同卖主进行了一番讨价还价。最后，卖主提出的最低价格是68元。

小伙子没有接受他的要价，交易告吹。

后来，小伙子又到其他摊点去寻找他要买的运动服。

但由于其他摊点的运动服不是式样不合他的心意，就是要价太高，小伙子又返回原来那个卖主那里，同卖主再次讨价还价。

当小伙子提出接受他原来的要价，按68元的价格成交时，卖主却十分自信地说：

"现在卖72元，68元太优惠你了。"

小伙子和这位卖主进行了一番讨价还价以后，最后勉强以70元的价格成交。

小伙子之所以在这次讨价还价中再次退让妥协，是因为他吃了"回头草"。在讨价还价失败、交易告吹后，又回头请求对方卖货，让对方把握住了他的心理状态。

一般来说，如果双方谈判中未达成协议，并且没有创造再次讨价还价的条件，或者交易完全破裂后，买方不能回头同卖方再次进行讨价还价。

买方如要吃"回头草"，同卖方再次讨价还价，就十分被动了。这就说明买方看中了卖方的商品，买方对商品十分感兴趣。总之，想成交的是买方而不是卖方。

这就无意中抬举了卖方。买方会因此而由强变弱，只能进行"强求"和"恋战"了。这时，卖方很可能会抓住机会，狠狠敲买方一记竹杠。或者抬高价格，或者提出苛刻的条件。

谈判中，如果你不慎说了一些错话，或做错了某件事情，也不要马上轻易地改口认错，要给人一个你仍然很正确的感觉。因为，倘若你轻易地认错、改口，会使对方掌握主动权，造成你的损失。

欧美一些国家，常发生这样的事，两辆汽车相撞以后，双方车主不会首先道歉。因为，如果一方首先道歉，这就等于承认了是自己的过失，那就必须承担所有的责任。

明明讲错了，或讲出不妥的话，却坚持不改口，这种方法虽有点近于不讲理，但在谈判中却相当有效。

轻易地改口，往往会招来许多麻烦。所以有时不如来个"死不改口"。

要坚持"自己有理"的态度，就不可失去冷静和理智，尤其是千万不要向对方说出诸如"到底怎么办"之类的话。

你一旦在谈判中改了口，就等于暴露了自己的弱点，你的辫子就会被对方抓住不放。

当然，不是说任何情况下都不改口，具体情况具体分析。总之，在谈判中，要尽量避免对方利用你的改口，置你于不利的境地。

【口才举例】

例1：

贺林三年前和有外遇的丈夫离了婚，上个月丈夫请求复婚，贺林很坚决地拒绝道：

"雨落不上天，水覆难再收。"我对你的感情，已经随着那年你果决地要求离婚的劲头丧失殆尽。你是知道我的性格的，你当时有抛弃我的理由，我现在也有拒绝你的理由。也请你不要用青青作为复婚的借口，她已经18岁了，长大了，也习惯了没有父亲的生活。我们现在过得很好，我也不孤单，碰到我真正中意的人我会和那个人过完下半生。但那个人绝对不是你。

例2：

陈老过世时儿孙们都很悲痛，他的一位老友因病而无法赶回来参加葬礼，就发来唁电安慰他们说：

敬闻学长仙逝，无比悲痛。很多往事一一浮现眼前，让人心痛落泪。我和学长相识于英国求学的清贫岁月，两人同窗共读，共同体味欢乐和艰苦，到如今依然不胜唏嘘。学长长我十岁，一直用兄长般的情谊照顾我，但我现在竟然不能回来送学长一程，实在无情无义，敬请原谅。敬重学长达观超脱、淡看一切的人格，也为他无疾而终，八十有二的人生历程高兴。"雨落不上天，水覆难再收。"死者已死，生者还生，还望你们不要过于悲痛。

例3：

李刚和父亲发生争执，说了一些过激的话。事后，他很后悔地对母亲说：爸爸是不是很难过？其实我也很难过。"雨落不上天，水覆难再收"，说出的话我也不知道该怎样去补救。从小就和爸爸比较生疏，也缺乏交流，到现在也是如此，话总是不能说到一处去，他不理解我，我也不理解他。但是，我一直很爱他，他是我的爸爸，我怎能不爱他呢？可是我不明白，为什么我和他不能沟通。我一直为此苦恼，一直为此痛苦，我心里真的很难受……

来值渚亭花欲尽，一声留得满城春——用最佳语言进行谈判

【出处】 赵嘏《淮南丞相坐赠歌者虞姹》

【原诗】

绮筵无处避梁尘，虞姹清歌日日新。

来值渚亭花欲尽，一声留得满城春。

【注释】

梁尘：指歌声高亢美妙，似乎把屋梁上的尘土也震落下来了。

渚：水中间的小块陆地。

【译文】

在华贵盛大的宴席之上，没有地方躲避梁上的灰尘，虞姹清丽的歌唱每天都有新样。来的时候正值水渚上的花儿都快凋谢了，（但虞姹）高歌一声留住了满城的春色。

【解析】

用最佳语言进行谈判

这首赠诗描绘了歌者的美妙歌声，最后一句用夸张的手法极言虞姹歌声的美妙动人，想象新颖而绝妙。

是的，美好的声音和语言让人感觉如春风拂面，令人激动畅快。谈判语言有多种，要求也各不相同，在这里所谈的是口语表达的要求。口语表达，涉及的方面也很多，如声音、语气、节奏等，但各方面又有其特定要求。

1. 简练

简练就是用最少的语言表达尽量多的内容。这是所有书面和口头语言的共同要求。简练不等于话少，内容空洞，话少也不能算简练。语言的简练是与内容相对而言的。内容丰富，洋洋万言也可以是简练的。谈判语言的简练，书面语与口语又有些差别。书面语的阅读可以不受时间限制，为了尽可能简练，甚至可以使用一些古典词语。而口语除了要考虑把意思表达得明白、巧妙之外，还要考虑到对方是否能听懂。反过来说，真正简练的语言是最能突出讲话主题的，是易使对方接受的。因

为啰啰唆唆，表面看很细致，但听起来主次不清，重点不突出，云遮雾罩，令人不知所云。过分的简练，对方思路跟不上也起不到交流信息的作用。

要做到语言简练，首先要训练思维，想不清楚就说不明白，思维不清晰，语言就不会简明扼要；其次，平日就要对语言简练有自觉练习，不随便放过每一个锻炼的机会，没有这方面的练习，就不会有这方面的提高。谈判前临阵磨枪固然不可忽视，但没有长期的基本功训练，临场是很难应付自如的。最后，要进行心理调整。情绪激动，有时会急中生智，但更多的时候则会导致思维混乱，思维一乱，语言就必然颠三倒四，条理不清。

在谈判中，每次说话前，先要进行自我心理调控，尽量稳定情绪，以保持头脑清醒，然后想清要表达什么意思，哪些是主要的，先说什么，后说什么，不说什么，哪些词语最能表达内心的意思，前后句怎样衔接连贯等。说话时，还应放慢速度。这是说，思维比语言表达越快，越超前，组织语言就越从容，语言组织得也就越简练。说话拖拖沓沓，主要原因是思维太慢，大脑兴奋度低。稳定情绪，兴奋大脑，活跃思维，放慢说话速度，要加上平时练习，说前准备，做到这些，就不难做到语言简练了。

2. 委婉

委婉是一种运用迂回曲折的含蓄语言表达本意的方法。由于它在人际交往中应用广泛，而且千变万化，也被认为是一种语言风格。在谈判中，由于特定原因，有些话不便直说，而委婉可以给语言造成一定的弹性，因此，人们又称委婉为谈判的缓冲术。其作用大致有两点：

（1）给自己留面子。在谈判中，有些要求直说可能为难，有些问题回答不出来或回答了会给自己造成难堪，而委婉则可以解决这个问题。

（2）给对方留面子。人有受到尊重的需要，能否维护或伤害对方自尊心，常常是影响谈判成败和合作关系好坏的直接原因。有些话，如拒绝对方要求，阐明与对方不一致的观点，或批评对方等，说得不当，极容易引起对方的敌意或不快。这时，委婉含蓄地表达，既能说出难言的意思，又使对方乐于接受。

一个优秀的谈判者，常常善于顾全双方的面子，使谈判得以在融洽的气氛中顺利进行，况且商务谈判不仅仅是为了追求经济效益，建立良好的人际关系也应该是目的之一。我们既要有勇气说"不"，又不要把"不"字说出来。委婉是将谈判的问题与人分开对待的高明艺术手段。

例如，在许多谈判中，一方谈判者总要对对方的动机和意图进行没完没了的揣摩。然而，从问题对你有影响的方面而不以他们什么或为什么那样做的方面描述问题将更有说服力。要说"我没听明白，请你再说一遍"，而不说"你没说清楚，请再说一遍"；要说"我感到失望"，而不说"你失言了"；要说"对你们的要求，我们商量一下再主动与你们联系"，而不说"你们的要求是无理的，我们不能接受"。这样对方就不会恼怒你，他可能会为问题而烦恼，但对你是理解的。

3. 幽默

幽默对于谈判有着不可忽视的作用。当事情的讨论达到高潮或时限将到的时候，紧张的气氛往往会令人变得浮躁和头痛。这时幽默就像降压灵、镇静剂一样，可以有效地缓和紧张气氛。对一些问题不想回答的时候，幽默是最好的回答，它既可以避开实质性的回答和对方的继续追问，又不至于产生难堪的僵持局面。当须揭穿对方的荒谬和虚假又不想激怒他的时候，幽默也不失为一种很好的方法。谈判的双方既合作又矛盾，相互间难免磕磕碰碰，幽默可以避免这种硬碰硬。运用得好，可以化干戈为玉帛，变紧张为轻松，创造出友好和谐的谈判氛围。

（1）快速构想。先确立目标，然后设想分几步达到目标。自己怎么说，对方可能怎么说，自己再怎么说，对方又会怎么说……如同制定作战计划一样。不过制订作战计划往往有一定的时间保证，而幽默则是即情即景的临场发挥，构想尤其要快。请看下面的例子：

一个顾客在酒店喝啤酒，他喝完第二杯之后，转身问老板："你们这儿一星期能卖多少桶啤酒？""7桶。"老板因生意不佳有些不悦。"那么，"顾客说，"我有一个办法，能使每星期卖掉70桶。"老板很惊喜，忙问："什么办法？"

"这很简单，你只要将每个杯子里的啤酒装满就行。"

这个顾客的目标是批评老板卖酒不足杯。他是分三步达到目标的。先询问，然后抛出诱饵，最后实现目标。这有点像高手下棋，一眼看出了三步棋。

（2）超常规联想。幽默产生于语言的反常组合，即语言组合与人们共有知识有违，完全超出人们可以预料的范围。不过幽默并不产生于语言自身的变化，而是来自超常规的思路。超常规的思路又来自超常规的联想。例如：

某西餐馆内顾客和服务员之间的一段对话：

顾客："我的菜还没做好吗？"

服务员："您订了什么菜？"

顾客："炸蜗牛。"

服务员："噢，我去厨房看一下，请您稍等片刻。"

顾客："我已经等了半个小时啦！"（生气地说）

服务员："这是因为蜗牛是行动迟缓的动物……"（两人都笑了）

蜗牛"行动迟缓"与"等了半个小时"之间显然没有因果关系，而服务员却超常规地将二者用一个共同特征"慢"联系到一起，产生了幽默的效果，使顾客转怒为笑。

（3）故意曲解。对方的话可能有多种解释，其中有的符合己方意愿，有的则不，故意曲解就是有意违背对方意愿。如：

一位顾客在饭店吃饭，米饭中沙子很多，他不得不把它们吐在桌上，服务员见此情景很是不安，抱歉地说："净是沙子吧？"顾客摇摇头微笑地说："不，也有米饭。"顿时两人都笑了。

服务员的意思是沙子多，而不是全是沙子，顾客的回答则是根据服务员问话的字面意思承接的，这就收到了亦正亦奇的幽默效果。

（4）巧妙对接。接过问句，将它的词语或词序稍加改动，做出形式相似、内容相反的回答。如：

穷人："早上好，先生，你今天出来得早啊？"

富人："我出来散散步，看看是否有胃口对付早餐，你在干什么？"

穷人："我出来转转，看看是否有早餐对付胃口。"

形式变化小，内容变化大，一小一大的反差，造成了幽默的效果。

213

【口才举例】

例1：

一天，阿乔问父亲当年是怎样赢得母亲芳心的，父亲哈哈一笑，然后说：你妈妈当年很高傲，真的像只骄傲的孔雀！不过我也英俊潇洒且才华横溢嘛，当然比别人要少遭点白眼。更重要的是，我有愈挫愈勇的信心，这是很多人所缺乏的。记得你妈妈答应和我交往是1982年阴历五月十五的晚上，当时月亮好极了。那天，看完电影我送她回家，经过一丛夹竹桃，我就问你妈妈，你妈妈竟然答应了！小子，你知道我当时的感受么？她那一个"好"字似乎响彻云霄，真可谓"一声留得满城春"啊。

例2：

柳玉是小有名气的花腔女高音，西洋歌剧是她最擅长的。朋友杨叶看过她的演出后，不由赞叹道：

三年不见，唱功又大增了，真的是名师出高徒啊。我尤其喜欢你那曲《我哭泣，为我的命运》，是亨德尔的作品吧？你唱得真的很好，中气很足，吐字清晰稳定，给人很流连的感觉，就像古人所形容的那样，"来值渚亭花欲尽，一声留得满城春"。我想这城里的花儿听了你的歌声后，肯定都不愿意凋谢了。音乐真是好东西，让人沉醉，令人忘记了时间的流逝……

翻手作云覆手雨，纷纷轻薄何须数——谈判时需要一点策略

【出处】杜甫《贫交行》

【原诗】

翻手作云覆手雨，纷纷轻薄何须数。

君不见管鲍贫时交，此道今人弃如土。

【注释】

贫交行：描写贫贱之交的歌。贫交，古歌所说："采葵莫伤根，伤

根葵不生。结交莫羞贫，羞贫友不成。"贫贱方能见真交，而富贵时的交游则未必可靠。

覆：颠倒。

管鲍：指管仲和鲍叔牙。管仲早年与鲍叔牙相处很好，管仲贫困，也欺骗过鲍叔牙，但鲍叔牙始终善待管仲。现在人们常用"管鲍"来比喻情谊深厚的朋友。

弃：抛弃。

【译文】

有些人交友，翻手覆手之间，一会儿像云的趋合，一会儿像雨的纷散，变化多端，这种贿赂之交、势利之交、酒肉之交是多么地让人轻蔑愤慨、不屑一顾！可是你看，古人管仲和鲍叔牙贫富不移的君子之交，却被今人弃之如粪土。

【解析】

谈判时需要一点策略

"翻手作云覆手雨"给人一种势利之交"诚可畏也"的感觉。得意时的趋合、失意时的纷散，翻手覆手之间，忽云忽雨，其变化迅速无常。后多用来形容狡诈多变，反复无常，惯于玩弄手段和策略。

在谈判时，要想取得谈判的胜利，"不择手段"也是非常必要的。谈判双方都有各自的利益和底线，只要不违背大原则，诈术还是可以使用的。

阿里森是美国一家电器公司的推销员。一次，他到一家公司去推销电机。这家公司前不久刚从阿里森手中买过电机，由于使用不当，电机的温度超过了正常的发热指标，所以，这家公司的总工程师一看到他就不客气地说："阿里森，你不想让我多买你的电机吗？"阿里森在仔细地了解了情况之后，发现总工程师的说法是不正确的，但他没有强行辩解，而是决定以理服人，让客户自己改变态度。于是他微笑着对这位总工程师说："好吧，斯宾塞先生，我的意见和你的一样，如果那电机发热过高，别说再买，就是已买的也要退货，是吗？"

"是的！"总工程师作了肯定的回答。

"当然，电机是会发热的。但是，你当然不希望它的温度超过全国电工协会规定的标准，是吗？"对方又一次作出了肯定的回答。

在得到了两个肯定回答之后，阿里森开始讨论实质性的问题了。他问斯宾塞："按标准，电机的温度可比室温高72F，是吗？""是的，"斯宾塞说，"但是你们的电机却比这个指标高出许多，简直让人无法用手摸。难道这不是事实吗？"阿里森没有回答这个问题，而是反问道："贵公司车间的温度是多少？"斯宾塞想了一下，说："大约是75F。"阿里森听了，点点头，恍然大悟地说："这就对了，车间的温度是75F，加上应有的72F，一共是140F左右。请问，要是你把手放进140F的热水里，会不会把手烫伤呢？"对方不情愿地点点头。阿里森趁热打铁地说："那么，你以后就不要用手去摸电机了。放心，那热度是正常的。"

就这样，阿里森提出了一系列的问题，使对方在一连串"是"的回答中，不知不觉地否定了自己原来的观点，消除了疑虑。最后，阿里森在这场谈判中不仅取得了成功，而且还顺带做成了一笔生意。

美国开凿巴拿马运河的初期谈判，其谈判谋略也是典型的"请君入瓮"，而且谈判双方都是如此。

谈判的一方是美国，另一方是法国巴拿马运河公司。谈判的焦点是美国应该付给这家法国公司多少钱才能取得开凿巴拿马运河的权利。这家法国公司虽然已开凿失败，但它在巴拿马运河却拥有一笔数量可观的资产，其中包括30000英亩土地、巴拿马铁路、2000幢建筑物、大量的机械设备、医院等。法国人估价1亿多美元。他们开价1.4亿美元。而美国人的开价仅仅2000万美元，二者相距甚远，经过双方磋商，分别让步到1亿和3000万美元，但谈判到此就停了下来。

美国人的战略是声称另找一块地方挖运河，他们选中了尼加拉瓜，美国众议院宣布准备考虑支持开凿尼加拉瓜运河。精明的法国人摸透了对方想要一条运河来沟通两大洋的迫切心理，而且也料到了美国会用尼加拉瓜运河来与巴拿马竞争，于是他们也耍了一个花招，暗示法国亦同时与英国和俄国人谈判，以通过英俄的贷款继续运河的开凿。

双方相持不下。

不久，法国人获得了一份美国有关委员会给总统的秘密报告，报告真诚地赞美了巴拿马运河的优越性，然而提出购买的费用过高，不如实施尼加拉瓜方案。这份情报使法国人的信心动摇了，他们忧心忡忡地卷入了竞争。正所谓"祸不单行，福不双至"。不久，法国内部又爆发了一场危机，巴黎公司的总经理辞职不干，股东大会乱作一团：卖给美国人吧，什么价钱都可以接受！于是一夜之间，法国的报价骤跌至4000万美元，大大落入了美国实际可接受的范围。

从以上两则谈判案例我们不难看出，谈判者谋略的出发点在于巧布迷阵，借以给对手指示某种虚假的动向或暗示的信息，使之具有一定的诱惑力，其目的就在于搜索到对方更多有价值的信息，从而掌握谈判的主动权，达到"请君入瓮"的目的。

在商务谈判中，谈判者也常常运用这种巧布迷阵的策略，放置各种烟幕弹，干扰对方视线，诱使对方步入迷阵，从而从中获利。但设置迷阵，贵在一个"巧"字，谈判者应善于借助一个恰当的形式或局面来制造声势，并能顺理成章，不着痕迹。如果一个谈判者善于将对手引入自己设置的迷宫，这样谈判的主动权就掌握在自己的手中了。

在商务谈判中，设置各种迷阵并不少见。为了避免自己陷入对手的迷阵中，谈判者应从心理上和措施上加以防范，不可不假思索地相信那些轻易获取的信息。谈判桌上的对手大都是一些精明强干的人，他们丢三落四或故弄玄虚，我们就应警觉。许多信息看起来似乎是机密的，其实不过是将你引入歧路的诱饵。为此，谈判者要始终具有清醒、冷静的头脑，防止谈判对手得手。

【口才举例】

例1：

一场宴会上，朱强为结识了某制造领域的老大，回来后和父亲讲起这个人，父亲听了一会儿说：

我知道他是谁了。20年前我和他打过交道，感觉他这个人很有手段，"翻手作云覆手雨，纷纷轻薄何须数"，头脑灵活，什么都敢做，不简单。当然，也是因为他的关系网很广，家里底子厚，所以翻云覆雨都不在话下。你如果和他打交道一定要长个心眼，害人之心不可有，防人之心不可无，不要让自己吃亏才行。不过我想你和他共事的可能性很小，毕竟你们各自的领域相差十万八千里。但话又说回来，这样的人有他的过人之处，和他打交道一定能学到很多东西。

例2：

卢芙的性格有些乖僻，不喜欢和别人打交道，她曾这样对父母说：

都说血浓于水，可是我没有这个感觉。"翻手作云覆手雨，纷纷轻薄何须数"，以前我们家很风光的时候，有哪个不来巴结？哪天屋子里不是高朋满座？后来我们倒霉了，他们有几个帮我们的？又有几个没有说风凉话甚至落井下石的？他们让我喜欢的没有几个，不论是你们哪边的亲戚，都是如此！所以过年的时候，你们不要逼我去拜年。老是和虚伪的人说虚伪的话，弄得我自己都很虚伪了。

218

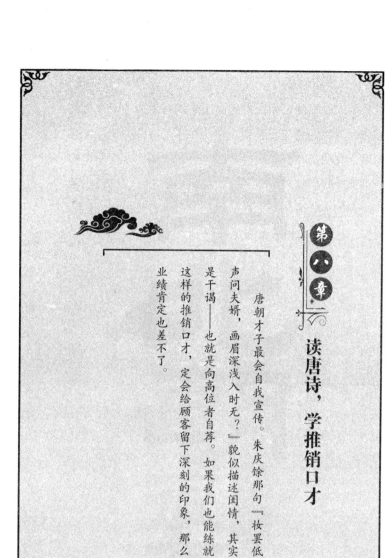

第八章

读唐诗，学推销口才

唐朝才子最会自我宣传。朱庆馀那句『妆罢低声问夫婿，画眉深浅入时无？』貌似描述闺情，其实是干谒——也就是向高位者自荐。如果我们也能练就这样的推销口才，定会给顾客留下深刻的印象，那么业绩肯定也差不了。

树树皆秋色，山山唯落晖——寻找共同的的兴趣爱好

【出处】王绩《野望》

【原诗】

东皋薄暮望，徙倚欲何依。

树树皆秋色，山山唯落晖。

牧人驱犊返，猎马带禽归。

相顾无相识，长歌怀采薇。

【注释】

东皋：人隐居的地方。

薄暮：傍晚。薄，迫近。

徙倚：徘徊，来回地走。

依：归依。

秋色：一作"春色"。

落晖：落日。

犊：小牛，这里指牛群。

禽：鸟兽，这里指猎物。

采薇：薇，是一种植物。相传周武王灭商后，伯夷、叔齐不愿做周的臣子，在首阳山上采薇而食，最后饿死。古时"采薇"代指隐居生活。

【译文】

傍晚时分站在东皋纵目远望，我徙徉不定不知该归依何方，层层树林都染上秋天的色彩，重重山岭披覆着落日的余光。牧人驱赶着那牛群返还家园，猎人带着猎物驰过我的身旁。大家相对无言彼此互不相识，我长啸高歌真想隐居在山冈！

【解析】

寻找共同的兴趣爱好

诗人描写了秋天山间黄昏时的景色，诗中也表明事物往往都有相似之处，事物之间往往也有一定的联系。在推销过程中找到了顾客的兴趣爱好，就是找到了共鸣，那离成功就不远了。

与顾客初次见面，一定要抓住他们的兴趣和注意力。从顾客的兴趣着手，循趣生发，往往就能顺利地进入"正题"。因为对方最感兴趣的事，总是最熟悉、最有话可说、最乐于谈的。在竞争日益激烈的今天，每一位客户都非常繁忙，一旦对你的话题没有兴趣，他就会对谈话的内容及销售员本人产生极大的反感，所以一定要时刻观察客户的注意力和兴趣。你可以看着客户的眼神，当他的眼神飘忽不定的时候，说明他对你的话题已经产生了一定的抵触情绪或者失去了兴趣，那么你就要找出新的、可以调动他兴趣的话题。

有一位著名的棒球运动员，在保险公司推销员的眼里被当作是一个难以攻破的堡垒。因为他对保险、投保之类的事，根本就不感兴趣。他对喋喋不休的推销员们很反感。

有一天，某位推销员又上门了。与别的推销员不同的是，进门后，他没唱那些令人生厌的老调，也没有对保险好处进行宣传，而是以一位相当在行的热心球迷身份来倾听对方大谈棒球。他的倾听、他的插话、他的问题和那些简短的议论，都给这位职业球员留下了深刻印象。他被视为一位很有棒球运动员素养的同行交谈者。在一个适当时刻，推销员向球手提出一个关键的问题："你对贵队的另一位投手利里夫的评价如何？"

"利里夫，正是有了他，我才能放手投球的，因为他是我坚强的后盾，万一我的竞技状态不佳，他可以压阵。"

"请原谅我打个比喻，你想过没有，如果把你的家庭比作一个球队，你家庭也有个利里夫。""利里夫，谁？"

"就是你。"推销员谈锋正健，"你想想，你的太太和两个孩子所以能'放手投球'，换句话说，能无忧无虑地生活，就是因为有了你，你是他们坚强的后盾和幸福的保证。所以你好比他们的'利里夫'。"

"你的意思是……"

"请你原谅我的直率，我是说人有旦夕祸福，万一你有个不测，我们就可以帮助你、帮你的太太和孩子。这样，你就更可以放心地驰骋球场，绝无后顾之忧。所以，从这种意义上说，我们也是你的'利里夫'。"

至此，棒球运动员才想起对话者的身份，然而他被感动了，这笔生意当场就拍板定案。推销员与顾客面谈之前，需要适当的开场白，好的开场白是推销成功的一半。在实际推销工作中，推销员可以首先唤起客户的好奇心，引起客户的注意和兴趣，然后道出商品的利益，迅速转入面谈阶段。好奇心是人类所有行为动机中最有力的一种，唤起好奇心的具体办法则可以灵活多样，尽量做到不留痕迹。

一位人寿保险代理商开始接近准客户便问："200毫升的血，您打算出多少钱？"

"如果您现在急需帮助，您愿意花多少钱求助呢？"由此令人好奇的对话，可以引发顾客对保险的重视和购买的欲望。

人寿保险代理商阐明了这样一种思想，即人们必须在实际需要出现之前投保。

为了接触并吸引客户的注意，有时，可用一句大胆陈述或强烈的问句来开头。20世纪60年代，美国有一位非常成功的销售员乔·格兰德尔，他有个非常有趣的绰号，叫做"花招先生"。他拜访客户时，会把一个3分钟的蛋形计时器放在桌上，然后说："请您给我3分钟，3分钟一到，当最后一粒沙穿过玻璃瓶之后，如果您不要我再继续讲下去，我就离开。"

他会利用蛋形计时器、闹钟、20元面额的钞票及各式各样的花招，使他有足够的时间让顾客静静地坐着听他讲话，并对他所卖的产品产生兴趣。

假如你总是可以把客户的利益与自己的利益相结合，提问题将特别有用。顾客是向你购买想法、观念、物品、服务或产品的人，所以你的职责是带领潜在客户，帮助他选择最佳利益。美国某图书公司的一位女推销员总是从容不迫、平心静气地以提出问题的方式来接近顾客。

"如果我送给您一套有关个人效率的书籍，您打开书发现内容十分有趣，您会读一读吗？""如果您读了之后非常喜欢这套书，您会买下吗？"

"如果您没有发现其中的乐趣，您把书重新塞进这个包里给我寄回，行吗？"

这位女推销员的开场白简单明了，使客户几乎找不到说"不"的理由。后来这三个问题被该公司的全体推销员所采用，成为标准的接近顾客的方式。

推销员在上门推销时，面对的都是陌生人，而且，他们还有求于这些谈话对象。选择合适话题、缩短与客户之间的距离，使自己逐渐被客户接受，而后把话题引向自己的商品，从而开始商谈，这样才是成功之道。相反，如果打一个招呼就开始介绍自己的商品，迫不及待地反复强调购买该商品有什么好处，这样往往事与愿违。因而，有经验的推销商并不是一开始就切入正题的。他们注意积累客户感兴趣的东西，并深入研究。而做到这一点必须靠长年的积累，并坚持不懈地来充实自己。

有些推销员为了应付各种各样的准客户，所以选定每星期六下午到图书馆苦读。他们研修的范围极广，上至时事、文学、经济，下至家用电器、烟斗制造、木屐修补，几乎无所不包。由于他们涉猎的范围太广，所以不论如何努力，总是博而不精，永远赶不上任何一方面的专家。

既然永远赶不上专家，所以谈话要适可而止。就像要给病人动手术的外科医师一样，手术之前打个麻醉针，而他们的谈话只要能麻醉一下对方就行了。

再进一步去分析，就算已作了充分的事前调查，也有判断失误的时候，所以必须直接与准客户谈话，才能有深入正确的了解。

【口才举例】

例1：

宋孝廷在心情随笔《昙花一现的美丽》中说：

已时值深秋了，野草枯黄，落红满地。多少生命在这萧瑟的季节里灵魂归西，剩下那颇有傲骨的却在朝寒暮冬中痛苦地煎熬！我极目远望，莫名地陷进"树树皆秋色，山山唯落晖"的落寞荒寒之中！

怀着一种忧忧的心绪，我走上因初来乍到还很陌生的宿舍楼，意图更熟悉一下环境和吹吹风（因为楼梯设在露天墙外，风很大）。当我步上三楼的某一个门口时，茫然见到没有阳光照射而且十分阴暗的一个角落里弃置着一盆半生不死的阳生昙花。它圆筒形的主枝、扁平呈叶状的分枝都已经枯死。不经意一瞥，让人感觉整棵枝丫泛着枯黄丧生的悲哀！

例2：

黄敬周末和朋友们一起去爬山，回来后写了一篇游记，发表在网上。文章中有这样一段：

吃完午饭，大家向笔架山进军。上山的路不太好走，一会儿是逶迤的小道，一会儿是陡峭的石阶。太阳西下，我们终于爬到了最高峰。山顶不大，错落排列着几块巨石，视野开阔，凉风习习。高兴之余，大家纵目望去，只见"树树皆秋色，山山唯落晖"。

我们还要去品味仙公寺，不能在山上多停留。可下山没有多久，就有"嗡嗡"的蜜蜂来去奔忙，密密麻麻地挡住我们的去路。再看远处的寺庙，前前后后尽是蜂箱。养蜂人穿梭其间，蜜蜂采蜜，养蜂人筑巢，他们分工合作，配合得天衣无缝……

杨家有女初长成，养在深闺人未识——在自我介绍中表现出你的口才

【出处】白居易《长恨歌》

【原诗】节选

汉皇重色思倾国，御宇多年求不得。

杨家有女初长成，养在深闺人未识。

天生丽质难自弃，一朝选在君王侧。

回眸一笑百媚生，六宫粉黛无颜色。

【注释】

汉皇：原指汉武帝刘彻。此处借指唐玄宗李隆基。唐人文学创作常以汉称唐。

重色：爱好女色。倾国：绝色女子。汉代李延年对汉武帝唱了一首歌："北方有佳人，绝世而独立。一顾倾人城，再顾倾人国。宁不知倾国与倾城，佳人难再得。"后来，"倾国倾城"就成为美女的代称。

御宇：驾御宇内，即统治天下。汉贾谊《过秦论》："振长策而御宇内。"

杨家有女：蜀州司户杨玄琰，有女杨玉环，自幼由叔父杨玄珪抚养，十七岁（开元二十三年）被册封为玄宗之子寿王李瑁之妃。二十七岁被玄宗册封为贵妃。白居易此谓"养在深闺人未识"，是作者有意为帝王避讳的说法。

丽质：美丽的姿质。

六宫粉黛：指宫中所有嫔妃。古代皇帝设六宫，正寝（日常处理政务之地）一，燕寝（休息之地）五，合称六宫。粉黛：粉黛本为女性化妆用品，粉以抹脸，黛以描眉。此代指六宫中的女性。无颜色：意谓相形之下，都失去了美好的姿容。

【译文】

唐明皇偏好美色，当上皇帝后多年来一直在寻找美女，却都是一无所获。杨家有个女儿刚刚长大，十分娇艳，养在深闺中，外人不知她美丽绝伦。天生丽质、倾国倾城让她很难埋没世间，果然没多久便成了唐明皇身边的一个妃嫔。她回眸一笑时，千姿百态、娇媚横生；六宫妃嫔，一个个都黯然失色。

【解析】

在自我介绍中表现出你的口才

"养在深闺人未识"指某种好的东西尚没有被人们发现。人的才能需要表现，只有表现，才会为他人所知。知道的人多了，为你提供的机遇也就会多起来。而口才则是表现自己的一种重要手段。

在日常交往中，自我介绍是必不可少的。我们不能简单地认为自我介绍就是自报姓名。在某种意义上，自我介绍是一门学问和艺术，有许多必要的技巧和尺度需要掌握。

自我介绍是一个人的门面。因为通过自我介绍可以给他人留下深刻印象。印象是一个人的某些特征在他人头脑中留下的迹象。从交际心理上看，人们初次见面，彼此都有一种了解对方，并渴望得到对方尊重的心理。这时，如果你能及时、简明地进行自我介绍，不仅满足了对方的渴望，而且对方也会以礼相待，自我介绍。这样，双方以诚相见，就为进一步交往奠定了良好的基础。同时，介绍是人际交往中与他人进行沟通、增进了解、建立联系的一种最基本、最常规的方式，是人与人进行相互沟通的出发点。

在社交活动中，想要结识某人，而又无人引见，可以向对方作自我介绍。自我介绍的内容，可以根据自己的实际需要、所处场合而定，要有针对性。

那么自我介绍的方式又该如何确定呢？以下几点仅供参考：

（1）清楚地介绍自己的名字。在聚会场所中，一个人的名字往往代表着他的独特性，所以当介绍自己的名字时，应该正确告诉对方自己名字的读音和写法。

（2）独辟蹊径。自我介绍独辟蹊径，是指从独特的角度，选择使对方感到有意义，又觉得顺其自然的内容，采用生动活泼的语言把自己"推销"给别人。而绝不是指那种借助别人威望给自己贴金的介绍，也不是指那种靠"吹"来取悦对方的介绍。

一些人介绍自己时常说："某某，是我的老朋友……""你知道著名的某某吗？我们曾住在一栋宿舍里……""我对某某问题很有研究。昨天我收到了某某杂志的约稿信……"等等，这样的自我介绍也许能给人深刻的印象，但不会很好。

（3）详略得当。在一些特定情况下，自我介绍的内容需要较全面、详尽，不仅要讲清姓名、身份、目的、要求，还要介绍自己的经历、学历、资历、性格、专长、经验、能力和兴趣等。

为了取得对方的信任，有时还得讲一些具体事例。比如，求职应聘时，就要做到这一点。另外，为了适应某种情境的需要，自我介绍有时不需要面面俱到，将姓名、爱好、年龄、性格等一股脑儿地和盘托出。话不在多，表意就行。在自我介绍中运用"以点代面""抓住一点不计其余"的方法，反而能收到意外效果。

但是，在自我介绍时，以下几点需要注意。

（1）要自信。在日常交往中，有些人怕见陌生人，见到陌生人，似乎思维就凝固了，手脚也僵硬了。本来说话很爽快的，也变得说话结巴；本来笨嘴笨舌的，这时嘴巴更像贴了封条。这种状况怎能介绍好自

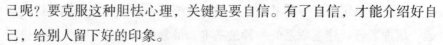

己呢？要克服这种胆怯心理，关键是要自信。有了自信，才能介绍好自己，给别人留下好的印象。

（2）要真诚自然。自我介绍是一种接近对方的语言艺术，这种艺术绝不是花言巧语，而是以真诚、热心、礼貌、得体作为基础的。所以，当你希望掌握这种初次见面就能迅速和对方建立良好关系的语言艺术时，务必保持诚恳的态度。

（3）对象分明。自我介绍的根本目的是要给对方留下一个印象，因此要站在对方理解的角度来说话。比如第一次参加某方面的研讨会，你站起来说："我叫××，我来发个言。"此时在场的人一定会这么想：这是什么人？怎么从来没见过？他代表哪方面？他的意见值得听吗？所以，面对有这么多想法的听众，你只介绍"我叫××"是不行的，别人不会专心听你的发言。如果你理解了听众的心理，就可这样介绍："我叫××，是××政府的领导，我第一次参加这样的研讨会，望大家多多指教。现在我就这个问题谈谈自己的看法……"这样的介绍，才不会使听众心中结下疑团，也才能使听众专心听你的发言。

所以，在介绍自己时，一定要重视那个或那些与你打交道的人，要随机应变。如你面对的是年长、严肃的人，你最好认真规矩些；如与你打交道的人随和而具有幽默感，你不妨也比较放松地展示自己的特点，做出有特色的自我介绍来。

总之，要在自我介绍中表现出你的口才，让它成为吸引人的广告，刻入人心。

【口才举例】

张勤做客中央电视台细解"专利技术转化难"的问题时，他说：

"很多发明创造'养在深闺人不识'，原因是多方面的。首先，中国建立知识产权制度仅仅20年的时间，且基本上是从西方学习引进的'舶来品'，在中国几千年根深蒂固的'知识共有'意识的包围下，这种制度还没有发展成熟。其次，企事业单位的专利意识还很淡薄……"

发明创造不被人认识的原因，通过作者的简明论述摆在大家面前。

借问酒家何处有，牧童遥指杏花村——在问中了解对方需求

【出处】杜牧《清明》

【原诗】

清明时节雨纷纷，路上行人欲断魂。

借问酒家何处有？牧童遥指杏花村。

【注释】

清明：二十四节气之一，在阳历四月五日前后。旧俗当天有扫墓、踏青、插柳等活动。宫中以当天为秋千节，坤宁宫及各后宫都安置秋千，嫔妃做秋千之戏。

纷纷：形容多。

欲断魂：形容伤感极深，好像灵魂要与身体分开一样。断魂：神情凄迷，烦闷不乐。

借问：请问。

杏花村：杏花深处的村庄。今在安徽贵池秀山门外。受此影响，后人多用"杏花村"作酒店名。

【译文】

江南清明时节细雨纷纷飘洒，路上羁旅行人个个落魄断魂。借问当地之人何处买酒浇愁？牧童笑而不答遥指杏花山村。

【解析】

在问中了解对方需求

清明这个节日，古人对它的概念的认识和我们今人是完全不一样的。在当时，清明节是个色彩情调都很浓郁的大节日，本该是家人团聚，或游玩观赏，或上坟扫墓，是主要的礼节风俗。除了那些贪花恋酒的公子王孙等人之外，有些头脑的，特别是感情丰富的诗人，他们心头的滋味是相当复杂的。倘若再赶上孤身行路，触景伤怀，那就更容易惹动他的心事。偏偏又赶上细雨纷纷，春衫尽湿，这给行人就又增添了一层愁绪。行人在这时不禁想到：往哪里找个小酒店才好，一来歇歇脚，避避雨；二来小饮三杯，解解料峭中人的春寒，暖暖被雨淋湿的衣服；

最要紧的是，借此也就能散散心头的愁绪。于是，向人问路了。"牧童遥指杏花村"，在语法上讲，"牧童"是这一句的主语，可它又是上句"借问"的宾词——它补足了上句宾主问答的双方。

"问"是生活中比较常见的，也是一门艺术。为了了解顾客，推销人员必须或多或少地向顾客提问。在推销面谈中，提问是一种非常有用的面谈方式，它可以引起顾客的注意；获得自己所需要的有关信息；引起顾客思考，赢得时间；向顾客传送自己的感受，或传送给顾客有关的信息；使双方所谈话题趋向预期的结局。

推销人员不应作强势推销，而应以一种自然而然的方式激起顾客的购买欲望。这种方式就是提问。

推销人员在面谈时常用的提问方式有：

1. 主导式提问

把你的主导思想说出来，在说话的末尾用提问的方式把你引导成交的意图传递给顾客。例如：

"目前节约用电是个非常重要的问题，不是吗？"

"现在很多先进的公司都使用计算机了，不是吗？"

这些都是把你的观点放在一句话前面的主导式提问。如果你说的话符合事实而又与顾客的看法一致，他当然会同意并且说"是"。只要运用得当，你会引导顾客说出一连串的"是"，直到成交。可以说，推销工作是一门正确提问的艺术。要牢记：要等到顾客表现出购买的主观愿望时你才能提出引导性的问题。如果他们没有表现出主观兴趣你就喋喋不休地提出一大堆问题引导他们购买，结果会适得其反。

举例说：一位推销员推销的产品是办公室复印机，他和某公司办公室主任约定会谈。

他想卖给他们的是一台"佳能"牌复印机。"佳能"的性能的确很好，不仅复印速度很快，而且分页装订也快。推销员认定他们一定会买一台。因此，他把复印机打好包装，捆在一台带脚轮的轻便小车上，而且还准备好一本精美的介绍材料。总之，他信心十足，以为万无一失。

会谈一开始，推销员就说："您想要一台复印精确逼真的复印机，是吗？您喜欢一台能同时完成分页和装订的复印机，对吗？"办公室主任摇着头说："不，我们从来不在自己的办公室里装订任何东西。马路对面有一家设备完善的印刷厂，所有这些分页、装订的事情他们都包下来了。我们只要一台结构小巧，不出故障的高质量复印机就行了。"

瞧，推销员把自己弄得多尴尬！

他不是问对方想要什么，而是告诉对方该要什么。他没有等顾客表达出购买意图就一头钻到死胡同里去了。内行的推销员要善于抓住买主的主观意图，而不是把自己的主观愿望强加于对方。

2. 征询式提问

以征求意见或请教的方式提出问题进行引导能给人较为亲切的感觉。这种提问方式与前面那一种方式恰好相反。比如，前面举过一个主导式提问的例子："现在很多先进的公司都使用计算机了，不是吗？"征询式的提问则是"现在很多先进的公司都使用计算机了吧？"这种提问方式更为灵活，并且更让人感到亲切。

要做到非常熟练自然地向顾客提问需要反复练习。不要把这看得太简单。因为这是一种语言习惯，在不知不觉中影响着顾客的心理。你要在激烈的推销竞技场中站稳脚跟，就必须认真从基本功练起，即反复地、大声背诵一些问句，训练自己在不同场合作出迅速的反应，才能掌握高水平的语言技巧，得心应手。

3. 暗示式提问

暗示式提问特别适于应付竞争情况的提问。推销人员如果直接对竞争对手的产品进行攻击，往往会失去顾客。而若能以暗示性提问来应付竞争，可能会收到比较好的效果。暗示性提问就是把露骨的攻击加以隐蔽，借以提问的方式作出结论。例如，某顾客已经购买了某品牌的手纸，若推销人员直接指出顾客判断错误，必定使顾客对他筑起鸿沟，不愿采纳他的意见。他若如此提问：

"××先生，您是否想节省每天所浪费的经费？"

通常，顾客同意节省不必要的开销。

"您是否在洗手间看到您的客人拿着两三张手纸甚至五张手纸在擦手？"

"是的，看过。"

这位推销人员本来就知道该饭店发生了这种现象，但又问："您看得出我的纸巾与其他品牌有何不同吗？"

"看不出，两者一样。"

"用我的纸巾擦手，一次使用一张就够了。我给您演示一下？"

"好！"

从以上的对话中可知，推销人员并没有直接攻击竞争对手的产品质量，而凭借提问来开拓自己的市场。

4. 含蓄式提问

把引导顾客成交的意图隐藏在你的提问中，含而不露。在这种提问中常常带有与时间有关的因素。

"此刻我们已经解决了那个问题，您是否打算……"

"下星期当您提货时，您的妻子不是会很高兴吗？"

"当您……"

"因为您打算把您的……使用更长的时间，要是能用……方法是否会更好一些？"

以上是比较含蓄的引导提问法。

5. 限定式提问

在一个问题中提示两个可供选择的答案，两个答案都是肯定的。

在推销工作中常常要和顾客约会。怎样才能订下约会呢？有经验的推销员从来不会问顾客"我可以今天下午来见您吗？"这样的话顾客会说，"不行，我今天的日程实在太紧了，等我有空的时候再给你打电话约定时间吧。"

精明的推销员在提问时给顾客提供两种答案供选择："王经理，今天下午我正好要经过你们公司，您看我是在2点钟来见您还是3点钟来？""3点钟来比较好。"当他说这话时，你们的约定就成了。成功的原因是你提示了两个让他作出肯定答复的问题，而没有给他机会说"不"。

假设你推销喷气式客机，如果你问："您打算付我多少定金？"那先生可能递给你一张10元钞票，说："好吧，我只带了10块钱，这架飞机我定下了。"这能行吗？你必须根据公司有关的规定有策略地问：

"先生，我们现在谈的是一笔重大的交易，您愿意付给我们5%还是10%定金？"他会怎样回答你的问题呢？"5%。"

6.立即应答式提问

每当顾客对你的产品表示了某种有利的主观见解时，你要立即应答，把他的见解肯定下来，一步步地促使他下决心。这种应答的形式多半是简短的问句和反问句。

例如：

顾客："质量是很重要的。"

你："难道不是吗？"

推销时机往往来得很快，但也变化多端，我们应该迅速地作出对成交有利的反应。以下又是一个例子：

顾客："我喜欢绿色的。"

你："可不是吗？绿色是很动人的颜色。我们备有3种不同色调的绿色时装，您喜欢哪一种？巴黎绿、爱尔兰绿或新西兰绿？"

顾客："我看看巴黎绿的衣服吧，我觉得这种颜色最高雅。"

你："可不是嘛！"

就这样亦步亦趋利用应答式问句表示赞同，促使你的顾客下决心购买你的货物。

在和那些想在会谈中占支配地位的大主顾谈买卖时，这种应答式的提问技巧特别起作用。顾客的看法如果不利于成交，你可以不作声，不要贸然应答。只有在非常必要时你才去纠正某些错误的信息。你应集中精力引导主顾作出积极的决定。

主顾："你这种型号的机器看上去像个方盒子。"

你（对这种贬义的看法避免立即应答）："你看到的是我们的一般产品，先生。请到这边来，我想听听您对我们这种新出的屏障式切断机的意见。"

主顾："我认为这才是新的式样。"

你："我没说错吧？请告诉我，您觉得它怎么样？"

主顾："它看上去很轻便，而且工作速度不会慢。"

你："难道不是吗？您想它操作起来会怎么样？"

主顾："噢，我不知道，但我愿意试试。"

往下谈要看你是否掌握了他的情绪以及你的示范工作做得如何。在上述对话中你已经用应答式的短句让顾客一连3次表示了尚未肯定的"是"。那么，你最后得到肯定的回答就有把握多了。

要使提问取得良好的效果，推销人员应注意：提问的时机要适宜。提问时，应注意顾客的情绪，在顾客适宜答复时提问；提问的速度要适当。注意用正常速度提问，太快似乎有审讯感，太慢令人感到沉闷；提问的内容要有针对性，避免因禁忌问题而冒犯顾客；提问要有逻辑性，注意先后顺序。

【口才举例】

中国菜一定会在这里站稳脚跟！总有一天，在这异国他乡，当别人再"借问酒家何处有"时，我们虽不是牧童，也可毫不犹豫地"遥指杏花村"了！

以色事他人，能得几时好——对顾客要实话实说

【出处】李白《妾薄命》

【原诗】

汉帝重阿娇，贮之黄金屋。

咳唾落九天，随风生珠玉。

宠极爱还歇，妒深情却疏。

长门一步地，不肯暂回车。

雨落不上天，水覆难再收。

君情与妾意，各自东西流。

昔日芙蓉花，今成断根草。

以色事他人，能得几时好。

【注释】

"汉帝"两句：汉武帝曾有语："若得阿娇作妇，必作金屋贮之。"

"咳唾"两句：这里化用的是《庄子》里的故事。《庄子·秋水》中有："子不见夫唾者乎？喷则大者如珠，小者如雾，杂而下者不可胜数也。"

　　水覆难再收：传说姜太公的妻子马氏，不堪太公的贫困而离开了他。到太公富贵的时候，她又回来找太公请求和好。太公取了一盆水泼在地上，令其收之，不得，太公就对她说："若言离更合，覆水定难收。"

　　君：指汉武帝。

　　妾：指阿娇。

　　断根草：比喻失宠。

【译文】

　　汉武帝曾经十分宠爱阿娇，为她筑造金屋让她居住。武帝对她娇宠万分，即使她的唾沫落下，也会被看作像珠玉那样珍贵。娇宠到极点，恩爱也就停歇了，武帝对她的情意渐渐停歇淡薄。阿娇被贬长门后，即使与武帝的寝宫相距很近，武帝也不肯回车，在阿娇那里暂时停留。雨落之后再不会飞上天空，覆水也难再收回。武帝与阿娇的情意，各自东西。往日美丽的芙蓉花，今日成为凄凉的断根之草。如果凭借姿色侍奉他人，相好的日子是十分短暂的。

【解析】

对顾客要实话实说

　　"以色事他人，能得几时好？"这发人深省的诗句，它对以色取人者进行了讽刺，同时对"以色事人"而暂时得宠者，也是一个警告。是的，光靠外貌不能维持感情的长久。没有真才实学，没有过人的技术和本领，依赖其他手段是不能兴旺的。

　　为了自己的声誉，在做生意时，最好用事实说话，别去欺骗他人，因为被骗的人会把这件事告诉另一个人，而另一个人也会转告其他人，失去一桩生意并不意味着你只失去了一位客户。千万别因为一次交易的微薄利益得罪客户而失去大量潜在的生意。当你给人好处的时候，影响就会像滚雪球一样越来越大，你的钱包自然就会渐渐鼓起来，而声誉也会相应得到提高。俗话说"王婆卖瓜——自卖自夸"，有些推销员却不真诚，总爱竭尽所能，把自己的商品吹得天花乱坠，并自以为这才是推销的本事。其实，顾客对这样的推销员是很反感的。相反，如果推销员能真诚坦言商品缺陷，更能赢得顾客的好感和信任。

经营房地产推销的王先生，有一次，他承担了一项艰巨的推销工作，因为他要推销的那块土地紧邻一家木材加工厂，电锯锯木的噪声使一般人难以忍受，虽然这片土地接近火车站，交通十分便利。

王先生想起有一位顾客想买块土地，其价格标准和地理条件与这块地大体相同，而且这位顾客以前也住在一家工厂附近，整天噪声也不绝于耳。于是，他就前去拜访这位顾客。

"这块土地处于交通便利地段，比附近的土地价格便宜多了。当然，之所以便宜自有它的原因，就是因为它紧邻一家木材加工厂，噪声较大。如果您能容忍噪声，那么它的交通条件、地理位置价格标准均与您的希望非常相符，很适合您购买。"王先生如实地对那块土地作了介绍。

不久，这位顾客去现场参观考察，结果非常满意，他对王先生说："上次你特地提到噪声问题，我还以为噪声很严重，那天我去观察了一下，发现那种噪声的程度对我来说不算什么，我以前住的地方整天重型卡车来来往往，络绎不绝，而这里的噪声一天只有几个小时，而且，卡车通过并不震动门窗，所以我很满意。你这人很诚实，要换上别人或许会隐瞒这个缺点，光说好听的，你这么坦诚，反而使我放心。"

就这样，王先生顺利地做成了这笔难做的生意。

试想，倘若王先生介绍那块土地时仅说其优点，闭口不提其缺点的话，推销成功的可能会很小。

事实上，在买卖过程中，顾客对售货员怀有双重心理：一方面有戒备心，怕售货员是王婆卖瓜，自卖自夸，甚至怕被欺骗；另一方面又有信任感，认为售货员懂商品，又懂行情。售货员应针对顾客的信任心理，以权威的身份说话。比如顾客经过一番挑选后，常会问："请问，我是买红的好呢，还是买绿的好？"这时售货员就应根据自己的判断确定一种："红的好。红的配您的肤色最适宜，再说很多人都买这种。"这就坚定了顾客的信心，促成了买卖。

如果在买卖过程中，把顾客看作朋友，以朋友的身份来说话，就会增加顾客的信任度。所以，在同顾客说话时，就要避免死板的面孔。回答问题也尽量避免否定式。如顾客问："有中南海牌香烟吗？""没有。"这种回答给人硬邦邦的感觉，一下子就拉大了彼此间的距离。如换种回答法："对不起，现在没有了，只有其他牌子的，您看有适合您的吗？"这给人的感觉就好多了。

在买卖过程中，推销员和顾客不单是买卖关系，更是服务与被服务的关系。推销员不单要向顾客提供商品，更要提供服务，不能让顾客"花钱买气受"。当推销员以服务员的身份说话时，应该注意敬语和委婉语的使用。推销员的一声"您好！""谢谢！""再见！"常常能获得顾客的好感，沟通对方的感情，促成买卖。对顾客的生理缺陷和忌讳都应用委婉语，不要直说。如不要说："您太胖了，不能穿这件衣服。"另一方面，要善于接纳顾客的意见。顾客购物时，总有两个追求：既要价廉，又求物美。当两者不能统一时，他就可能提出看法。这时推销员不要以辩论的口气去反驳，和顾客形成对立，而应当先接纳顾客的意见，然后再舍一端，取另一端，加以说明。

【口才举例】

例1：

肖务宁是一位老板，他经营的一家眼镜连锁店生意红火。有人来取经，肖务宁回答说：

刚开始也是步履维艰，因为眼镜店已经有好几个品牌了。我首先在各高校开设门面，毕竟学生是配镜的主要群体。我向他们提供优惠服务，办贵宾卡，长时间享受打折的待遇。同时，我也搞点其他外交，让更多的人了解这个新品牌，如张贴广告、与一些企业单位联系、给予集体配镜更大优惠等。

当然这种方法的作用也是有限的，"以色事他人，能得几时好"，关键还是在于眼镜配得好，让顾客满意，让他们的眼睛能得到良好的矫正。所以，我高薪聘请了两位专家做顾问，同时培训员工，提高他们的素质，这才是我取胜的真正原因。

例2：

刘纹是美容学校的老师，在给学员们上第一堂课之前，她先说了下面这段话：

我们学美容，目的是让人变得漂亮，变得光彩照人，活得更有信心、更有质量。但是，作为美容师，我们必须明白"以色事他人，能得几时好"这句话的意思。爱美之心人皆有之，但光靠脸蛋是不行的。很多人知道这个说法，但并不明白其中的道理。女人总以为男人的爱可以长久依靠，但她们不知道：如果自己在人格、思想上不能和男人保持一个步调，只希望靠姣好的容颜发挥巨大作用，那是多么不切实际。因为，那样容易使男人累，也容易使男人倦。爱美的诸位，给别人创造美的诸位，一定要记住：容貌不是万能的，脑子里的东西才是万能的！

好雨知时节，当春乃发生——抓准时机巧妙回答

【出处】杜甫《春夜喜雨》

【原诗】

好雨知时节，当春乃发生。

随风潜入夜，润物细无声。

野径云俱黑，江船火独明。

晓看红湿处，花重锦官城。

【注释】

乃：就。

发生：催发植物生长。

潜：暗暗地，悄悄地。这里指春雨在夜里悄悄地随风而至。

润物：使植物受到雨水的滋养。

野径：乡间的小路。

晓：天刚亮的时候。

红湿处：雨水湿润的花丛。

花重：花因沾着雨水，显得饱满沉重的样子。

锦官城：成都的别称。

【译文】

好雨似乎会挑选时辰，降临在万物萌生之春。伴随和风，悄悄进入夜幕。细细密密，滋润大地万物。浓浓乌云，笼罩田野小路，唯有江边渔船上的一点渔火放射出一线光芒，显得格外明亮。等天亮的时候，那潮湿的泥土上必定布满了红色的花瓣，锦官城的大街小巷也一定是一片万紫千红的景象。

【解析】

抓准时机巧妙回答

诗人一开头就用一个"好"字赞美"雨"。在生活里，"好"常常被用来赞美那些做好事的人。如今用"好"赞美雨，已经会唤起关于做好事的人的联想。接下去，就把雨拟人化，说它"知时节"，懂得满足客观需要。其中"知"字用得传神，简直把雨给写活了。春天是万物萌芽生长的季节，正需要下雨，雨就下起来了。它的确很"好"。现在人们用来形容在正确的时间做正确的事，说正确的话。

推销人员不仅要向顾客提出问题，还要巧妙及时答复顾客所提出的各种问题。答复问题与提出问题一样的重要。推销人员即使提出的问题无懈可击，但如果答复问题失策，同样会错失推销良机。

当你在推销自行车时，顾客听了你的介绍以后，提出要求试试你的自行车，但试后他说车的链条有些摩擦的声音，而且蹬的时候也要用较大的力气，其他地方他都比较满意。此时你不要被他这一说就乱了手脚，首先得判断他对你的车的整体印象不错，只是有些小问题，你就得把这些小问题解决好。比如你可以这样回答："哦，这个地方呀，是由于润滑油擦得不够，很久没使用造成的，擦点润滑油，肯定不会像现在这样了。"于是问题迎刃而解。

当顾客对商品提出了意见或其他各种各样的问题，似乎不想购买此种商品了，你该怎么办呢？这时，许多推销员以为顾客对商品不感兴趣，就终止了推销进程。且慢！顾客提不同意见是正常现象，假如你能够巧妙答复，唤起顾客的兴趣，买卖是会成交的。为什么顾客就不能提出问题及表示不同意见呢？这反而说明顾客对商品产生了兴趣。因此，我们必须抓住这一点，引导顾客走向成交。

推销员应时刻准备回答顾客提出的各种问题，至于什么时候回答和怎样回答只能取决于当时的情况和顾客的情绪。不过，答复问题有一个应遵循的一般程序，了解这个程序，你就可以比较容易和有效地回答顾客的问题。

1. 要对顾客表现出同情心

对顾客表现出同情心，意味着你理解他们的心情，并明白了他们的观点，但并不意味着你完全赞同他们的观点，而只是了解了他们考虑问题的方法和对商品的感觉。顾客对商品提出异议，通常带有某种主观情感在里面，所以，要向顾客表示你已经了解了他们的这种感情，可以通过下面的话来表达你的意思："我明白您的意思了""很多人就是这么看的""这个问题您提得很好""是的，这一点很重要""我知道了你的具体要求"等等。

一定要尊重顾客的意见，说几句表示理解的话，能使顾客意识到你是在为他分忧，他在你心目中占有一定的地位，并且表明你很重视他们提出的问题。对顾客作出的这些积极反应反过来也会促使顾客对你产生信任感。因此，一定要避免与顾客正面的争论，要表现出尊重与理解，这种尊重与理解一定能产生相应的反馈。

2. 回答问题之前应有短暂停顿

顾客说完自己观点后，推销员不要马上作答，可以放松一下，显示你并没有被他的问题所难住。稍微停一下，可以给你一个机会考虑回答问题的适当方式，尽管有时顾客提的问题很一般，你能立即回答，也不要太匆忙，最好先掂量一下再说。这个停顿很重要，这样顾客会更加认真地听取你的答复。

3. 复述顾客提出的问题

为了向顾客表明你明白了他的意思，可以用你的话把顾客提出的问题再复述一遍。这样做可以给你留下一点思考如何更好地回答顾客问题的余地。

在可能的情况下，把顾客表示异议的陈述句变为疑问句。例如：一位顾客想买一对新轮胎，以代替不好用的旧轮胎，你可以这样回答顾客："我已经知道了您对轮胎的要求，您是不是怀疑这种轮胎的质量呢？"稍微停一下，然后回答你自已提出的问题。这样就表明了你已经理解了顾客提出的问题，顾客就会比较容易接受你的意见了。

4. 回答顾客提出的问题

对于顾客提出的问题，推销员应当全部回答清楚，这样，才能继续销售的下一步。当然，你可以推迟答复，但是，那样的话顾客就越发把他的注意力集中在他提出的问题上，而不是放在购买上。他会认为这种商品确实有缺陷，不然，为什么推销员无法解释呢？所以，对顾客的问题采取不理睬或敷衍的态度是不明智的。

回答了顾客的问题之后，可以继续进行商品介绍。这时，推销员常犯的一个毛病就是在后面的商品介绍中反复提起顾客前面的问题，这样做只能夸大问题的严重性，容易让顾客留下不必要的顾虑。

为了弄清顾客是否明白了你的意思，可以这样问："我是不是已经解答了您的问题？""这样您清楚了吗？"然后接着进行下一个步骤。注意时间不要停得太长，如果间隔时间太长，顾客会以为你已经结束了销售。

回答顾客的提问也要讲究技巧，这些技巧实际上就是以不同的方式回答不同问题的方法。顾客提出的每一个问题都有每一个问题的情况和背景，有的问题需要详细说明；有的三言两语就可以解决，不能采取千篇一律的方法来处理。需要强调的一点是：你必须明确，只要顾客在不断地提出问题和异议，他们就一直存在着购买商品的兴趣。下面介绍几种技巧：

1. 使用"是……但是"法

在回答顾客问题时，这是一个广泛应用的方法，它非常简单，也非常有效。具体来说就是：一方面推销员表示同意顾客的意见，另一方面又解释了顾客产生意见的原因及顾客看法的方向性。

由于大多数顾客在提出对商品的看法时，都是从自己的主观感受出发的，也就是说，都是带有一种情绪的，而这种方法可以稳定顾客的情绪，可以在不同顾客发生争执的情况下，委婉地提出顾客的看法是错误的。当顾客对商品产生了误解时，这种方法是有效的。

例如，一位顾客正在打量一株紫罗兰。

顾客："我一直想买一株紫罗兰，但是我又听说要使紫罗兰开花是非常困难的，我的朋友就从来没有看到他的紫罗兰开过花。"

推销员："是的，您说的对，很多人的紫罗兰是开不了花，但是，如果您按照要求去做，它肯定会开花的。这个说明书将告诉您怎样照顾紫罗兰，请按照上面的要求精心管理，如果它开不了花，还可以退回商店。"

你看，这个推销员用一个"是"对顾客的话表示赞同；用"但是"解释了紫罗兰不开花的原因，这种方法稳住了顾客，使顾客以更浓厚的兴趣倾听推销员的介绍。

2.使用"直接否定法"

当顾客的问题来自不真实的信息或误解时，可以使用直接否定法。然而，这是回答顾客问题时的最不高明的方法，等于告诉顾客他的看法是错误的，是对顾客所提意见的直接驳斥。

因此，这种方法只有在适当的时候才可以使用，请看下面的例子：

一位顾客正在观看一把塑料手柄的锯："为什么这把锯的手柄要用塑料的而不用金属的呢？看来是为了降低成本。"

推销员："我明白您说的意思，但是，改用塑料手柄绝不是为了降低成本。您看，这种塑料是很坚硬的，而且它和金属的一样安全可靠。许多人都非常喜欢这种式样的。"

试想，假如推销员说："您是从哪里听说的？"顾客可能会感到生气和愤怒。但是，推销员用同情的语气予以解释，情况就大不相同了。顾客对"直接否定"法的反应更大程度上取决你怎样使用这种方法。

3.使用"高视角、全方位法"

顾客可能提出商品某个方面的缺点，推销员则可以强调商品的突出优点，以弱化顾客提出的缺点。当顾客提出的问题基于事实根据时，可以采取此法。

请看下面的例子：

推销员："这种沙发是用漂亮的纤维织物制成的，坐在上面感觉很柔软。"

顾客："是很柔软，但是这种材料很容易脏。"

推销员："我知道你为什么这样想，其实这是几年前的情况了，现在的纤维织物都经过了防污处理，而且还具有防潮性能。假如沙发弄脏了，污垢是很容易除去的。"

4. 使用"自食其果法"

当顾客提出商品本身存在的问题时，可以用这种方法把销售的阻力变成购买的动力。采用这种方法，实际上是把顾客提出的缺点转化成优点，并且作为他购买的理由。请看下面的例子。

一位顾客正在看一台洗衣机：

顾客："这种洗衣机质量很好，就是价格太贵了。"

推销员："这种洗衣机的设计是从耐用、寿命长考虑的，可以使用多年不用修理。别的牌子虽然便宜一点，但维修的费用很高，比较起来还是买这种洗衣机合算。"

顾客对商品提出的缺点成为他购买商品的理由——这就是自食其果。请记住这样一个信条：一家商店、一家公司都要有信心，要相信自己能够战胜对手，这一点非常重要，无论怎样强调都不过分。

5. 使用"介绍第三者体会法"

这种方法是利用使用过商品的顾客给本店来的感谢信来说服顾客的一种方法。一般说来，人们都愿意听取旁观者的意见。所以，那些感谢信、褒扬商品的来信等，是推销商品的活教材。请看例子：

顾客："这个车库的门我怎么也安不好。"

推销员："我理解您的心情，几个星期前哈得森博士也买了一个类似的门，开始也担心安不好，可是前几天我收到她的一封信，她说只要按说明书的要求做，安装非常容易。请您先看看说明书，我去拿哈得森的信来。"

6. 使用"结束销售法"

在整个销售过程中，要抓住每一个可能结束销售的机会。假如顾客的问题是一个购买信号，就正面回答顾客，然后结束销售。当顾客对商品提出的问题或表示的意见是同他占有的商品相联系的时候，这就是顾客准备购买的一个信号，在回答顾客的问题之后，就可以结束销售。比如一个顾客正打量一套衣服。

顾客："我很喜欢这套衣服，但是裤子太肥了，上衣的袖子也长了点。"

推销员："不要紧，我们有经验丰富的裁剪师，稍微修一下，就会很合身的。让我叫裁剪师来。"

顾客："太好了，谢谢！"

可见，只要熟练掌握以上技巧，巧妙地答复顾客，使推销圆满成功并不是一件很困难的事情。

在答复顾客提出的问题时，应注意以下事项：

第一，答复顾客提问时，应在搞清楚问题的真正含义后再给予回答，切忌随便答复。答复要有条有理，通俗易懂，简明扼要。切不可东一句，西一句，不着边际，因为顾客的许多提问，旨在探求推销人员的真实情况。

第二，答复要有分寸，正确的答复未必是最好的答复。答复的技巧在于掌握什么应该说，什么不应该说，而不完全在于答复的对与错。答复要既不言过其实，也不弄虚作假。答复应得体、巧妙，赢得顾客的好感和信任。

第三，在答复之前，应使自己有充分的思考时间，为了争取更多的思考时间，推销人员可以采用一些方法拖延答复。例如请求顾客澄清他所提出的问题，或用"记不清""资料不全"等借口拖延答复。

第四，有些答复要有弹性，不要把话说得绝对化。对于企业需保密的信息资料，应绕过不作正面回答，或者委婉地说明并表示歉意。

【口才举例】

例1：

在《证券要闻》机构投资者八月份投资策略的分析中，平安证券认为，政策具体动向成为行情发展总的方向，并分析说：

从7.22行情的总体运行特征看，管理层的呵护对行情的运行起了重要作用。其中，资金方面的扶持成为行情发动的核心因素。……有消息称，央行动员300亿支持股市，给券商资金只能买股票。其中，100亿元商业贷款已有部分进入券商账户，只能买股票。可谓"好雨知时节，当春乃发生"。应该说，从稳健的成交量看，也基本可以看到增量资金的痕迹。

例2：

山东阳谷实验中学志远班的郭朝勇，在话题作文《柔柔的风，甜甜的雨》中说：

"好雨知时节，当春乃发生。"当淡淡的春意开始在大街小巷悄然流淌起来，随心所欲地信手涂抹着新绿的时候，春天的第一场雨就迫不及待地来到了这可爱的人间。淅淅沥沥，犹如断线的珍珠，牵动着我的心弦。

霏霏细雨，丝丝缕缕。独自漫步河边的小径，风儿拂面而来，夹杂着调皮的雨点，吹散我愁乱的思绪。好像出笼的鸟儿，我尽情享受着大自然的爱抚——母亲般的温柔，母亲般的呵护。我呼吸着大自然的气息，微微湿润的泥土酝酿着花的味道，有一种沁人心脾的感觉。

第八章　读唐诗，学推销口才

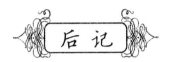

"幸甚至哉，歌以咏志。"千百年来，诗词始终是中国人的心灵独白。在习近平治国理政实践中，不少千古名句都信手拈来，挥洒自如。他通过广泛采撷古人的经典名句，巧加点化，赋予其鲜活的时代价值，增强了文章的说服力、表现力和历史感；同时，这些典故与其大众化的语言配合使用，使得典故运用自然，与文意相得益彰，形成了独特而富有魅力的习式语言风格，带给人们以深刻的思想启迪、精神激荡与文化自信。

其实，习近平对中华传统文化的了如指掌以及善于在讲话中将经典诗词"古为今用"早已被中外所熟知。

2014年9月10日，习近平到北京师范大学考察时就曾明确提出，"我很不希望把古代经典的诗词和散文从课本中去掉，加入一堆什么西方的东西，我觉得'去中国化'是很悲哀的。应该把这些经典嵌在学生的脑子里，成为中华民族的文化基因。"

随后他又强调，古诗文经典已融入中华民族的血脉，成了我们的基因。我们现在一说话就蹦出来的那些东西，都是小时候记下的。语文课应该学古诗文经典，把中华民族优秀传统文化不断传承下去。

为了更好地传承中华传统文化，增强文化自信，笔者通过连续数月的搜集、整理大量资料，和连续数月夜以继日的辛苦编写，终于将这本《读唐诗 学说话》打造出炉。

在本书的编写过程中，笔者参考了大量的文章、文献和作品，部分

　　由于笔者水平有限，书中不足之处在所难免，诚请广大读者批评指正。

读唐诗

学说话